KB078406

그라니트
용들의 땅
GRANITE

그라니트 : 용들의 땅 4

이경영 판타지 장편 소설

초판 1쇄 찍은 날 § 2017년 3월 17일
초판 1쇄 펴낸 날 § 2017년 3월 24일

지은이 § 이경영
펴낸이 § 서경석

편집책임 § 조현우

펴낸곳 § 도서출판 청어람
등록번호 § 제387-1999-000006호
등록일자 § 1999. 5. 31
어람번호 § 제1-2656호

주소 § 경기도 부천시 부일로 483번길 40 서경B/D 3F (우) 14640
전화 § 032-656-4452 팩스 § 032-656-4453
http://www.chungeoram.com
E-mail §chungeorambook@daum.net

ISBN 979-11-04-91239-9 04810
ISBN 979-11-04-90405-9 (세트)

그라니트

용들의 땅

GRANITE

이경영 판타지 장편 소설

도서출판 청어람

GRANITE

그라니트

용들의 땅

CONTENTS

77
유전자의 계승

"자네에겐 선동가의 기질이 있군."

노인 아르마게일이 말했다.

엄지가 뿌리째 파여 날아가기 직전임에도 불구하고 내놓은 그의 말은 상당히 과감했다.

"자네는 일의 주도권을 갖기 위해 내가 저지른 행동을 비약시키려 하고 있네."

"……."

"이해하네. 우두머리의 입장에서 봤을 때, 도움을 주겠다며 갑자기 나타난 자에게 자신의 세력이 이리저리 휘둘리는 것은 용납하기 힘들겠지. 내 의도가 어떻든 간에 말이야."

"내가 한 질문에 대답부터 하시지?"

치프가 경고하듯 재촉했다.

"셀레스티아 왕녀의 폐기 말인가? 왕녀의 폐기만큼 간단한 문제가 세상 어디에 있단 말인가?"

아르마게일의 대답은 이번에도 과감했다.

"무슨 말이지?"

"자네, 꽤 오랫동안 착각한 것 같은데, 셀레스티아 왕녀는 말그대로 왕녀일 뿐 아직 왕이 아닐세. 왕위가 왕녀에게 간다는 보장을 대체 누가 했단 말인가? 하나뿐인 자식이라서? 겨우 그런 이유로? 왕이라는 자리가 그렇게 간단한 줄 아나?"

아르마게일의 지적은 꽤 이해하기 쉬우면서도 치프 일행이 지금까지 갖고 있던 인식의 근간을 흔들 수 있을 만큼 날카로웠다.

"왕녀가 너무 어리석고 무능한 나머지 왕으로서의 쓸모가 보이지 않는다면 종족의 미래를 위해서라도 왕이 되기 전에 폐기해야 하는 것이 왕과 그 신하들의 일일세. 혹시 왕위를 물려받지 못한 왕녀에게 충성한 자들이 이곳에 있나? 그렇다면 그들은 충신이 아니라 왕을 무시한 역적이겠군. 왕이 멀쩡히 눈을 뜨고 있는데 왕녀에게 붙다니 말이야."

"……."

"기사단 단원들과 그들을 지휘할 권한을 하사한 존재는 누구인가? 왕녀인가? 영주라는 자리와 전대 영주의 힘을 물려받게끔 허락한 존재는 누구인가? 그것도 왕녀인가? 대답해 보게, 젊은 영주들이여."

루할트와 알케온은 말문이 막혔다.

팔짱을 낀 채 아르마게일의 모습과 말을 보고 듣고 있던 데스디아는 어금니를 꾹 물었다.

'말하는 본새가 딱 라이트스톤이군. 누가 누구의 복제인지 헷갈릴 정도야.'

그녀는 아르마게일을 제압하고 있는 치프에게 시선을 돌렸다.

'치프, 이제 뭐라고 말할 거지?'

그녀는 선동가라는 지적을 받은 치프가 이제 어떻게 말할 것인지 궁금했다.

치프는 손에 든 아르마게일의 왼팔을 이리저리 움직였다. 부러져 뒤틀린 팔이 덜그럭거리는 바람에 폭발한 통증으로 아르마게일이 얼굴을 일그러뜨렸다.

"미안한데, 난 굉장히 개인적인 질문을 던진 것뿐이야. 너무 어렵게 고민하고 대답할 필요는 없어."

치프가 말했다.

"그렇다면 자네는 셀레스티아 왕녀를 개인적으로 걱정하다는 말이로군."

"물론이지. 그럼 작년으로 돌아갈까? 내가 이곳에 떨어진 이유가 우연은 아닐 것 같거든."

"무슨 질문을 할지 기대되는군. 말해보게."

아르마게일이 격통을 참으며 말했다.

"셀리가 나에게 준 능력 말이야. 만약 내가 아니라 또 다른 인간이 그때 그 자리에 있었다면 아무런 무리 없이 셀리가 주는 힘을 받아들일 수 있었을까?"

"그렇게 나오는군. 감이 좋은데?"

아르마게일이 짧게 웃었다.

"정확히 말하지. 왕녀가 왕녀로서의 가치를 잃었다고 판단할 주체는 왕이며, 폐기에 대한 명령 역시 왕이 내린다네. 물론 왕녀를 키우는 것도 왕이 할 일이지."

"그래서?"

"왕녀는 왕이 되기 위해 견문을 넓힐 필요가 있었네. 실은 세상이 어떻게 돌아가는지만 알면 충분했어. 하지만 라이트스톤이 일을 망쳐 버렸지."

"또 라이트스톤 탓을 하는군."

치프의 표정이 한층 더 구겨졌다.

"실제로 그렇다네. 그는 엠페라투스를 자기 손으로 짓밟고 싶은 욕망으로 인해 계획의 우선순위를 바꿔 버렸지."

치프는 잠깐 입을 다문 채 아르마게일을 노려봤다.

"우선순위를 바꾸다니?"

"베이비시터 계획이라고 하여 원래 진행하려 한 계획이 완전히 틀어졌을 때를 대비해 마련해 놓은 것이 있네. 자네들 식으로 이야기하자면 플랜B라고 할 수 있지."

"자세히 설명해 줄 수 있겠나?"

"물론일세. 하지만 계속 듣고 싶다면 이 무례를 그만두게."

아르마게일의 말에 치프가 피식 웃었다.

"불편하긴 해?"

"팔이나 손가락이 망가지는 것은 문제도 아니지. 통증도 신경을 차단하면 돼. 하지만 내가 자네에게 깔려 있다는 사실 자체는 참을 수 없군."

"착각하는군. 불쾌하라고 이러는 거야. 당신이 똑바로, 그리고 빨리 말하면 이 굴욕도 오래가진 않겠지."

"거래를 할 줄 아는군."

"난 극단적으로 생각할 나이가 아니거든."

치프의 대답에 쓴웃음을 지은 아르마게일은 말하기에 앞서 한숨을 길게 내쉬었다.

"베이비시터 계획이란… 만약 3세대들이 충분한 준비 없이 전면전 상태에 들어갈 경우 전문가를 거쳐 현대전에 대한 셀레스티아 왕녀의 견문을 단숨에 넓히는 것일세. 그 속에는 진정한 왕의 능력이라 할 수 있는 무장제조 능력의 '숙성'도 포함되어 있지."

"…나를 통해서 무장제조 능력을 숙성시킨 뒤 셀리에게 입력시킨다? 그건 최근에 느꼈어."

"호오, 거기까지 읽었나? 하지만 입력은 아닐세. 자네는 자네가 성장시킨 모든 능력을 왕녀에게 바쳐야만 하네. 그래야만 가장 무서운 싸움을 이길 수 있거든."

"그 모든 능력에 내 목숨까지 포함되진 않겠지?"

치프는 무서운 싸움이라는 말을 마음속에 넣어둔 채 물었다.

"그렇게 극적일지는 잘 모르겠군. 그 부분은 라이트스톤에게 물어보게."

치프는 아르마게일이 시치미를 떼는 것인지, 아니면 정말 모르는지 감이 잡히지 않았다.

"좋아, 그렇다 치자고. 그 빌어먹을 베이비시터 계획이 왜 우선순위가 된 거지? 그건 운캄타르의 허가가 없으면 안 될 텐데?"

"엠페라투스의 부활에 필요한 두 가지의 외부적 요소 중 하나가 우리 몰래 마련됐기 때문일세."

"몰래 마련됐다니? 내가 알기로……."

치프는 뭐라 중얼거리려다가 발작을 하듯 몸에 힘을 꽉 주고 입을 다물었다.

그의 급작스러운 행동에 포프는 의아해했지만 눈치가 빠른 '어른들'은 피가 거꾸로 도는 느낌을 받았다.

포프의 뒤쪽에 서 있던 롸켓은 그녀에게 눈을 둔 채 입을 다물지 못했다.

치프가 아르마게일의 팔을 놓고 일어났다.

"좋아, 거기까지. 이 자리에서 더 이상 허튼소리를 했다가는 정말 죽여 버리겠어."

"후후, 자네도 나름대로 조사를 한 모양이군."

치프의 단검에 잘려 떨어진 아르마게일의 손가락이 빛의 입자로 변했다. 흩날리는 입자 속에서 아르마게일의 팔과 손, 그리고 죠니에게 걷어차여 부러진 치아들이 원상태로 복구되었다.

"A—1730이여, 이제 올라가서 얘기할 수 있겠나? 난 지금보다 더 나은 대접을 받길 바라네만."

"소원대로 해주지."

심각한 표정으로 대답한 치프는 곁에 있는 죠니에게 다가갔다.

"얘기가 끝날 때까지 경비를 맡기지."

"목숨을 걸겠습니다."

죠니는 곧장 헬멧을 단단히 썼다.

고개를 끄덕인 치프는 셀레스티아와 데스디아 등이 있는 곳으로 고개를 돌렸다.

"셀리, 뎃디, 나랑 함께 올라가자. 여사님도 함께……."

"아니, 난 밖에 있겠네."

헤이파는 시가를 꺼내 입에 물었다.

"애기들을 돌보는 건 자신 있거든."

포프가 사장실에 접근하는 것을 자신이 직접 막겠다는 뜻이다.

치프는 목례로 그녀에게 감사를 표한 뒤 루할트와 알케온에게 손짓했다.

"같이 가자고. 괜찮지?"

"음."

아르마게일의 말에 꼼짝도 하지 못하던 둘은 험지에 발을 딛기 전의 탐험가처럼 마음을 추스르며 본관으로 들어갔다.

치프는 포프 때문에 우물쭈물하는 파울라를 향해서도 손짓했다.

"장로님도 함께 가주셔야 해요. 큰일은 없을 거 같으니 너무 걱정 마세요."

"아, 알았네."

혼란스러운 와중에도 그녀는 아르마게일을 직접 안내하여 회사 본관으로 들어갔다.

"젝스는 포프와 함께 여사님을 모시도록 해."

"여사님을?"

어차피 포프의 곁에 있을 생각이던 젝스는 치프가 대답 없이 고개만 끄덕이자 자신도 모자의 챙을 잡고 누르며 그의 말을 따르겠다는 뜻을 밝혔다.

치프와 데스디아, 셀레스티아는 자신들과 관련된 세부적인 이야기를 듣기 위해 아르마게일을 따라 회사의 본관 안으로 들어갔다.

"두렵지 않아, 치프?"

셀레스티아가 그에게 물었다.

치프는 자신의 왼쪽에 선 셀레스티아를 흘끔 봤다.

"두려워해야 할 일이 있나?"

"그… 능력 말이야. 무장제조."

그녀의 걱정에 치프는 빙긋 웃었다.

"덕분에 많은 사람을 구할 수 있었잖아? 그걸로 됐어."

그걸 물은 것이 아닌 셀레스티아는 우울한 표정을 지었다.

"뭐, 당분이 없으면 살 수 없는 몸이 된 건 좀 그렇지만."

치프는 웃고 넘어가려 했으나 데스디아의 입장은 그렇지 않았다.

그녀가 치프와 셀레스티아의 앞에 철벽처럼 섰다.

"여기서 확실히 얘기해 줘, 셀리."

"응."

"치프의 능력을 다시 가져갈 때 그의 목숨까지도 앗아가게 되나?"

아르마게일 등을 태운 엘리베이터가 그들을 1층에 둔 채 올라가는 한편, 셀레스티아는 뭐라 대답하지 못하고 그저 서 있기만 했다.

"얘기해 줘, 셀리."

"나도 그걸 모르겠어. 솔직히 말해서 그 능력이 원래 나에게 있었고, 또 치프를 치료할 때 옮겨 간 건지도 분명치 않아."

"뭐라고?"

데스디아가 크게 당황했다.

셀레스티아는 손바닥 아래로 자신의 눈가를 누르며 울먹였다.

"그때도 치프의 능력을 빌리고자 했을 뿐이었어. 그런데 내 것처럼 사용할 수 있었다고!"

셀레스티아가 말한 '그때'라는 것은 실버로드가 부순 고가도로를 복구할 때를 말한다.

당시 그녀는 치프와 손을 잡는 것만으로 그의 능력을 초월적으로 발휘하여 고가도로를 복구했다.

치프는 자신의 눈과 똑같은 색으로 빛나는 셀레스티아의 눈을 보고 '숙성'에 대한 의심을 했다. 더불어 그녀가 종국에는 엠페라투스 이상으로 불길한 존재가 되진 않을까 하는 생각마저 해봤다.

"그때 치프가 물어봤잖아? 너에게 있어서 난 어떤 존재냐고 말이야."

"그랬지."

치프가 확실한 어조로 대답했다.

"정말 난 어떤 존재인 거지? 아빠한테 물어보면 될까? 아니면 아르마게일?"

"음, 아, 셀리."

치프는 표정을 바꿔서 그녀를 불렀다. 마치 사만다를 대할 때처럼 난감함과 걱정이 섞인 표정이다.

"그 사람들이 생각하는 '너'에 대해서 너무 신경 쓰지 않는 편이 좋다고 봐."

"그러면?"

"네가 지금 현재 어떤 일을 하고 있는지 따지는 게 더 건설적이지 않을까? 그래야만 너와 같은 길을 걷는 사람들이 생길 거야."

"친구들 말이야?"

"친구는 친구고… 동지라던가, 심복이라던가. 흠, 거기서부터는 잘 모르겠네. 하지만 네가 언젠가는 신경 써야 할 부분이라는 건 확실해. 여왕님이 되면 어쩔 수 없거든."

"솔직히… 그런 걸 할 자신이……."

불안해하는 셀레스티아를 데스디아가 품에 안았다.

그녀는 왼손으로 셀레스티아의 머리카락을 만져주고 오른손으로는 등을 토닥였다.

"괜찮아. 괜찮을 거야, 셀리. 우리 셀리는 착하니까."

"…내가 바보라서 미안해."

셀레스티아는 데스디아의 가슴팍에 얼굴을 묻은 채 소리 내어 울었다.

그녀가 진정한 뒤에야 사장실로 올라간 치프는 문득 사장실 앞에서 걸음을 멈췄다.

치프를 따라가던 데스디아와 셀레스티아는 복도 한쪽 무릎을 대고 앉아 오른손을 바닥에 대는 치프의 모습을 지켜봤다.

'딕슨, 이젠 나도 좀 힘들다. 조셉과 함께 저세상에서 쉬느라 바쁘겠지만 내가 흔들리지 않도록 용기를 줘.'

바닥의 차가운 기운을 쥐듯 하며 다시 일어난 치프는 표정을 관리한 뒤 사장실 문을 열고 들어갔다.

치프는 문을 걸어 잠그고 방음장치를 확인한 뒤 사장석 앞 소파에 앉아 있는 아르마게일에게 물었다.

"포프의 부친이 누구지? 그것도 빌어먹을 라이트스톤인가?"

"그것까진 모르지. 하지만 둘이 가까이 지낸 것은 사실일 거야."

"……."

"하지만 내가 라이트스톤이라면 의미도 없는 자신의 피를 섞느니 혈통의 순도를 높이는 방법을 썼겠지."

"혈통의 순도를 높이는 방법은 또 뭔데?"

치프가 짜증을 내자 아르마게일이 수염을 만지며 데스디아를 향해 손을 내밀었다.

"저기 있지 않나?"

"……."

알타이르 왕족의 첫째가 반드시 어머니를 닮는다는 상식이 치프의 뒤통수에 얼음송곳처럼 꽂혔다.

그는 즉시 단말기를 들었다.

"죠니, 통신 보안."

―통신 보안. 말씀하십시오.

"우리가 포프와 포프의 동생들이 친족 관계인 걸 확인해 봤나?"

치프의 질문을 들은 죠니는 한참 대답이 없었다.

―죄송합니다, 원사님. 위스콘신 의무실의 데이터베이스에 접속하여 데이터 확인 중.

"천천히 확인해도 좋아. 확실하게만 해줘."

―얼마 안 걸릴 겁니다. 아, 자료 확인 완료. 친족 관계가 확인됐습니다. 99.9% 일치합니다. 원사님의 단말기로 자료를 전송하겠습니다.

"좋아. 포프의 위치는?"

—여사님과 젝스 곁에 있습니다. 젝스가 포프의 손을 단단히 잡고 있네요.

치프는 죠니의 그 말을 통해 젝스가 '그 사건' 이후 대단히 영민하게 행동하고 있음을 느꼈다.

"그렇군."

—저어, 원사님, 끝까지 감추실 겁니까?

죠니가 묻자 치프는 눈앞에 죠니가 없음에도 불구하고 단호하게 고개를 저었다.

"아냐. 내가 직접 얘기할 거야. 걱정하지 마."

—알겠습니다. 경비 임무로 복귀하겠습니다.

"수고해 줘. 통신 완료."

—통신 완료.

단말기를 내린 치프는 죠니가 전송해 준 자료를 살펴봤다.

"포프, 포린, 포티 모두 친족 관계가 확실하군. 뎃디, 알타이르 왕족도 유전자 방식의 친족 관계 확인에 들어가면 이러한 결과가 나오나?"

치프의 질문은 그녀와 그녀의 동생들 사이에 존재하는 외모의 차이에서 기인했다.

데스디아는 그가 무슨 의도로 그러한 질문을 하는지 알기에 불쾌함을 느끼진 않았다. 오히려 더 진지하게 고민하고 있었다.

"유전자 검사를 시도해 본 적이 없어서 모르겠군. 하지만 알타이르 왕족들은 눈을 가린 상태에서도 가족을 확인할 수 있어. 난생처음 이모님들을 뵈었을 때도 그분들이 브라토레 가문의 사람임을 한눈에 알 수 있었지."

데스디아에게 이모들이 있다는 사실을 오늘 처음 알게 된 치프는 조금 놀랐다.

"이모님들?"

"흠. 우리 가문의 족보를 보여주면 깜짝 놀라겠군. 아무튼 그 얘기는 나중에 해, 치프. 지금은 더 중요한 이야기를 들어야 할 때야."

"음."

치프는 뒷목을 만지며 머릿속을 환기시켰다.

"어이, 노인장. 자유의 어둠을 이을 혈통의 순도를 높이는 방법에 대해서 자세히 설명해 줄 수 있나?"

"물론일세."

빙긋 웃은 아르마게일은 파울라가 전해준 오렌지주스를 마셨다.

"아, 맛이 좋군. 역시 내가 설계한 이 육체의 미각은 최고야."

"……."

치프의 인상이 다시 구겨졌다. 치프만이 아니라 파울라를 제외한 모든 이가 아르마게일을 노려봤다.

"표정 풀게, A—1730. 상황이 좀 꼬여서 미처 얘기를 못했네만 난 자네들을 돕기 위해 이곳에 왔네. 그에 따라 도움이 될 이야기를 계속했고 앞으로도 해줄 것이네."

"그럼 사람 좀 불쾌하지 않도록 얘기해 주면 안 될까?"

"빙빙 돌려서 얘기해도 좋다면 그리하지."

"…멋대로 해."

"후후."

아르마게일은 주스를 반쯤 비운 스테인리스 컵을 테이블에 내려놓았다.

"이미 알겠지만 알타이르 왕족 남성의 정자는 그저 수정란을 만들기 위한 촉매에 불과하다네. 남성의 유전 형질은 후손들에게 전혀 이어지지 않지. 라이트스톤은 스위트 베르자르의 세포를 이용해 인공 정자를 만들고, 그 인공 정자를 통해 스위트 베르자르가 아이들을 낳을 수 있도록 만들었을 것이야."

"인공수정을 했단 말이군."

"글쎄? 스위트 베르자르와 라이트스톤의 관계가 정확히 어떠했는지는 잘 모르지만 유리관 따위를 이용할 필요는 없었겠지. 날개 달린 자들이 편의를 위해 제작하는 육체는 설계를 어떻게 하느냐에 따라 생식 기능도 갖출 수 있게 되거든."

"그럼 라이트스톤과 스위트 베르자르가 진짜 밤일을 했단 말인가?"

질문을 던진 사람은 데스디아였다. 치프는 자신을 대신하여 직구를 꽂는 그녀의 모습에 내심 놀랐다.

"하하, 밤일이라……. 스위트 베르자르의 의심을 피하기 위해서는 그랬을 수도 있겠지."

아르마게일이 껄껄 웃었다.

"그럼 스위트 베르자르가 고향에 둔 남편은 대체 뭐 하는 작자였을까?"

치프가 물었다.

"라이트스톤의 부하였겠지. 포프 베르자르를 이 행성으로 보낸 자가 아닌가?"

"흠."

치프는 뒷머리를 긁었다.

"스위트 베르자르와 포프 베르자르가 과연 얼마나 닮았는지는 모르겠네만 결과적으로 포프 베르자르는 자유의 어둠을 무의식적으로 사용할 수 있을 만큼 재능이 뛰어났지. 육체적인 능력도 일반적인 오파로아 행성인보다 월등할 거야. 훈련에 의한 육체의 단련 속도만 봐도 그렇지."

아르마게일의 그 말을 부정하는 사람은 아무도 없었다.

"그 동생들은?"

치프가 다시 물었다.

"그 아이들은 이 행성으로 자유의 어둠을 무사히 배달하기 위해 만들어진 예비 부품에 지나지 않겠지. 포프 베르자르가 이 행성에 오기 전에 사망할 가능성이 0은 아니었을 테니까. 하지만 이해가 안 되는 구석이 있네."

아르마게일의 말에 치프가 고개를 갸웃거렸다.

"이해가 안 되는 구석이라니?"

"스위트 베르자르는 대체 무슨 경로로 자유의 어둠에 대해 알게 된 거지? 그녀는 자유의 어둠이 혈연에 따라서 이동한다는 사실을 죽기 직전에야 알았다는데, 그녀가 자유의 어둠에 대해 자각할 계기를 준 자가 누구인지 전혀 모르겠군."

"그건 나이트 스토커야."

"음?"

"우리 회사 지하에 냉동 보관 중인 나이트 스토커 노인이 있어. 스위트 베르자르를 가르친 게 자신이라고 자랑스럽게 말했지."

그러고는 딕슨을 죽였다. 치프는 그 말을 생략했다.

"그럼 그 나이트 스토커는 자유의 어둠에 대해서 어떻게 알게 된 건가?"

"예언을 통해 알게 됐다고 하더군. 난 그에 대한 진실을 당신이 이야기해 줄 거라고 생각했는데?"

"아까 말했지 않나? 베이비시터 계획은 운캄타르 성왕 폐하와 내가 어떻게 막을 수 있는 상황이 아니었네."

아르마게일이 주스를 한 모금 더 마셨다.

"이 땅의 3세대들은 전혀 준비가 안 된 채로 다른 종족들에게 발견되어 버렸다네. 왕녀는 성왕 폐하의 가르침대로 그들과의 화평 및 조화를 추진했네만 다른 3세대들은 왕녀의 행동을 납득하지 못했지. 그들은 가르침을 받지 못했거든."

"······."

"우주연합의 신들과 엠페라투스의 추종자들은 이 행성을 발견하자마자 미친 듯이 일을 추진했다네. 그 과정을 지켜보시던 성왕 폐하께선 라이트스톤의 욕심을 감지하셨지만 상황 자체가 너무 급박했기에 결국 자네에게 모든 걸 맡기기로 하셨지."

"그게 내가 이 행성에서 뒹굴게 된 이유인가? 베이비시터로서?"

"말하자면. 물론 자네는 기대 이상이었네. 자네는 비록 라이트스톤의 미친 계획에 의해 탄생한 존재지만 나뿐만 아니라 라이트스톤의 예상마저 아득히 넘어서 버렸지."

치프는 그렇게 지껄이는 아르마게일의 머리를 총으로 날리고 싶었으나 꾹 참았다.

"그래서··· 이 시간 낭비 행위는 언제까지 계속할 건가?"

아르마게일이 물었다.

시간 낭비라는 말에 데스디아는 정말 화가 났지만 그 뒤에 이어진 치프의 대답 때문에 행동을 멈췄다.

"뭐, 과거에 있던 일을 그저 모여앉아 듣는 것으로는 미래를 해결할 수 없지."

치프가 씩 웃었다.

"잘 아는군."

아르마게일도 웃었다.

"미안하지만 우린 시답지 않은 과거 얘기를 하자고 모인 게 아니야. 사람들의 목숨이 걸렸다고. 그리고 우린 최소한의 정산 조차 건너뛸 만큼 급하진 않아."

"……."

"브리치에 대해서 얘기해 줄 수 있나? 이건 원래 다른 녀석에 게 부탁한 건데, 노인장이 더 잘 아는 것 같으니 들을 수 있다면 듣고 싶네."

"브리치? 아, 탈란바토르. 자네가 그걸 모조리 부술 야망에 빠져 있다는 이야기는 들었네."

"행성 밖의 게이트는 어지간하면 부서지지 않던데 브리치는 그게 아닌 것 같거든? 차이가 있나?"

"자네들이 게이트라고 부르는 물건이 탈란바토르의 모조품일 세. 오리지널은 이 행성에 떠다니는 것들이지."

"크기가 큰 쪽이 진품인 줄 알았는데?"

"완벽히 복제할 기술이 없어서 터무니없이 커진 것일세. 초대형 함선도 그 물건을 사용할 수 있을 만큼 말이야. 오히려 그 덕에 우주연합이 우주 무역 통로를 장악하고 자신들의 세력을 키울 수 있게 됐지만 말이지."

소파에서 일어난 아르마게일이 오른손 위에 게이트의 입체 영상을 띄웠다.

"내 입장에선 이게 더 골치야. 게이트는 현재 우주연합에 있어서 가장 큰 공격 무기이자 방어 무기일세."

"무기? 게이트에서 무슨 광선이라도 뿜어져 나오나? 난 그저 행성 간 무역을 비롯한 현재의 생활이 붕괴될 거라고 생각하는데?"

"그게 가장 큰 무기지. 이 시대의 사람들은 게이트의 편리함에 너무 익숙해져 버렸어. 만약 자네가 우주연합을 완전히 붕괴시키고 그 때문에 게이트의 가동이 정지된다면 이 우주의 모든 분노가 자네에게 쏟아지겠지."

"난 상관없어."

"그건 자네 입장이고. 아무튼 내가 도와줄 수 있는 일은 이 행성의 브리치들을 처리하는 것과 라이트스톤의 제거까지일세. 자네와 엠페라투스와의 싸움에는 관여하지 않겠네."

"노인장은 엠페라투스를 증오하는 쪽이 아니었나?"

"그에 대한 증오심을 품은 채 살아가기에는 너무 나이가 들어 버렸거든."

아르마게일이 싱겁게 웃었다.

"내 본체는 이미 한계에 달해 있다네. 그 옛날 운캄타르 성왕 폐하와 엠페라투스가 결전을 벌일 때 우리가 갖고 있던 영원성도 붕괴됐지. 난 2세대 중에서도 나이가 많은 편이기에 앞으로 수백 년 정도밖엔 살 수가 없어."

"나보다는 오래 살다 가겠군."

치프가 피식 웃었다.

"빅시티에 내린 차가운 비는 당신 작품인가?"

"그렇다네. 알타이르 전사들의 상전이 기관 작동을 방해하기 위한 일이었지. 아, 정령 교감이라고 해야 더 빨리 이해하려나?"

"…스낵바에 먹을 것이 잔뜩 있으니 오늘 하루 종일 얘기해 보자고."

치프가 사장석에 앉았다.

아르마게일은 싱글싱글 웃으며 다시 소파에 앉았다.

*　　　　*　　　　*

저녁 식사 시간 전에 사장실에서 내려온 치프는 허리를 두드리며 식당으로 갔다.

그는 위스콘신에 있다가 지시를 받고 내려온 해병대 원정군 기갑부대 소속 병사들이 훈련장에 주력 전차들을 세워놓고 대화하는 모습을 목격했다.

헤이파와 젝스, 포프는 훈련장의 스탠드에 나란히 앉아 그들의 모습을 구경하고 있었다.

젝스는 아직도 포프의 손을 붙잡고 있고, 헤이파는 자신의 망토로 포프를 덮어 쌀쌀한 날씨로부터 그녀를 지켜주었다.

"먼저 식사라도 하고 계시지 그러셨어요?"

치프가 그들에게 다가와 말을 걸었다.

"전차 소리에 익숙해질 기회가 많지는 않으니 말일세. 그보다 얘기는 잘 끝났나?"

그녀가 묻자 치프는 자신의 손목시계를 봤다.

"고작 세 시간 좀 넘게 얘기했을 뿐인데요, 뭐. 오늘은 묘하게 바쁘네요."

"자네 일이 그렇지."

그녀의 가벼운 지적에 치프는 그냥 웃기만 했다.

"포프랑 단둘이 얘기 좀 할 수 있을까요?"

"그러게. 포프, 괜찮겠느냐?"

"예, 여사님."

포프는 몸에 두르고 있던 망토를 풀어 헤이파에게 건넸다.

"나와 젝스는 식당으로 가겠네."

"예, 여사님."

헤이파가 망토를 두르며 돌아서는 것과 달리 젝스는 그 자리에서 발을 떼지 못했다. 치프는 괜찮을 테니 어서 가라는 듯 고개를 끄덕였고, 헤이파는 젝스의 어깨에 팔을 두르며 그녀를 인도했다.

치프는 포프의 곁에 앉았다.

"세상 참 험하지?"

"앞으로도 험하겠죠?"

"아주 큰 싸움이 있을 테니까 부정은 못하겠네."

길게 심호흡을 한 치프가 이윽고 말했다.

"네 엄마랑 아빠에 대한 얘기 좀 해볼까?"

"예?"

포프의 표정이 불안감으로 물들었다.

"아빠와의 관계는 어땠니? 네 동생들은… 그래, 아빠에 대해서 많이 실망한 것 같다고 켐리가 그러던데 말이야."

예전에 딕슨도 그랬지만 현재 포프의 동생들을 맡고 있는 켐리는 치프의 지시에 따라 두 아이의 재활은 물론 심리 상태를 살피는 일까지 수행하고 있었다.

심리 상태 추적이라고 해봤자 하는 일은 간단했다. 이따금씩 아빠에 대한 질문을 해보고 그에 대한 반응을 살피라는 것뿐이었다.

둘은 자신의 아빠를 '있으나마나'한 존재로 여기고 있었으며 아빠와 관련된 추억을 일체 입에 담지 않았다.

아이들의 그 단단한 반응은 켐리를 놀라게 만들었다.

"둘은 그럴 수밖에 없을 거예요. 저도 사실 그렇고요."

"이렇게 묻기는 좀 그렇지만⋯ 안 좋은 일이라도 있었어?"

"그냥 아빠가 우리에게 정을 붙인 일이 없었어요. 우리를 보는 눈빛은 항상 차가웠고 식사를 챙겨주실 때도⋯ 만들어주시는 음식 자체가 엉망은 아니었는데 '오늘의 일과는 이걸로 끝'이라는 느낌? 예, 그랬어요."

"흠."

포프의 대답에 치프는 고개를 끄덕거렸다.

"저는 아빠가 왜 그러실까 궁금했지만 포린이랑 포티는 달랐죠. 둘은 일찌감치 체념했더라고요. 싫다, 좋다 하는 개념을 이미 떠난 거죠."

치프는 그 아빠라는 사람이 혹시 학대를 했거나 그 이상의 일을 저지르지 않았을까 잠깐 생각해 봤다. 포린은 몸이 좋지 않았고 포티는 팔을 잃었다. 포린은 선천적인 문제였으나 포티의 경우는 그렇지 않았다.

하지만 그는 그러한 의문을 기반으로 포프의 가족관계에 대한 이야기를 꺼낼 생각은 없었다.

지금 이 자리는 포프의 아버지에 대한 비난의 자리가 아니라 포프의 마음을 안정시키기 위한 자리이기 때문이다.

"넌 어땠어, 포프?"

"아빠에 대해서요?"

"음."

"거리감이 좀… 아, 뭐라고 정확히 말씀드릴 수가 없네요."

"그렇구나."

치프는 턱을 괴고 한숨을 내쉬었다.

"그럼 네 아빠에 대해서 우리가 알아낸 사실들을 얘기해 줄게. 넌 어느 정도 마음의 각오를 하는 게 좋을 거야."

"꼭 오늘 이 시간에 들어야만 하나요?"

"시간은 네가 선택해도 돼."

"…음, 아니에요. 지금 들을게요. 시간을 끈다고 해서 진실이 바뀌진 않을 테니까요."

"너무 성급히 받아들일 필요까진 없어."

"괜찮아요, 사장님. 용기를 낼게요."

치프는 포프의 그 모습이 지금의 자신에겐 없을지도 모를 '젊음'일지 모른다고 생각했다.

"일단… 너희들의 아빠는 생물학적으로 너희들과 아무런 관련이 없어."

"예?"

"너희 자매와 생물학적인 접점이 있는 사람은 너희 엄마와 그쪽 가계뿐이야. 현재로선 말이지."

"…아."

생물학적인 접점이 무슨 말인지 당장 알아듣지 못해 고민하던 포프는 이윽고 탄성에 가까운 소리를 내더니 조용히 고개를 끄덕였다.

"그리고 너희 아빠는 누군가에게 살해당하지 않았어. 방식으로 보자면 자살이야. 안드레이가 찾아갔을 때는 이미 늦었지."

"……."

"너희 아빠가 왜 네 동생들을 미리 대피시키고 자살이라 추정되는 결말을 택했는지는 아직 밝혀지지 않았어. 아무튼 분명한 것은 너와 네 동생들에게 어떠한 수작이 걸려 있었다는 거야."

치프는 자신의 단말기에 안드레이에게 받은 자료들을 출력시킨 뒤 포프에게 보여줬다.

"포린과 포티의 후두부에는 이와 같은 물체가 심어진 상태였어. 그리고 네 머리에도 이것과 똑같은 물건이 존재하지."

"…이게 뭐죠?"

포프는 동생들의 MRI 사진과 그 사진에 표시된 물체가 뭔지 이해할 수 없다는 표정으로 치프를 바라봤다.

"일종의 반응 트랩인데, 너희 셋이 한자리에 모일 경우 반경 500미터 내의 모든 물체가 20시버트 이상의 방사능 피폭을 당하게 되는 물건이야. 20시버트면 너희들은 물론이고 반경 내에 있는 사람들은 그냥 다 끝장이지. 셀리 정도나 버티려나?"

"이게 언제 우리의 몸에 심어진 거죠?"

"수술 흔적으로 따지자면 거의 비슷한 시기야. 네가 이 행성에 올 무렵인 것 같아."

포프는 몸을 숙이고 자신의 머리를 감쌌다. 그때를 떠올려 보기 위함이었는데, 특이한 부분이 떠오르지 않았기에 그녀의 표정은 점점 더 굳어졌다.

"동생들의 머리에 심어진 것들은 안전하게 처리됐으니 걱정하지 마. 그리고 진짜 문제는 이제부터야."

"예?"

"네 엄마의… 스위트 베르자르 씨의 스카이보드 말인데, 혹시 어디서 어떻게 얻었다고 말씀하신 적 있어?"

포프는 겁에 질린 표정으로 눈만 깜박거릴 뿐 대답하지 못했다.

치프는 마음속으로 자신에게 행운이 있기를 기도한 뒤 스카이보드에 관한 이야기를 했다.

"그 스카이보드는 지금으로부터 약 20년 전에 만들어진 물건이야. 워낙 특이한 소재로 만들어져서 우리 계산이 틀릴 수도 있는데, 아무튼 스카이보드의 제작자가 라이트스톤이라는 사실은 네가 나보다 먼저 알게 됐지. 롸켓을 통해서 말이야. 난 불과 며칠 안 됐고."

"……."

"들었는지 모르겠지만 이번에 우리가 상대해야 할 사람은 라이트스톤이야. 저쪽에서 먼저 적개심을 드러냈으니 그렇다고 봐야겠지. 그런데 그 라이트스톤이 네 엄마에게 스카이보드를 준 거야. 20년 전에 말이야. 라이트스톤은 대체 왜 그 물건을 스위트 베르자르 씨에게 줬을까?"

"잠깐만요, 사장님."

포프가 가쁜 숨을 내쉬며 치프를 불렀다.

"혹시 라이트스톤 사장님과 엄마, 그리고 우리 자매 사이에 뭔가 있다는 말씀을 하시려는 건가요?"

"…맞아."

"말도 안 돼요! 비상식적이에요! 라이트스톤 사장은 저에게 특별히 말을 건 적도 없다고요!"

"그가 그런 야들야들한 감정에 따라서 움직일 존재라고 생각해?"

"……"

"사실 아예 얘기하지 말까 하는 생각도 해봤어. 하지만 그렇게 했을 경우 네가 결정적인 순간에 어떤 행동을 할지 알 수가 없었지."

치프의 말에 포프는 두 손으로 얼굴을 감쌌다. 우는 것은 아니었다. 끔찍하게 괴로워서였다.

치프는 가만히 이야기를 계속했다.

"네 입장에선 내가 네 감정을 희생시켜서 다른 이들을 보호하려 하는 것처럼 보일 거야. 그래, 맞아. 아까 말했듯이 앞일이 굉장히 험하거든. 난 그 험난한 상황 속에서 꽤 많은 사람의 목숨을 주물러야만 해. 그런데 만약 그때 불상사가 터지고 그 때문에 사람들이 다치거나 죽는다면, 그리고 그 원인이 바로 너라면 난 후회를 하겠지. 역시 그날 너에게 이야기해야 했다고 말이야."

"……"

"라이트스톤은 말이야, 아주 오랫동안 자신의 손으로 직접 엠페라투스를 끝장내기 위해 수단방법을 가리지 않고 살아온 자야. 그가 만든 수단과 방법 중에는 건하운드도 있고, 신체 재구축 치료기도 있고, 알타이르 왕족도 있고, 그리고 나도 있어."

"그 안에 저도 포함되는 거겠죠?"

"…그렇지."

치프는 쓴웃음을 지으며 고개를 끄덕였다.

그는 아르마게일에게 들은 이야기 중에서 대부분을 생략했다. 특히 혈통의 순도를 높이기 위해 라이트스톤이 수작을 부렸다는 이야기만큼은 끝까지 내뱉지 않기로 마음먹은 상태였다.

포프가 그런 것까지 받아들일 수 있을지, 그리고 듣고 나서 무슨 표정을 지을지 두려웠기 때문이다.

얼굴에서 손을 뗀 포프는 심호흡을 통해 차가운 공기를 자신의 폐로 밀어 넣었다.

"사장님."

"응?"

"정말 라이트스톤만이 나쁜 자일까요?"

"글쎄. 모르겠네. 내가 평생에 걸쳐 해온 일들에는 공통점이 있어. 바로 뒤처리야. 사회제도가 예방할 수 있는 일에는 한계가 있고, 그 제도의 한계를 넘어선 일들을 나와 내 동료들이 도맡아왔지. 그 때문에 우리는 마음이 망가진 자들을 계속 봐야만 했어. 라이트스톤도 그런 자들 가운데 하나일 거야. 나야뭐… 거울을 통해서 매일 보고 있고."

"……."

"앞으로도 많이 나타나겠지. 난 익숙해서 상관없지만 남이 그런 것에 익숙해지는 모습은 여전히 적응하기 힘들어. 그나마 다행인 건 라이트스톤이 더 이상 자유의 어둠과 너에 대해서 직접 신경 쓰고 있지 않다는 사실이야. 그러니 포프, 이 일에서 손을 떼려면 지금이……."

"그건 사장님의 예상일 뿐이잖아요?"

포프가 자신의 말을 끊고 당돌하게 묻자 치프는 자못 놀랐다.

"죽고 죽이는 길을 계속 걷겠다는 소리니?"

"적어도 이 일의 끝을 봐야만 손을 뗄 거예요! 그리고 헌터로서의 일은 계속할 거고요!"

"그래? 힘들 텐데?"

치프의 걱정에 포프는 벌떡 일어나더니 당당한 자세로 말했다.

"지금은 동생들에 대한 걱정만 하고 싶어요. 전 가족을 책임져야 하는 가장이라고요."

"네가 나보다 낫구나."

치프는 부럽다는 표정으로 그녀를 보며 웃었다.

'예방주사는 이 정도로 충분할까?'

물론 속으로는 그렇게 걱정하고 있었다.

훈련장에서 주력전차의 강하 작업을 살피던 해병대 기갑부대 대원들이 전차 운송용 초대형 드론이 위스콘신으로 올라가는 틈을 타 치프와 포프를 구경했다.

"원사님이 여자들이랑 얘기하는 모습은 정말 적응이 안 되는군. 지금은 그 공포의 A-1730이 아니라 지중해를 떠도는 바람둥이처럼 보이는데?"

"자네 눈이 잘못된 거야. 포프는 여자가 아니라 여자애라고."

"…차이가 뭔데?"

"위법이냐, 아니냐의 문제랄까?"

"……."

그 사이에 주력전차 한 대가 더 내려왔다.

대원들은 땅에 착지한 전차를 드론에서 분리하기 위해 바삐 움직이며 얘기를 계속했다.

"여자애라는 말을 들으니 3년 전인가 있던 일이 떠오르는군."

"3년 전?"

"우리 원정군에 있던 소위가 UNSMC에 방문한 적이 있었잖아. 합동훈련 일정을 조율하려고 말이지."

"아, 그 여자애? UNSMC 방문 다음 날 다른 부대로 이동하지 않았어?"

"그 여자애가 원사님 앞에서 대형 사고를 쳤거든."

"뭔데?"

"'자네가 그 A—1730인가?' 하고는 뒷짐을 진 채 원사님께 경례를 받았다고 하더라고."

그 병사의 얘기에 다른 병사들의 안색이 하얗게 변했다.

"…저분은 준장 내지는 소장급 예우 아닌가? 지금은 해군 주임원사 대리라서 정말 소장 예우일 텐데?"

"그러니까 인사이동이 있었지."

"미쳤네, 그 소위."

"음, 그래서 내 눈에는 포프의 모습이 굉장할 뿐이야. 우린 원사님이랑 눈도 못 마주치는데 말이지."

병사들이 고개를 끄떡거렸다.

"그런데 전차 몇 대를 내리라고 지시하신 이유가 뭘까? 현장에서 쓸 거면 구축함이나 강습함을 써도 되잖아?"

"유격전에 대비하시려는 거 아닐까? UNSMC만 굴리시던 분이 우리 원정대에도 특수정찰대를 선발하라 하셨다던데?"

"정찰대에 주력전차라고? 안 어울리잖아?"

"나야 모르지."

전차의 분리를 완료한 병사들은 대기 중인 대형 드론의 수송용 팔을 두드렸다.

"다음! 올라가!"

"작업 완료 확인. 안전 범위 밖으로 이동하십시오."

경고음을 낸 드론이 위스콘신을 향해 떠올랐다.

*   *   *

탈리케이아는 이틀째 퇴근도 하지 못하고 공항에서 지내는 중이다.

사무실에 특별히 가져다 놓은 안락의자에서 반쯤 자고 있던 그녀는 갑자기 출입국 심사대가 시끄러워지자 눈을 번쩍 뜨고 일어났다.

'뭐지?'

그녀는 즉시 사무실 문을 열고 나갔다.

심사대를 맡고 있던 UNSMC 대원들이 근육질에 신장도 큰 흑인 한 명을 향해 박수를 치거나 와락 껴안는 등 열렬한 환영을 보내고 있다.

그 흑인은 행복한 얼굴로, 그것도 프로레슬러처럼 위로 번쩍 치켜든 두 팔을 흔들며 고개를 연신 끄덕거렸다.

"그래그래! 자네들의 영원한 형님인 킹이 왔다고! 하하!"

탈리케이아가 고개를 갸웃했다.

'킹? 어디서 들어본 이름인 것 같은데? 아, 정신없어.'

그녀는 손바닥으로 얼굴을 이리저리 만지면서 그들에게 다가갔다.

"이봐, 뒤에 밀린 사람들이 안 보이나?"

"아!"

킹을 환영하던 대원들은 킹의 뒤쪽에서 차례를 기다리는 사람들을 보고 움찔했다.

담당들을 남겨놓고 서둘러 자리를 옮긴 환영 인파는 아주 기쁜 목소리로 킹을 소개했다.

"탈리 누님, 이분이 바로 '킹 버거맨' 중사님입니다."

"하하, UNSMC에 재입대한 킹 버거맨입니다. 현역 시절엔 찰리 스쿼드를 맡았죠. 잘 부탁드리겠습니다."

킹이 깔끔하게 면도한 자신의 대머리를 만지며 호쾌하게 웃었다.

"아, 찰리 스쿼드의……. 만나서 반갑습니다. 알타이르의 워치 프인 탈리케이아 디레이샤 알타이르 클라두스입니다."

둘은 굳게 악수를 나눴다.

탈리는 죠니가 이끄는 브라보 스쿼드와 안드레이가 이끄는 델타 스쿼드 사이에 낀 찰리 스쿼드의 리더가 너무 기본에 충실한 사내였기에 의아하게 생각한 적이 있었다.

'이 남자가 진짜 찰리 스쿼드의 리더였군. 이제 생각해 보니 저격과 첩보 및 정보 검증의 달인이라고 들은 것 같기도 해.'

탈리케이아의 표정을 가만히 보던 킹이 걱정스러운 표정을 지었다.

"많이 피곤해 보이십니다, 워치프."

킹의 표정이 마치 TV 쇼에 나온 연예인처럼 노골적이었기에 탈리케이아는 쓴웃음을 지었다.

"탈리라고 부르셔도 됩니다. 하아, 이틀 동안 쪽잠을 자며 계속 근무했지요. 버거맨 중사님께서는 혹시 공항과 관련된 일을 해본 적이 있으십니까?"

"어떻게 해야 하는지는 알고 있지요. 아, 그냥 킹이라고 부르십시오."

"다행이군요, 킹 중사님. 그럼 잠시 실례를."

탈리케이아는 바로 단말기를 꺼냈다.

"아, 치프. 나야. 지금 킹 버거맨 중사가 공항에 도착했어."

—오, 킹이? 생각보다 일찍 왔네?

치프의 목소리에도 반가움이 섞여 있었다.

반면 킹의 진한 갈색 얼굴은 하얗게 뜨고 말았다.

그는 곁에 있는 UNSMC 대원에게 귓속말을 했다.

"이봐, 내 눈과 귀가 잘못된 건가? 지금 원사님이 여자랑 자연스럽게 통화하고 있잖아?"

"본부… 아니, 회사에 가시면 기절하겠네요."

"왜?"

"요즘 원사님께서는 여자들이랑 식사도 같이 하세요. 회사 내의 모든 여자들을 독차지하고 계시죠.”

대원의 과장 섞인 대답을 들은 킹의 눈이 흰자위가 모두 드러날 만큼 똥그래졌다.

“독차지? 거짓말하지 마. 뎃디라는 분이랑 친하게 지낸다는 얘기는 죠니와 안드레이에게 전해 들었어. 물론 듣고도 믿을 수 없었지. 근데 무려 여자‘들’이라고? 게다가 독차지?”

“추가로 전부 꿈에나 나올 법한 미인들이죠. 아, 한 명은 그냥 평범하네요.”

대원이 떠올린 그 한 명은 포프였다.

킹의 얼굴에 식은땀이 맺혔다.

“이봐, 내가 아는 원사님은 눈앞에 밥상을 차려줘도 냄새조차 안 맡는 정신머리의 소유자였어! 그런데 천국에서 노니신다고? 말이 된다고 생각해?”

“진짜라니까요?”

당황한 킹의 모습을 가만히 바라보던 탈리케이아는 순간 묘책을 떠올렸다.

“오늘 하루 정도 킹 중사에게 공항을 맡기고 싶은데, 조퇴해도 괜찮을까? 춥고 배고픈 건 그렇다고 해도 잠이 와서 더 이상은 못하겠어.”

—커피라도 좀 마셔보지?

치프의 무심한 대답을 들은 킹이 저거 들었냐는 식으로 손가락질을 했다.

“봐! 저 건빵처럼 메마른 태도! 저게 바로 원사님이야!”

“좀 기다려 보세요.”

곁에 있는 대원이 한숨을 쉬었다.

탈리케이아는 질 수 없다는 듯 목소리를 가다듬었다.

"킹과 인사할 겸 날 데리러 와주면 좋겠는데?"

—음, 할 수 없지. 내가 그 쪽으로 갈 테니 한 시간 정도만 기다려.

킹의 표정이 굳어졌고, 탈리케이아는 씩 웃었다.

"기다릴게."

—내 차는 승차감이 안 좋으니 루할트의 차를 빌려야겠군. 그럼 있다가 보자고.

"그래, 치프."

통화를 마친 탈리케이아는 사무실 쪽으로 걸어가면서 킹에게 손을 흔들었다.

킹은 자신보다 키가 큰 이 알타이르 여성의 미소에 더욱 당황했다.

"탈리 누님이 저렇게 행복하게 웃는 건 처음 보네요."

"저 여자가 언제부터 너희들의 누님이었지?"

킹이 다시 대원에게 눈을 굴렸다.

"나이도 그렇고 저분께서 구식 중장갑 전투복을 맨손으로 식빵처럼 잡아 찢는 모습을 보시면 중사님께서도 자연스럽게 누님이라 부르실 걸요?"

"……"

다시 눈을 크게 뜬 킹은 뭔가를 잡아 찢는 손짓을 하는 것으로 질문을 대신했다. 대원은 고개를 끄덕거리더니 자신의 단말기를 전투복에서 빼내 그 당시의 동영상을 보여줬다.

영상 안에서 탈리케이아는 고릴라나 입을 법한 대형 중장갑 전투복 착용자를 다리 걸기 한 번에 넘어뜨린 뒤 그 위에 표범처럼 올라탔다. 그러고는 주먹으로 장갑판을 구기고 그 균열 속에 손날을 박아 넣은 뒤 전투복을 튀김 껍질 찢듯 좌우로 활짝 찢어 날려 버렸다.

"…내가 아는 알타이르 전사들의 전투 능력을 완전히 초월하고 있는데?"

"회사에 있는 알타이르 여자들 가운데에서는 탈리 누님이 제일 약해요."

"더 강한 사람이 있다고?"

"헤이파 여사님이라고, 원사님께서 회사에 계시지 않을 때는 그분이 왕이죠. 각 스쿼드의 리더들도 인정하고 있어요."

"흠, 왕이라……. 그럼 자네들의 탈리 누님은 그 여사님 밑의 사천왕 정도 되나 보군."

"사천왕은 뭡니까?"

"그런 게 있어. 원사님께서 보시는 만화책에 자주 나오는 용어야."

"……."

"아무튼 장비를 빌릴 수 있을까? 내 경장갑 전투복은 화물칸에 있거든."

"어지간한 건 다 있으니 걱정하지 마십시오. 화물칸에 있는 장비도 바로 가져오겠습니다. 그런데 몸이 정말 빠르게 좋아지셨군요. 현역 시절 같은데요?"

킹은 얼마 전 치프에게 자신의 거대하고 두꺼운 뱃살을 생중

계한 일이 있다. 하지만 지금은 극도로 훈련된 근육질 군인의 느낌을 뚜렷하게 풍기고 있었다.

"캡슐 안에서 질질 녹았지. 몇 년 동안 내 몸에 쌓인 지방질이 다 빠져나왔는데, 그때 만들어진 국물의 색이 어땠는지 말해줄까?"

"아침부터 더러운 얘기는 사양하겠습니다. 그보다 원하시는 추가 장비를 말씀해 주십시오."

78
정령들의 또 다른 친구

"음, 여긴 대체 얼마나 위험한 곳이야?"

"여객선 납치가 24시간 내에 한 건만 발생하는 날은 이상한 날이죠. 오히려 일이 터져야 안심이 된다고나 할까요?"

대답을 들은 킹의 표정에 피로감이 올라왔다.

"제길, 지정사수 소총과 기관단총, 그리고 권총을 한 자루씩 부탁해. 스캐너도 함께."

"알겠습니다."

주문을 받은 대원이 빠른 걸음으로 그곳을 떠났다.

킹은 뒷목을 주물렀다.

"원사님 말씀대로 집에서 애나 볼 걸 그랬나?"

"지옥에 오신 걸 환영합니다."

다른 대원이 웃음소리를 섞어 말했다.

"저희는 각자 위치로 이동하겠습니다. 로버트 하사님이 저희들을 죽이려고 하시네요."

"로버트가 아직 하사라고? 이제 중사를 달아도 괜찮을 텐데?"

"이번 임무 때문에 진급이 늦어졌죠. 그럼 이곳을 부탁드립니다."

"나중에 보자고."

떠나는 대원들에게 손을 흔든 킹은 뒷주머니에 꽂아둔 검은색 베레모를 잘 펴서 머리에 썼다.

그로부터 한 시간 뒤.

모래색으로 도색된 수송기 한 대가 공항의 수직 이착륙기 전용 활주로로 내려왔다.

활짝 열린 후방 출입구에서 자율 주행 장치의 제어를 받아 혼자 내려온 차량은 군용이 아니라 검은색의 대형 고급 세단이었다.

롸켓과 함께 차를 뒤따라 내려온 치프가 턱을 만지작거렸다.

"이 차로 회사까지 갈 수 있을까?"

그가 묻자 롸켓이 어깨를 들썩였다.

"자율 주행 전용 네트워크에서 벗어나면 사장이 직접 운전해야 하오. 문제는 딱 그 정도인데… 설마 이제 와서 자동변속 차량은 운전 못하겠다고 드러누울 생각이오?"

"아니, 이런 차는 여러모로 무르잖아? 방탄도 안 되고."

치프의 걱정에 롸켓이 피식 웃었다.

"사장이 상대하는 적들 가운데에서 방탄 여부에 신경 쓸 만큼 나약한 존재가 몇이나 된다고 생각하오? 뎃디 부사장 정도만 돼도 장갑차 따위는 격투 게임 보너스 스테이지를 즐기듯 간단히 부술 거 같소만?"

"흠, 하긴."

치프는 고개를 끄덕끄덕했다.

"그래도 걱정된다면 그냥 탈리 누님까지 수송기에 태우면 되지 않소?"

"여사님께서 탈리가 원하는 것 좀 들어주라고 하셔서 말이지. 그런데 왜 아저씨까지 탈리 누님이라고 불러?"

"켐리뿐만 아니라 UNSMC 친구들이 다들 그렇게 불러서 말이오. 그리고 실제 나이만 따져도 그렇지 않소?"

"나이로 따지자면 이미 누님의 영역은 훨씬 벗어난 것 같은데 말이지."

"후후후."

"그럼 난 탈리와 함께 알아서 돌아갈 테니까 조심해서 돌아가, 아저씨."

"알았소. 행운을 빌겠소, 사장."

치프는 수송기의 후방 출입문을 통해 탑승하는 롸켓을 바라보며 입술을 뾰족하게 내밀었다.

"행운까지 빌어주진 말아줘. 불안하게시리."

자동차의 문을 열고 운전석에 앉은 치프는 둔부와 등판을 통해 전해지는 안락감에 탄성을 질렀다.

"역시 군용과는 다르네."

가볍게 웃은 그는 데스디아가 사준 선글라스를 낀 뒤 운전석 쪽 창문을 열고 공항 주차장을 향해 차를 몰았다.

주차장 앞에 서 있는 데토네이터 보행전차가 치프의 얼굴을 확인하고는 팔을 들어 경례하며 옆으로 물러났다.

치프는 데토네이터 앞에서 차를 멈췄다.

"미안한데 탈리와 킹에게 공항 출입구 쪽으로 나오라고 연락해 주겠나?"

데토네이터의 전면부 장갑판이 열리고 그 틈을 통해 UNSMC 대원이 고개를 내밀었다.

"누님은 수송기 내려오는 거 보자마자 그곳으로 갔습니다. 킹 중사에게는 지금 바로 통보하겠습니다."

"킹은 좀 어때?"

"다른 쪽 친구들에게 듣자 하니 전역하기 전의 모습이라고 하더군요."

"캡슐 안에서 탈탈 털렸군. 그럼 계속 부탁해."

"알겠습니다, 원사님."

대원이 다시 탑승하는 모습을 끝까지 지켜본 치프는 다시 차를 몰았다.

주차장을 거쳐 출입구에 도달한 치프는 경장갑 전투복을 입은 킹과 피로에 찌든 표정의 탈리케이아를 어렵지 않게 발견할수 있었다.

그들 앞에 차를 세운 치프는 반가움이 물씬 올라온 표정으로 차에서 내렸다.

"이야, 킹! 이렇게 건강한 모습을 보는 게 대체 얼마만이야?"

"행복이 빠져나간 모습이라고 해주십시오. 원사님의 패션 센스는 여전히 꽝이네요."

"하하."

둘은 격하게 포옹을 한 뒤 악수까지 나눴다.

"자네 몸보다는 사격 실력이 궁금한데, 좀 어때? 현역 시절 정도는 아니겠지?"

"제가 찍은 최고 기록에는 아직 못 미치더군요. 하지만 며칠 내로 회복할 자신이 있습니다."

킹은 자신의 단말기에 지구에서 최근 기록한 사격 훈련 점수를 띄워서 치프에게 보여줬다.

"오, 그래도 로빈보다는 훨씬 점수가 높군."

"그 로빈을 가르친 게 접니다. 물론 저는 원사님께 배웠지만 말이죠."

"난 아직도 로빈의 점수를 못 넘는다고."

"저희들처럼 몸에 맞춰진 총을 쓰신 적이 한 번도 없지 않습니까?"

"글쎄? 후후."

치프가 슬쩍 웃었다.

"그럼 다른 친구들이랑 함께 여길 맡아줘. 탈리는 좀 쉬어야 할 것 같네."

"알겠습니다, 원사님. 아, 주임원사 대리라고 불러 드려야 합니까?"

"아, 됐어. 말만 들어도 내 눈앞에 서류가 쌓이는 것 같은 느낌이야."

"그러시겠지요."

킹과 웃음을 주고받은 치프는 탈리케이아가 편히 탈 수 있게끔 차의 뒷좌석 문을 열었다.

"탈리, 집에 가자고."

그러나 탈리케이아는 이미 조수석에 앉아 있었다.

"흠."

뒷좌석 문을 닫은 치프는 운전석으로 움직였다.

그런 그에게 킹이 윙크를 하며 엄지를 폈다.

"힘내십시오, 원사님."

"응? 어, 그래."

킹의 의도를 이해하지 못한 치프는 대강 대답한 후 차를 몰고 그곳을 떠났다.

킹은 헬멧을 쓰기 전에 긴 한숨을 내쉬었다.

"연애 감각도 여전히 꽝이시네요."

그는 거의 뛰듯이 공항으로 돌아갔다.

공항 구역을 빠져나온 치프가 옆자리에 앉은 탈리케이아에게 물었다.

"춥고 배고프다고 했지? 회사로 바로 갈까?"

"메이 & 노드."

그녀가 생기를 되찾은 표정으로 대답하자 치프는 그럴 줄 알았다는 듯 고개를 끄덕였다.

"거기 회원권을 끊어둘 걸 잘못했군."

치프는 별일이 없길 기원하며 핸들을 움직였다.

시트의 등받이를 뒤로 살짝 젖힌 탈리케이아는 비녀를 뽑아 자신의 금발을 풀어헤친 뒤 양손으로 이리저리 만졌다.

"역시 고급 차는 다르네. 치프의 그 돌덩어리 같은 차는 탈 때마다 엉덩이랑 허리가 아팠는데 말이지."

"그래? 난 이 편안함과 안락함이 오히려 마음에 안 드는데."

"정서불안 아닐까?"

"흐흠."

치프는 그럴지도 모른다는 듯 눈썹을 까딱 움직였다.

이윽고 탈리케이아의 머리 손질이 끝났다.

치프는 거울도 보지 않고 머리를 완벽하게 다듬는 탈리케이아의 묘기를 끝까지 본 뒤 결국 감탄했다.

"알타이르의 워치프쯤 되면 거울이 필요하지 않나 봐? 어사님이나 댓디도 거울 없이 터번을 두르는 거 보고 정말 놀랐는데."

"하하하!"

그의 말에 탈리케이아가 입을 활짝 벌리며 깔깔 웃었다.

표정 변화가 적은 헤이파나 데스디아와는 전혀 다른 모습이었는데, 탈리케이아가 꽤 명랑한 성격이라는 사실은 치프도 알고 있었다. UNSMC 대원들이 그녀를 누님이라며 편히 부르는 이유도 그 성격 때문이다.

"그 오랜 시간 동안 똑같은 스타일을 계속 유지해 왔으니 거울 따위는 필요 없지. 눈 감고도 할 수 있다는 말은 이럴 때 쓰는 거야. 치프도 그 셔츠의 단추를 채울 때 딱히 거울을 보진 않잖아?"

"흠, 헤어스타일을 바꿔볼 생각은 없어?"

"그랬다간 스승님께서 나한테 불벼락을 내리실걸? 우리 엄마도 당장 이곳으로 뛰어오실 거고 말이야."

치프는 그럴 정도냐는 눈으로 그녀를 봤다.

"혹시 머리카락을 통해서 정령과 교감을 하나?"

"아냐. 조상님들께서는 몸에 날붙이를 대는 행동이 우리와 교감 중인 정령들을 위협하는 행동이라고 여기셨거든. 그건 아니라는 사실이 꽤 오래전에 밝혀졌는데도 여전해. 너무 수구적이지?"

"뭐, 다른 종족의 풍습에 대해서 뭐라고 할 수는 없지."

"다른 대원들은 좀 답답하다고 그러던데?"

"글쎄? 보기에 불편한 걸로 따지자면 드래곤이 최고 아닌가?"

"어째서?"

"그들은 본체로 돌아가면 실오라기 하나 걸치지 않은 나체 상태가 되잖아? 치부 그 자체가 되는 거라고. 게다가 우리는 그 광경을 무려 밑에서 올려봐야만 하지."

"아, 하하! 그 생각은 못해봤네."

탈리케이아가 박수를 치며 즐거워했다.

이후 치프와 이런저런 얘기를 나누던 탈리케이아가 문득 물었다.

"치프가 빅시티에 올 때마다 일이 터졌는데, 역시 마음의 각오를 하는 게 나을까나?"

그녀가 반쯤 농담을 섞어 물었다.

"오늘은 별일 없을 거야."

치프가 단언했다.

"뭔가 대책이라도 세워놨나 봐?"

"이번에 원정을 떠나면 전투경찰만이 빅시티를 지키게 되잖아? 그래서 대비를 좀 해놨지."

메이 & 노드 백화점까지 자율 주행을 설정한 치프는 뒷좌석에 미리 가져다 놓은 아이스박스에서 멜론 맛 탄산음료를 꺼냈다.

"녹차도 가져왔으니 마셔봐."

"녹차 말고 탄산음료 마실래. 나 역시 당분이 필요해."

탈리케이아가 자신의 긴 팔을 아이스박스 쪽으로 뻗어 음료를 꺼냈다. 그녀가 선택한 것은 체리 맛의 탄산음료였다.

"뎃디는 강박관념이 있는 게 아닐까 싶을 정도로 칼로리 관리를 하던데 말이지."

치프의 말에 탈리케이아가 피식 웃었다.

"걔는 그냥 겁이 많은 것뿐이야."

데스디아가 겁이 많다는 그녀의 말에 치프가 질겁했다.

"상당히 신선하고 개성적인 해석이로군."

"해석이 아니라 진짜라니까? 뎃디는 어릴 때부터 겁쟁이였어. 모험심이 없고 긴장감이 느껴질 만한 상황 따위는 철저히 피했지."

탈리케이아의 말을 들은 치프는 매우 당황했다.

"…알타이르에서는 탄산음료를 마실 때 모험심이나 필사의 각오 같은 게 필요한가 봐?"

"딱히 그런 건 아닌데… 아무튼 난 어렸을 때 그런 뎃디의 모습이 싫었어. 걔가 시장에 놀러 갔다가 신발 한 짝을 잃어버렸다고 엉엉 울면서 집에 가는 꼴을 봤을 때는 피가 거꾸로 솟는 거 같았지."

"왜?"

"무려 스승님의 첫째 딸이잖아? 스승님은 그런데도 그런 추태를 보이니 너무 화가 났지."

"어릴 때니까 그럴 수도 있잖아?"

"아무튼 난 싫었어."

그녀가 단호하게 말했다.

"그럼 어쩌다가 사이가 좋아진 거야?"

"그다음 날 화를 풀 겸 뎃디한테 대련을 신청했어. 난 자신 있었지. 무려 어전에서 열리는 무술대회에서 연속 우승을 차지한 게 바로 나였거든."

"그리고?"

"한 대 맞고 누웠지."

"……"

"뎃디가 무술대회에 나오지 않은 이유는 너무 강해서였어. 얕은 개울의 징검다리도 무서워서 못 건너던 애가 주먹질을 할 때만큼은 망설임이 없었지. 그때 확신했어. 얘는 분명 커서 거물이 될 거라고 말이야."

그 말을 들은 치프가 실소를 지었다.

"거물이 될 걸 기대하고 친구가 되기로 한 거야?"

"아냐. 맞고 기절한 내가 깨어날 때까지 옆에 앉아 기다려 줬거든. 그런 애를 구박해 온 내가 좀 싫어지더라고. 뎃디에게 흥미도 생겼고 말이야. 그래서 친구하자고 했어."

"긴 시간 동안 이어진 우정이 그렇게 시작됐다는 거군."

치프가 빙긋 웃자 탈리케이아는 고개를 저었다.

"우리 엄마랑 스승님이 친구라서 어차피 싫어도 얼굴을 마주할 관계였지. 물론 뎃디와 친구가 된 걸 후회하진 않아."

"음, 지금도?"

치프의 질문에는 언제 어떻게 죽을지 모를 이 상황에서도 그렇게 생각하느냐는 뜻이 섞여 있었다.

탈리케이아는 대답하기 전에 음료수를 한 모금 마셨다. 탄산음료에 아직 익숙지 않아서인지 그녀의 얼굴 이곳저곳이 움찔거렸다.

"고향에서 메이건과 마주했을 때의 일이 한참 동안 머릿속에 남아 있었어. 지금도 가끔 그때의 꿈을 꿀 정도야. 뎃디가 모든 것을 버리고 뛰어들 만한 일이라는 게 느껴졌지. 물론 뎃디만 걱정돼서 이곳으로 온 건 아니야."

"그러면?"

"뎃디의 눈앞에서 산화한 알타이르 전사들은 뎃디의 개인적인 소유물이 아니야. 나와 같은 땅에서 태어나고 자라온 동포들이지. 그중에는 우리와 함께 워치프의 시험을 치른 애들도 있었어. 산에서, 강에서, 시장에서 같이 뛰어놀던 소꿉친구들도 있었고."

"……"

"두고 볼 수 없었어. 워치프는 시간을 들여서라도 새로 뽑을 수 있지만 뎃디가 마주하고 있는 이 일은 어떻게든 처리해야만 해. 이건 우리의 상식을 초월한 일이잖아? 보고도 못 본 것처럼 행동하는 건 비겁한 일이지."

"…좀 이상하게 들릴 수는 있겠지만, 이러다가 너희 어머니께서도 이곳으로 오시는 거 아니야?"

"우리 엄마? 무리야, 무리. 우리 클라두스 가문은 도검을 만드는 가문이야. 엄마는 조모님이나 증조모님과 마찬가지로 평생 칼을 벼려오셨고 그 기술은 첫째 언니에게 이어지고 있어. 내가 좀 별종이지."

"너희 어머니까지 걱정할 필요는 없어서 다행이네."

치프가 웃자 탈리케이아의 표정이 미묘해졌다.

"딱히 그렇지도 않아."

"왜?"

"내가 단말기로 치프의 사진을 매일 찍어서 엄마한테 보내드리고 있거든."

순간 사레가 들릴 뻔한 치프는 손으로 입을 단단히 막고 입안에 든 음료를 억지로 삼켰다.

겨우 진정한 그가 탈리케이아를 천천히 돌아봤다.

"저기, 내 사진은 왜?"

"치프가 우리 고향에서 최고의 인기인이라는 얘기를 내가 안 했던가? 덕분에 엄마도 요즘 바쁘시지. 여왕 폐하께서도 그 사진을 원하시거든."

"내 초상권은 어디에 있는 거지?"

"우리 고향에선 이미 공공재야."

"……."

치프는 왼손으로 자신의 얼굴을 쓸어내렸다.

"내가 지금 알타이르 행성으로 가면 무슨 일이 벌어질까?"

"공항 포토라인에 서서 포즈를 취하지 않으면 폭동이 일어날걸? 사진 좀 볼래?"

탈리케이아가 내민 단말기의 앨범에는 정말 치프의 사진이 잔뜩 들어 있었다.

식사를 하는 모습, 새벽에 본관 지하 사격장에서 사격 훈련을 하는 모습, 알케온 및 루할트와 한 테이블에 앉아서 싸우듯이 이야기하는 모습, 그리고 석양을 앞에 둔 채 대원들의 훈련을 지켜보는 모습 등이 담겨 있었다.

"뎃디나 포프는 어디 있어?"

"뎃디는 그냥 안 찍었고, 포프는 너무 평범하게 생겨서 안 찍었어."

"……."

"아, 켐리도 의외로 인기가 있어. 귀엽다고들 하시네?"

"그렇군. 그나저나 귀신같이 찍었네? 내가 다른 사람의 시선이나 렌즈에는 꽤 민감한 편인데 말이지."

"내가 알타이르의 워치프라는 걸 잊었나 보네?"

"흠."

치프는 납득했다는 표정으로 고개를 끄덕였다.

"아, 오크에 대한 얘기 좀 해줄 수 있어?"

"오크? 사만다가 스승님께 들은 이야기를 전해주지 않았나 봐?"

그녀가 묻자 치프는 어깨를 으쓱했다.

"아침에 물어보니까 아직 자료 정리를 못했다고 그러더라고. 걔가 듣고 입력한 자료를 대강 훑어보니까 전술적으로 분류할 부분이 너무 많긴 했지."

"그렇구나."

"중요한 부분부터 얘기해 줘."

"음, 일단 오크는 물건이 크고 매우 질기지. 그래서 거세하기가 힘들어."

"……."

치프는 왜 거기부터 얘기하느냐고 따지듯 두 손으로 자신의 얼굴을 가렸다.

약 20분 뒤, 그들이 탄 차량의 자율 주행 장치가 메이 & 노드 백화점에 도착했음을 알렸다.

기대감에 창밖을 본 탈리케이아는 백화점 앞에 세워진 넉 대의 주력전차를 보고 크게 당황했다.

"저거… 해병대 소속 주력전차잖아?"

"그래서 오늘 올 때 얘기했잖아. 별일 없을 거라고 말이야."

"……."

탈리케이아는 주력전차 앞에서 기념사진을 찍느라 여념이 없는 어린아이들과 젊은 남성들에게서 눈을 떼지 못했다.

*　　　　*　　　　*

세 시간 정도 후에 회사로 돌아온 치프는 회사 본관 앞에서 젝스와 함께 안절부절못하며 대기 중인 루할트의 모습에 매우 의아해했다.

차에서 내린 치프는 스마트키를 흔들며 그에게 다가갔다.

"여기서 뭐 해? 화장실에 사람이라도 잔뜩 있나 봐?"

그러자 루할트가 스마트키를 냉큼 빼앗았다.

"나에게 남은 유일한 재산일세. 사업의 고락을 함께해 온 귀염둥이지."

"귀염둥이까지는 모르겠는데 유일한 재산은 좀……. 자네 통장 잔액부터 확인하고 얘기하시지?"

"특수 처리가 안 된 차라서 벌집이 되기 딱 좋단 말일세!"

"그럼 특수 처리해서 새로 주문할 수 있을까? 운전해 보니까 정말 좋던데."

치프가 차에 대해서 칭찬하자 루할트의 긴장된 표정이 확 풀렸다.

"자네도 그리 생각하나?"

"음. 승차감도 좋고, 묵직하고, 속도도 제법 잘 나오고. 오프로드에서도 문제없이 쫙 나가는 게 마음에 드네."

"그럼 당장 주문해 주지! 내가 저 회사의 사장과 잘 아는 사이일세!"

양팔에 쇼핑백을 잔뜩 걸고 치프의 뒤를 지나가던 탈리케이아가 그런 루할트를 보며 아주 조용히 혀를 찼다.

루할트의 뒤에서 아이스크림을 먹으며 대기 중인 젝스도 표정을 구겼다.

"자동차 얘기는 있다가 계속하자고. 아까 통화한 대로 전부 소집해 놨겠지?"

"물론일세."

치프는 루할트, 젝스와 함께 훈련장으로 향했다.

훈련장에는 회사 내에 있는 UNSMC 대원 전부가 모여 우글거리고 있었다.

스탠드 위로 올라간 치프는 그들을 향해 손을 흔들었다. 그러자 어지러이 모여 있던 대원들이 빠르게 오와 열을 정돈한 뒤 차렷 자세를 잡았다.

"전원 쉬어."

치프는 선글라스를 벗어서 호주머니에 끼웠다. UNSMC 대원 전원이 기계적으로 동작을 맞춰 열중쉬어 자세를 했다.

"모두 들었겠지만 헌터들과 함께 브리치 사냥을 가기로 한 날짜가 앞으로 엿새 뒤야. 그 친구들 꽤 꾸물거리네. 전부 여기에 모아놓고 제대로 굴리고 싶은데, 어쩌지?"

"모아놓고 여사님께 맡기면 됩니다!"

대원 한 명이 외쳤다.

"여긴 포로수용소가 아니다, 병장."

웃음소리가 훈련장 위를 스쳐 지나갔다.

데스디아와 함께 미리 와서 스탠드 위에 대기 중이던 헤이파는 왜 자신을 걸고 넘어지냐는 듯 치프의 뒤통수를 노려봤다.

"아무튼 우리는 내일부터 사흘 동안 빅시티를 청소할 거야. 우리가 원정을 떠난 사이에 빅시티에서 이상한 일이라도 벌어지면 곤란하잖아?"

"사흘 내로 되겠습니까?"

죠니가 물었다.

"델타 스쿼드가 지금까지 수집한 정보만 따지면 못해도 일주일은 걸리겠지. 그래서 장비 제한을 없애기로 했어. 화생방 병기를 제외한 모든 장비를 자유롭게 써도 돼. 경장갑 전투복과 중장갑 전투복의 출력 제한도 풀어주지. 대인용 미사일 및 플라즈마 병기, 광학 병기, 각종 드론 등의 사용도 허가할게. 대신 그런 것들을 쓰고도 사흘 내에 일을 끝내지 못하면 전부 여사님과 면담을 해야 할 거야."

"공중 지원은 있습니까?"

죠니가 다시 물었다.

"위스콘신으로부터 타이콘데로가, 그리고 빅스버그 구축함을 분리할 거야."

대원 몇몇이 휘파람을 불며 즐거워했다.

"그럼 사흘 동안 즐겁게 놀아보자고."

이야기를 마친 치프는 손짓으로 해산 명령을 대신했다.

대원들은 두런두런 얘기를 나누며 이리저리 움직였다. 하지만 그들은 아예 흩어지지 않고 각 스쿼드별로 다시 모인 뒤 델타 스쿼드가 지금까지 모아온 빅시티의 범죄 조직 정보들을 보며 토론을 벌였다.

스탠드에서 내려온 치프에게 포프가 뛰어왔다.

"사장님, 저도 이번 일에 참여하면 안 될까요?"

그녀가 소리를 높여 물었다.

치프는 헛웃음을 터뜨릴 뻔했지만 겨우 자제하고 고개를 저었다.

"우리가 환경미화를 하러 가는 건 분명하지만 청소 대상은 무려 인간이야. 헌터가 사람을 다치게 하거나 죽이면 어떻게 되는지 너도 잘 알잖아?"

"하지만 빅시티를 위해 일하려고 하시는 거잖아요?"

"…흥분을 가라앉히고 들어봐, 포프. 우리는 아주 나쁜 방법으로 빅시티를 청소할 거야. 이야기 속의 영웅들처럼 절대 악과 싸우는 그림 따위와는 거리가 멀어. 빅시티의 안정과 평화를 위해서 우리를 희생하는 것도 아니야. 그저 일하다가 뒤통수 맞기 싫어서 법과 인권을 초월한 대량 학살을 하려는 거라고."

"네?"

치프의 말에 포프는 상당히 동요했다.

"그런 웃기지도 않은 일에 네가 껴서는 안 돼. 너만이 아니라 뎃디도, 여사님도, 셀리를 포함한 날개 달린 자들도 이 일에 껴주지 않을 거야. 그러니 회사에서 며칠 뒤에 있을 사냥 준비나 철저히 해둬. 이건 부탁이야, 포프."

"예, 사장님."

포프는 즉시 대답했다. 치프는 그 단호함을 통해 그녀의 생각을 읽을 수 있었다.

"몰래 따라올 생각은 하지 마."

"……."

포프는 결국 대답하지 않았다.

그녀의 머리를 털듯이 만져준 치프는 식당을 향해 혼자 걸어갔다.

*　　　　*　　　　*

다음 날 새벽.

사만다가 자고 있는 것을 확인한 치프는 데스디아가 있는 침실은 아예 열어보지도 않고 밖으로 나갔다.

지하에 있는 자신의 숙소로 가서 경장갑 전투복을 먼저 차려입은 그는 극소형 드론 격납장치와 어포지 모터 등을 전투복에 설치한 뒤 전투복의 출력 제한을 해제했다.

그는 전투복의 출력을 시험하기 위해 20킬로그램짜리 아령을 들고는 그 추를 손으로 후려쳤다. 아령의 한쪽 추가 물기를 흠뻑 먹은 반죽처럼 뭉개졌다.

"배터리 소모로 인한 전투 지속 시간 단축은 어쩔 수 없겠지만… 뭐, 24시간 정도는 괜찮겠지."

무기까지 전부 점검한 치프는 탄산음료를 한 캔 마신 뒤 숙소를 나와서 훈련장으로 향했다.

새벽의 서늘한 하늘 위에 떠 있는 전함 위스콘신의 좌측 격납고 중 하나가 마침 활짝 열리고 있었다.

그 격납고로부터 전장 180미터가 넘는 구축함 두 척이 분리되어 서서히 내려왔다. 그것은 위스콘신 자체가 1킬로미터가 훨씬 넘는 물건이기에 가능한 일이었다.

치프가 쓰고 있는 헬멧의 바이저에 구축함들의 불빛이 반사되어 반짝거렸다.

"다른 격납고에는 대체 뭐가 들어 있는 거지?"

분홍색 운동복 차림에 머리를 풀어헤친 데스디아가 그에게 천천히 다가오며 물었다.

"전방 컨테이너 하나당 구축함 두 척씩, 그리고 후방 컨테이너 하나당 순양함 한 척씩. 위스콘신까지 합해서 총 일곱 척의 함대를 꾸릴 수 있어."

그의 대답에 데스디아가 인상을 썼다.

"그 정도의 함대를 동원할 수 있는데 굳이 나포한 해적선을 동원하려는 이유가 뭐지?"

"위스콘신에 담아온 함선들은 인원 수용 능력이 형편없거든. 하지만 해적선들은 자체 무장이 형편없는 대신 많은 사람을 태울 수 있지. 위급할 경우 자폭을 시켜도 손해 볼 거 없고."

"해적선의 대형 엔진을 정말 폭탄처럼 쓸 생각이군. 그 엔진

들이 터지면 환경오염이 대단할 텐데?"

"그것 때문에 지구에서 정비를 좀 했지."

"그렇군."

데스디아는 위스콘신으로부터 철새처럼 무리지어 내려오는 수송기들을 가만히 쳐다봤다.

"당신, 오늘 저녁에는 돌아오는 거지?"

그녀가 물었다.

"전투복의 전투 지속 시간 문제로 출퇴근을 피할 수가 없어. 다른 범죄 조직은 물론 민간인들도 모르게 일을 해야 하니 좀 더 빨리 퇴근할 수도 있겠네. 그저 희망 사항이긴 하지만 말이지."

"흠."

데스디아가 한숨을 쉬고 팔짱을 꼈다. 다소 딱딱하던 그녀의 표정이 이윽고 누그러들었다.

"정말 내가 도와주지 않아도 괜찮겠어?"

"괜찮아. 포프나 잘 감시해 줘."

"아, 포프는 저기 있어."

"응?"

치프는 데스디아가 가리키는 방향을 향해 고개를 돌렸다.

기절한 포프가 헤이파의 한쪽 어깨 위에 축 늘어져 있다.

"아, 역시나."

한탄한 치프는 헬멧을 벗고 쓴웃음을 드러냈다.

"잡는 게 어렵지 않으셨어요?"

"이제는 익숙하다네. 포프가 사용하는 자유의 어둠은 의외의 허점이 있더군."

"오, 그런가요? 혹시 들을 수 있을까요?"

"영업 비밀일세."

"너무하시네요."

치프가 싱겁게 웃자 헤이파 역시 미소로 응수했다.

"너무하긴, 자세하게 들려주면 자네가 그 약점을 어딘가에 기록할 게 아닌가?"

"……."

"A—1729는 공항에서 포프와 탈리, 그리고 루할트 영주를 속전속결로 해치웠지. 그 계집은 포프의 능력에 대한 대처, 탈리에 대한 대처, 날개 달린 자에 대한 대처가 지나치게 능숙했어. 결론은 자네뿐이었네. 자네는 우리 모두를 세세하게 관찰하거든. 먹는 것, 입는 것, 몸짓 등등을 말일세. 자네가 우리의 특징과 약점 등을 기록한 뒤 상부에 보고하지 않았으면 과연 그 계집이 그런 짓을 할 수 있었을까?"

"음……."

치프는 대답 대신 어깨를 으쓱했다.

"물론 자네를 탓하는 건 아닐세. 상대가 라이트스톤이라면 우리가 언제 어떻게 자네의 적이 될지 모르니까 말일세. 하지만 그 반대의 경우도 발생할 수 있으니 우리가 자네를 해치우려면 뭘 어떻게 해야 할지 말해주게."

"사만다를 인질로 잡으세요."

"그런 거 말고."

헤이파는 어깨에 걸친 포프의 엉덩이를 북처럼 톡톡 두드리며 그를 재촉했다.

"저를 너무 과대하게 생각하시네요. 전 초능력자가 아니에요."

"그러시겠지."

헤이파가 비아냥대듯 말했다.

"아무튼 잘 갔다 오게. 이 꼬마는 내가 잘 감시하도록 하지."

"회사를 부탁드립니다."

헬멧을 다시 쓴 치프는 헤이파에게 거수경례를 한 뒤 데스디 아에게 손을 흔들며 UNSMC 대원들을 향해 움직였다.

＊　　　　＊　　　　＊

"1차 목표는 데이데이 패밀리라는 놈들이야. 건물 구조는 다들 머릿속에 넣어놨겠지만 확인을 위해서 다시 보여주지."

수송기 안에서 치프는 알파 스쿼드에게 맡겨진 건물을 입체 영상으로 띄웠다.

지상 8층, 지하 4층의 그 건물은 곳곳에 경비장치는 물론 자동 방어 시설과 전투용 로봇들이 빽빽이 깔려 있었다.

"적의 총 인원은 90명 이상. 로봇은 정확히 22대. 이놈들은 실버로드가 들여온 용병들 가운데 한 무리인데, 탈리에 의해 공항이 봉쇄된 후 약장사를 거하게 준비하고 있어. 사업 자금은 주변의 작은 조직들을 털어서 마련했다는군."

"그 작은 조직들을 흡수한 겁니까?"

대원 중의 한 명이 물었다.

"안드레이의 말로는 다 죽였다던데?"

"90명 이상의 인원이 움직이는데 빅시티 전투경찰들이 몰랐다니 이상하군요."

"그렇지도 않아. 전투경찰 여섯 명이 쳐들어갔다가 벌집이 됐지. 그래서 내가 레투가에게 그냥 내버려 두라고 했어. 덕분에 놈들은 민간인들을 건드리지 않고 조용히 몸집을 불릴 수 있었지."

"그놈들을 정산해 버릴 날짜가 오늘입니까?"

"맞아. 모두 준비됐나?"

"예, 원사님!"

수송기 내의 알파 스쿼드 전원이 대답했다.

"좋아, 최종 점검."

모두가 바삐 움직이는 가운데 치프가 헬멧에 손을 대고 통신을 시도했다.

"타이콘데로가. 지하 시설 공략."

─지하 1층부터 4층까지 전부 요구르트로 만들면 됩니까?

굵직한 여성의 목소리가 치프의 귀에 들려왔다.

"맞아."

─벙커버스터 발사 완료. 착탄까지 2분입니다. 알파 스쿼드 전원에게 정보를 전송하겠습니다.

치프는 통신과 동시에 헬멧의 창 오른쪽 위에 뜬 숫자를 확인했다.

"정보 수신 확인. 다른 팀도 잘 돌봐줘."

─무사를 기원합니다. 타이콘데로가, 통신 종료.

치프는 헬멧과 전투복의 연결 부위를 확인한 뒤 수송기의 후방 출입문 쪽으로 이동했다. 알파 스쿼드 전원이 좌우로 물러나 그가 갈 길을 터줬다.

"강하 준비."

"강하 준비 완료!"

"8분 내로 끝내자고."

"알겠습니다, 원사님!"

치프가 후방 출입문의 개폐 버튼을 주먹으로 눌렀다.

"강하 개시."

그는 출입문이 열리자마자 능동위장 장치를 사용하며 아래로 뛰어내렸다. 다른 알파 스쿼드 대원들이 그를 따라 수송기를 떠났다.

수송기부터 대원 모두가 능동위장 장치로 모습을 감춘 덕에 출근하느라 정신이 없는 민간인들은 자신들의 바쁜 평화를 계속 유지할 수 있었다.

그들이 움찔한 건 벙커버스터 미사일이 건물 옥상에 떨어진 순간이었다.

그때 터진 소음이 승용차 문을 세게 닫을 때의 소리에 불과했기에 음악을 들으며 걷는 사람들은 표정조차 변하지 않았다.

그러나 건물을 뚫고 들어간 벙커버스터는 지하 2층에 정지한 뒤 구축함에서 미리 포착해 둔 목표들을 향해 강렬한 초음파를 발산했다.

그 지향성 초음파에 직격당한 사람들은 뼈만 남기고 바닥에 흘러내렸다.

벙커버스터의 충돌을 기적적으로 감지한 데이데이 패밀리의 조직원 일부가 무기를 들었다.

"뭔가 들어왔어!"

그들 중에 한 명이 문을 열고 나가는 순간 목격한 것은 플라즈마 산탄에 직격당해 불씨로 흩어지는 동료의 모습이었다.

당황하여 발이 굳은 조직원은 벽을 뚫고 들어온 총탄에 머리를 맞아 즉사했다. 탄두가 머리를 파고들자마자 거미줄처럼 퍼진 탓에 그의 머리 형태가 찰흙처럼 뭉개졌다.

치프의 건물 진입부터 5분이 지났을 무렵, 자신들이 이상한 상황에 빠져 있음을 직감한 데이데이 패밀리의 두목이 수 명의 조직원과 함께 장갑전투복을 차려입고 무기를 들었다.

그는 문을 굳게 잠근 뒤 가구들을 쌓아 침입에 대비했다.

"대체 뭐가 어떻게 돌아가는 거지? 전화도 안 되잖아?"

그가 따지자마자 방의 전등이 꺼졌다.

"제길, 이번엔 정전이야?"

"내 버릇이랄까?"

"어!"

바로 옆에서 들린 낯선 목소리에 비명을 지른 두목은 뭐라고 말을 하며 손에 쥔 기관총의 방아쇠를 당겼다.

하지만 그의 목소리와 총소리는 노이즈캔슬러의 효과에 묻혀서 방을 빠져나가지 못했다.

가구를 살살 밀치고 방문을 열어 밖으로 나온 치프는 문밖에서 대기 중인 강습분대 책임자 더스틴에게 다가갔다.

"다 끝났나?"

"화장실에서 볼일을 보던 놈들까지 다 처리했습니다. 아군에는 피해가 없습니다."

"흠, 일이 너무 잘 풀리면 좀 그렇던데 말이지."

"원사님께서 지금이라도 포프를 데려올 생각이시라면 몸을 던져서라도 말리겠습니다."

"겁나는 소리 좀 하지 마."

치프가 헬멧 옆을 눌렀다.

"전원 이동 준비. 점심 전까지 두 곳 정도 더 털자고."

—예, 원사님.

능동위장 장치를 켜고 옥상으로 올라간 치프는 건물 위에 체공 중인 수송기를 향해 수신호를 보냈다. 후방 출입문을 개방한 수송기가 알파 스쿼드를 향해 견인용 불가시광선을 쏘았다.

수송기를 향해 붕 떠오르던 치프의 눈에 뭔가가 들어왔다.

빅시티 동쪽에서 떠오른 밤송이 형태의 물체가 포물선을 그리며 비행하더니 강의 둔치에 떨어진 것이다.

치프는 하늘 높이 솟구치는 둔치의 흙더미를 한참 동안 쳐다봤다. 그뿐만이 아니었다. 다른 곳에서 일을 보던 브라보, 찰리, 델타 등의 각 스쿼드도 그 낙하 물체 때문에 당황하고 있었다.

"저게 대체 뭐야? 이봐, 수송기! 안에 포프 있으면 내쫓아!"

고함을 지르는 치프의 귀에 또 다른 통신이 들어왔다.

—타이콘데로가에서 보고합니다! 방금 떨어진 물건은 단거리 수송선입니다!

"수송선? 난 저딴 형태의 수송선 따윈 몰라!"

치프가 고래고래 소리를 질렀다.

—오크들이 쓰는 물건입니다! 투석기 비슷한 것으로 쏘는……!

구축함의 통신병이 뭐라 말을 하자 치프의 기분이 확 나빠졌다.

"이봐! 저게 오크들의 수송선인지, 투석기 같은 걸로 쏘는지 그쪽에서 어떻게 알아? 오크들이 쓰는 병기에 대한 식별 정보 따윈 나에게 없다고!"

─약 2분 전에 HQ… 아니, 회사에도 저와 같은 물건이 떨어졌습니다! 저 물체의 형태와 엄마 워치프가 구술한 정보와 일치하기에 전달해 드린 겁니다!

여성 통신병의 말에 치프는 물론 통신을 듣고 있는 UNSMC 대원 전원이 당황했다.

"회사가 습격당했단 말이야?"

수송기에 올라탄 치프는 연이어 올라타는 대원들을 뒤로하고 수송기 내의 캐비닛을 일일이 열어젖히며 내부를 확인했다.

─정확하게 말씀드리자면 적 수송선은 회사의 척력장에 팅겨 회사 외부에 떨어졌습니다! 그 일로 인해 엄마 워치프로부터 경고 및 정보 전달이 들어왔습니다!

"그럼 보고가 늦잖아?"

─빅시티에 수송선이 떨어지기 직전까지 엄마 워치프와 통신 중이었습니다!

"하아, 어쩔 수 없지. 적 규모는?"

─수송선 하나당 약 80마리입니다!

"100마리보단 낫군."

─하지만 워로드가 끼어 있을 확률이 높습니다.

"워로드는 또 뭐야? 워스컬이란 놈이 델타 리더에게 썰리는 건 저번에 봤는데 말이지."

─워스컬보다 더 강력한 종입니다.

그 이후에 이어질 설명을 기다리던 치프는 통신병이 더 이상 아무 말도 하지 않자 당혹감을 느꼈다.

"음, 그래, 심플하군. 그럼 알파가 둔치로 가서 오크들을 요격한다. 브라보 리더가 다른 스쿼드의 지휘를 맡고 찰리는 알파의 백업을 맡도록. 찰리 리더, 괜찮겠나? 애들과 마누라, 초콜릿이 그립다면 지금 수송기에서 내려도 돼."

—하하, 원사님도 아시지 않습니까?

통신 채널 속에서 킹이 웃었다.

—우리는 사실 민간인으로 살아갈 수 없어요.

"……."

—마누라와 처음 만났을 때, 결혼했을 때, 애들이 태어나고 자라는 걸 봤을 때는 정말 행복했죠. 너무 행복해서 천국에 있는 것 같았죠. 예, 다시 말씀드리자면 살아 있는 것 같지가 않았어요.

"……."

—초콜릿을 먹고 살이 쪄서 몸을 가누기 힘들어지니 그제야 위기감이라는 게 느껴지더군요. 총알이 날아다니는 현장에 비할 바는 아니지만 제가 일반인에 비해 0.01퍼센트라도 죽음에 더 가깝다는 사실이 그렇게 기쁠 수가 없었어요. 그리고…….

"킹, 그만. 지금은 행복과 기쁨의 차이를 강조할 때가 아니야."

—죄송합니다, 원사님. 임무에 집중하겠습니다.

"아니, 다른 일 때문에 자네 말을 막은 건 아냐."

—예?

치프는 방사능 차단복이 든 캐비닛의 안쪽을 쏘아보고 있었다. 그 안에는 초대받지 않은 손님이 고양이처럼 몸을 웅크리고 있었다.

"포프, 있다가 나랑 얘기 좀 하자."

"…예, 사장님."

캐비닛의 문을 다시 닫은 치프는 한숨을 쉬며 고개를 들었다.

"원사님."

알파 스쿼드의 대원 중 한 명인 로빈이 그를 불렀다.

"화가 나신 건 알겠지만 그래도 만약을 대비해서 안전벨트 정도는 채워놔야 하지 않겠습니까?"

"그래, 그렇지."

다시 캐비닛의 문을 연 치프는 아직도 웅크리고 있는 포프에게 손을 내밀었다.

"나와, 포프."

포프는 아무 말 없이 그의 손을 잡고 일어나 캐비닛 밖으로 나왔다.

그녀가 고개를 푹 숙이고 있자 대원들이 박수를 치며 그녀를 응원했다.

"우리가 딱히 징크스 때문에 이러는 건 아니야, 포프."

"그냥 설마 했을 뿐이라고. 설마."

"우린 널 환영해. 음, 그런 것 같아. 헬멧부터 시작해서 무장도 잘했네."

"다음에 몰래 타고 싶을 때는 따끈한 우유를 한 잔 마시면서 우리에 대한 생각 좀 해줘."

복잡한 마음에 어둡기만 하던 포프의 얼굴이 결국 시뻘게졌다.

그녀가 좌석에 앉고 얌전히 안전벨트를 매자 치프가 헬멧 옆에 손을 댔다.

"기장, 출발해. 척력장 전개 상태로 이동."

—척력장을 전개하면 능동위장이 불가합니다.

"두말하게 만들 건가?"

—즉시 이동하겠습니다! 척력장 전개! 능동위장 해제!

수송기가 움직이자 치프를 비롯한 알파 스쿼드 전원의 몸이 흔들렸다.

"전원 탄약 점검."

대원들이 분주하게 움직이는 한편, 치프는 회사 쪽으로 통신을 시도했다.

"엄마 워치프, 들립니까?"

—여기는 엄마 워치프. 잘 들리네, 알파 리더.

"이젠 엄마 워치프라는 콜 사인에 익숙하시네요."

—아줌마 워치프보다는 나으니까.

"그렇군요."

—아무튼 회사 앞에 떨어진 오크들은 방금 정리했네. 루할트 영주가 뼈도 남기지 않고 간단히 처리했지.

그들의 시신을 위스콘신으로 보내달라고 부탁하려던 치프는 소리 없이 한탄했다.

—주의하게. 오크 워로드의 상태가 이상해.

"이상하다니요? 넥타이라도 매고 나타났나요?"

—놈들이 정령의 힘을 사용하고 있다네. 마치 우리처럼 말이야.

치프는 그 말을 듣자마자 강습분대에게 손짓했다. 더스틴을 포함한 강습분대 전원이 알타이르 전사들에 대비해 마련해 놓은 정령 교감 차단제를 급히 챙겼다.

"상전이 기관이라는 것을 이식받았을 수도 있겠군요. 다른 주의 사항은 없습니까?"

―뎃디가 자네 쪽으로 가겠다고 하는 걸 말리고 있네.

"아, 근데 포프는 왜 여기 있을까요?"

―무슨 소리지? 내가 직접 기절시켜서 방에 처넣었는데?

"수송기 캐비닛에 잘못 넣으신 것 같네요."

―당장 그년 바꿔!

치프의 말에 폭발한 헤이파의 분노가 통신 채널을 찌릿찌릿 흔들었다.

"제가 잘 얘기할 테니 진정하세요. 혹시 저희들이 명심해야 할 주의 사항이 있을까요? 지금 오크들을 때려잡으러 가고 있거든요."

―오크 워로드만 주의하면 될 것이네. 다른 놈들에게서는 특이 사항을 느끼지 못했네.

"그럼 회사를 계속 부탁드리죠. 아, 그리고 위스콘신에 연락하셔서 오크 수송선이 어디에서 날아왔는지 계산해 달라고 말씀해 주세요."

―그러지. 뎃디는 어떻게 할까?

"혹시 모르니 보내주세요."

―알겠네, 건투를 빌지.

통신을 마친 치프는 바로 포프에게 다가가 그녀의 전투복에 장비된 권총을 빼들었다. 조셉에게 물려받은 그 권총이다.

"네가 무슨 정신으로 여기에 탔는지 잘 모르겠지만 이젠 정말 어쩔 수 없어."

"……."

그는 권총의 탄창을 빼서 탄약을 살핀 뒤 다시 끼우고는 장전까지 확실히 했다. 그러고는 그 권총을 다시 포프에게 건네줬다.

"혹시라도 수송기가 추락하거나 놈들이 여기에 탑승하기라도 하면 아무 생각 말고 쏴."

"예, 사장님."

"통신기도 켜놔. 여기까지 온 이상 너도 확실하게 일을 해야 돼. 여사님께서 꾸중하시면 회사에 가서 듣겠다고 해."

"네."

치프는 포프의 헬멧을 툭툭 두드렸다.

"긴장 풀고."

포프가 고개를 끄덕였다.

그때 치프의 귀에 조종사들의 통신이 들려왔다.

ㅡ알파 리더에게 알림! 적 포착!

"민간인들은?"

ㅡ보이지 않습니다! 수송선 착륙의 충격으로 사망자 다수 발생! 차량들은 회피운동 중! 놈들이 수송선에서 빠져나와 도로로 뛰어들고 있습니다!

"기총 소사! 대열을 흐트러뜨려! 후방 출입문 개방!"

ㅡ후방 출입문 개방!

"찰리 리더, 지금 어디 있지?"

ㅡ여기는 찰리 리더! 찰리 스쿼드에서도 놈들을 확인!

"알파와 찰리의 저격수들은 강하하면서 적들을 사살해! 저격수 우선 강하!"

알파 스쿼드의 로빈이 이끄는 저격수들이 후방 출입문 밖으로 일제히 몸을 날렸다.

머리를 지면으로 향한 채 뛰어내린 저격수들이 전투복 각부에 달린 소형 추진기의 힘을 이용해 낙하 속도와 방향을 고정한 뒤 저격총의 방아쇠를 당겼다.

저편에 보이는 찰리 스쿼드의 수송기 아래에서도 같은 상황이 벌어지고 있었다. 차이점은 킹이 있느냐 없느냐 뿐이었다.

─여기는 찰리 리더! 알파와 찰리 저격수들은 놈들이 민간인에게 접근하는 걸 최대한 막는다!

─로빈, 수신.

도끼와 소총을 든 채 도로를 향해 뛰던 오크 보병들의 머리에 탄환이 꽂혔다.

저격수들은 그들의 투구가 탄환에 뚫리지 않는 것을 보고 조금 놀랐을 뿐 동요하진 않았다.

오크들은 끈을 이용하여 투구를 머리에 고정시켰는데, 그 때문에 투구에 전해진 탄환의 운동에너지가 다른 곳으로 빠져나가지 않고 오크의 목까지 전달되어 그들의 목뼈를 직각으로 꺾어버렸기 때문이다.

그래도 불안감을 느낀 저격수들은 얼굴과 목, 겨드랑이 등 오크의 살갗이 노출된 부분을 집중적으로 노렸다.

오크들의 몸에 파고든 탄환은 그들의 몸속에서 그물처럼 퍼지며 내장을 짓뭉갰다. 저지력과 살상력을 극도로 높이기 위해 만들어진 특수 탄환의 위력이다.

강변도로를 향해 돌격하던 부하들이 픽픽 쓰러지는 것을 목격한 중장갑옷의 오크 워로드가 두 손으로 든 초대형 전투망치를 머리 위로 치켜들며 고함을 질렀다.

UNSMC 저격수들은 그 외침과 동시에 총탄이 하늘로 휘어지는 것을 목격했다.

—어이, 로빈! 지금 내가 잘못 본 건가? 탄이 위로 휘는데?

—제 헬멧에 설치된 탄도관측기가 잘못된 게 아니라면 중사님의 시력에는 아무 문제가 없습니다.

—저격수들, 긴급 착지! 느낌이 안 좋아! 난 건물 위에서 놈들을 노리겠다!

킹의 지시에 따라 로빈을 비롯한 저격수들이 고속으로 떨어졌다.

고층 건물 옥상에 착지한 킹은 마음에 드는 자리에 멈추고는 손에 들고 있던 실탄 저격총을 난간에 댔다. 저격총 아래에 있는 중력식 거치대가 난간과 총을 보이지 않는 힘으로 단단히 이어주었다.

이어서 킹이 쓴 헬멧의 바이저 위에 정밀사격용 센서 유닛이 내려와 안대처럼 달라붙었다.

그는 오크들에게 쏟아지는 수송기의 기관포탄과 뒤이어 착지하는 대원들의 모습을 세심히 살폈다.

오크들은 수송기를 향해 자신들의 크고 무식하게 생긴 총을 들어 사격했지만 탄환은 수송기 외부에 깔린 척력장에 튕겨 나가고 말았다.

튕긴 탄환이 주변 건물들을 향해 떨어졌다. 킹은 탄환들이 건물 벽뿐만 아니라 유리창까지 파고드는 모습을 보고 이를 악물었다.

─원사님! 척력장에 의해 팅겨나간 탄환들이 주변에 피해를 입히고 있습니다! 놈들을 한시라도 빨리 막아야 합니다!

"봤어, 킹! 강습분대는 모스키토 드론들을 살포! 총기류를 든 놈들을 우선적으로 노려!"

─드론 살포!

강습분대 대원들의 어깨에 설치된 작은 상자들이 열리면서 모기 크기의 드론들이 날아올랐다.

고속으로 비행한 그 드론들은 오크들의 피부에 달라붙어 침을 꽂은 뒤 독극물을 주입했다.

작은 몸집의 오크들은 비명조차 지르지 못하고 쓰러졌으나 덩치가 좀 큰 개체들은 짧은 신음을 낼 뿐 독극물에 대한 강력한 저항력을 과시했다.

모스키토 드론들의 집중 공격 대상이 된 오크 워로드는 수백 방의 독침을 맞았으나 꿈쩍도 하지 않았다.

그 덩치는 전투망치를 다시 들며 고함을 질렀다. 이번에는 워로드 자신뿐만 아니라 오크 생존자들의 몸에 전류가 일어나 드론들을 불태워 버렸다.

"제길, 무슨 마법사야?"

투덜거린 치프가 왼손으로 수신호를 보냈다. 그 신호를 본 더스틴이 등에 거치하고 있던 전투용 도끼 토마호크를 치프에게 던졌다.

─혼자 괜찮으시겠습니까?

"내가 좀 욕심쟁이잖아?"

길이 1.5미터의 도끼를 받아 자신의 등에 거치한 치프는 오크 워로드를 향해 달려갔다.

다른 오크의 두 배 가까운 신장과 네 배가 넘는 체구를 자랑하는 오크 워로드는 치프를 보자마자 투구 밖으로 웃음소리를 냈다.

"기세를 보니 네놈이 A—1730인가 보군. 워스컬을 쓰러뜨린 델타 리더의 모습이 아니야."

대형 트럭의 엔진 소리를 연상케 하는 워로드의 목소리가 치프를 놀라게 만들었다.

"번역기? 번역기인가? 어디서 얻었지?"

"네놈에게 빈틈을 만들려면 대화가 효과일 거라는 말을 들었지."

그 말이 끝나기가 무섭게 네 마리의 오크가 흙처럼 보이는 장막을 걷고 치프에게 달려들었다.

그들이 손에 쥔 강철도끼와 망치를 확인한 치프는 소총 대신 아까 더스틴에게 받은 토마호크를 쥐었다.

오크 둘의 목젖이 잘리고 다른 둘은 팔뚝을 잃었다. 치프의 날렵한 도끼질을 본 오크 워로드의 눈이 투구의 그늘 속에서 크게 흔들렸다.

"그 델타 리더에게 도끼질을 가르친 게 나야."

"오호!"

오크 워로드가 망치를 제대로 잡고 치프에게 휘둘렀다. 전투복 등판과 다리에 붙은 추진기로 가속하며 바닥에 엎드린 치프는 소금쟁이처럼 땅 위를 미끄러지며 망치를 피하고 오크 워로드의 뒤쪽으로 돌아 들어갔다.

그의 등판에 달라붙은 치프는 워로드의 중장갑옷 옷깃 안으로 수류탄을 넣은 뒤 뒤로 멀찌감치 도약했다.

갑옷 안에 들어온 수류탄 때문에 워로드가 꿈틀거리는 찰나, 갑옷 안으로 들어간 수류탄이 굉음을 일으키며 폭발했다.

토마호크와 권총을 든 채 몸을 숙여 폭발의 충격을 피한 치프는 흙먼지를 뚫고 몸을 일으키는 워로드의 모습을 목격했다.

워로드가 입은 갑옷의 등판이 터졌지만 터진 부분을 통해 몸만 검게 그을렸을 뿐 거짓말처럼 멀쩡했다.

"정령들의 가호가 나를 지켜준다!"

망치로 땅을 내려쳐 치프에게 간접적인 충격을 준 워로드는 그대로 몸을 돌려 자세를 바꿨다. 망치가 워로드의 주변을 움직이며 만든 원과 곡선의 궤적은 아름다울 정도로 깔끔했다.

"그리고 네놈에겐 죽음을!"

몸을 숙인 채 움직이지 못하는 치프를 향해 망치의 크고 둔한 끝이 벼락처럼 떨어졌다.

전투망치가 최후의 순간에 오른쪽으로 밀렸다.

망치는 치프의 왼쪽 어깨 위를 지나 옆쪽 땅을 때렸다. 마치 수류탄 이상의 물건이 폭발한 것처럼 대량의 흙과 잔디가 뒤섞여 하늘로 치솟고 강을 향해 떨어졌다.

눈을 부릅뜬 워로드는 자신의 망치 추 옆쪽에 만들어진 금속의 도랑을 노려봤다.

멀리서 날아온 무엇인가가 망치의 추를 때리고 긁으면서 그 이동 방향을 꺾어버린 흔적이다.

워로드의 어딜 노려야 할지 망설이고 있던 알파 스쿼드의 저격수 로빈도 그 흔적에 주목했다.

'저걸 명중시키다니……. 킹 중사님의 감각은 역시 대단하군.'

거의 초인에 가까운 감각으로 망치 추를 저격하여 치프를 살린 킹은 마치 끝내기 홈런을 날린 타자처럼 왼손으로 자신의 심장 위쪽을 두드리고 펄펄 뛰는 등 기쁨을 감추지 못했다.

"원사님, 살아 계시죠?"

―피해!

치프의 목소리를 듣자마자 옆으로 뛰며 엎드린 킹은 자신이 서 있던 옥상의 일부가 둔치에서 날아온 전투망치에 얻어맞아 박살 나는 것을 보고 경악했다.

젖은 물풀처럼 휘어져 건물 아래로 처진 난간에는 킹의 저격총이 아직 붙어 있었다.

"귀염둥이!"

전투복 등판에 설치된 기계 팔을 이용해 총을 황급히 수거한 킹은 못해도 700미터 가까운 거리에 떨어져 있는 워로드를 당혹감에 빠진 눈으로 바라봤다.

'저 거리에서 이 전신주 같은 망치를 던졌는데 제대로 날아왔단 말이야? 난 이런 거 처음 보는데?'

킹은 다른 동료들이 이런 일에 개의치 않는 걸 보고 더욱 놀랐다.

'이 친구들은 대체 이 행성에서 무슨 일들을 겪은 거야?'

이윽고 치프의 목소리가 UNSMC 전체 통신 채널에 울렸다.

―처음 상대해 보는 유형의 적들이라 좀 버겁지? 하지만 여기서 약한 모습을 보이면 안 돼. 어디선가 우리를 지켜보는 놈들이 있을 거야. 그놈들을 만족시켜 줄 수는 없지. 한 놈만 생포하고 나머지는 다 죽이자고.

─원사님, 지금 남아 있는 적은 원사님께서 상대하고 계시는 그 덩치밖에 없습니다.

─이런, 제길.

어떤 대원의 지적에 한탄한 치프는 몸에 잔뜩 뒤집어쓴 흙먼지를 털며 일어났다.

손에 쥐고 있던 전투망치를 킹에게 집어 던진 오크 워로드는 등판이 터진 갑옷을 손으로 뜯어 벗은 뒤 주변을 돌아봤다.

UNSMC 대원들은 총구를 그에게 맞춘 채 여유로운 살기를 흘리고 있었다.

워로드는 조금 놀랐다.

'세상에 이런 놈들이 있었단 말인가?'

그가 여태껏 상대한 적 가운데 가장 무서운 존재는 알타이르의 군대였다. 훈련 수준은 둘째 치고 순수한 물리력을 이용해 오크들을 제압할 수 있는 몇 안 되는 종족이기 때문이다.

그러나 UNSMC는 조금 달랐다.

오크 워로드는 칼이 아니라 총을 든 자들이 이만큼 세련된 살기를 흘린다는 게 믿어지지 않았다.

워로드는 머리를 흔들어 헬멧의 흙을 터는 치프를 다시 봤다.

"훈련이 잘된 부하들을 거느리고 있군."

79
예상외의 강적

워로드의 질문에 치프가 살짝 끄덕였다.

"지구 소속의 군인 가운데에서 후퇴하는 속도가 제일 빠른 친구들이지."

"최정예란 말인가? 이거 기쁘군. 새 무기를 가지고 나올 테니 기다려라, A—1730."

"아, 잠깐! 시간을 너무 끌면……."

"걱정 마라. 도망갈 생각은 없다."

워로드는 땅에 박혀 있는 수송선으로 돌아가더니 그 안에서 전투용 양손 도끼를 들고 나왔다.

"이 목숨, 출진할 때부터 전쟁의 신에 맡기고 왔……."

워로드의 굵직한 목소리가 뚝 끊겼다.

길쭉한 도검 스트라투스를 어깨에 걸친 데스디아가 치프 앞에 자리를 잡고 있었기 때문이다.

데스디아는 터번 아래에 검은색 복면을 써서 코와 입을 가린 상태였다.

신축성이 좋은 그 복면은 얼굴을 감추기 위한 물건이 아니라 흙먼지가 많은 곳에서 백병전을 벌일 때 주로 사용하는 전투용 의류였다.

워로드는 그 복면은 물론 데스디아의 외모까지도 분명히 알고 있었다.

"작은 브라토레, 네가 이 행성에 있다는 말은 들었다."

"그런가? 나를 잘 알고 있나 보군. 난 널 모르는데 말이지. 그보다 오크들이 말을 한다는 게 더 신기하군. 어디서 번역기라도 얻었나?"

워로드와 데스디아 사이에 긴장감이 흘렀다.

한편, 치프를 비롯한 UNSMC는 잠시나마 다른 부분에 신경을 돌렸다.

'작은 브라토레?'

'가슴 말인가?'

'여사님보다 작긴 하지.'

'잔혹한 진실이군.'

'번역기 오류일지도.'

그들이 잠깐 딴생각을 하는 사이 오크 워로드가 자신의 양손 도끼를 땅에 박아 세운 뒤 그 자루 위에 오른손을 얹었다. 그 묵직함이 마치 납으로 된 조각상 같았다.

"아무튼 실망이로군. 네 어미인 위대한 브라토레는 우리와의 혈전에서 복면 따윈 쓰지 않았다고 들었다."

"어머님께서 네놈들과 혈전을 벌이신 적이 있긴 한가? 탈곡에 비유하시던 기억밖에 없는데."

상체에 투구와 팔 보호구만 사용하고 있는 워로드는 데스디아의 말에 꿈틀했다.

"입놀림만은 어미와 맞먹는구나."

"아까부터 어머니 얘기만 하는데, 네놈은 우리 어머님을 만난 적이 있긴 한가?"

"없지. 그러니 이렇게 살아 있는 게 아닌가? 게다가 난 너를 네 번이나 만났지. 네 번 모두 목숨을 건졌고 말이야."

워로드가 껄껄 웃었다.

"네 번이라……. 도망치는 뒷모습 정도는 이제 기억나는군."

데스디아는 스트라투스를 휘둘렀다. 붉은색의 칼집이 입자로 변하여 화염처럼 휘날리다가 사라졌다.

"결단코 알타이르의 워치프에게 죽는 것이 소원이라면 지금 당장 목을 떨궈주마. 목숨 따윈 출진할 때 두고 왔다고 말했지? 미련은 없겠군."

"물론!"

양손 도끼를 능숙하게 들어 올려서 두 손에 쥔 워로드는 온몸에 힘을 넣었다. 근육이 팽창하면서 그의 흙색 피부 밖으로 흰색의 연기가 피어올랐다.

급히 달아오른 체온으로 인해 피부의 수분이 급격히 증발하고 있었다.

"목구멍으로 올라오는 이 갈증! 브라토레 가문의 피로 풀겠다!"

"흠."

데스디아는 응답도 무엇도 아닌 애매한 소리를 냈다.

불쾌감 때문이었다.

'정령의 흐름이 난잡해. 아니, 저 녀석 쪽으로 빨려들어 가는 느낌이야. 정신을 놓으면 정령에 대한 주도권을 빼앗기겠어.'

치프는 토마호크를 쥔 자신의 오른손을 만지작거리며 하늘을 봤다.

'녀석의 피부에서 올라온 수증기⋯⋯. 쯧, 빅시티의 기온이 더 떨어졌어. 이거 위험하군.'

치프는 데스디아가 질 것이라 생각하지 않았다.

그는 그녀를 회사에서 여기까지 데리고 온 수송기의 조종사 사만다를 오히려 걱정했다.

'사만다가 노출됐군. 쟤가 탄 수송기는 척력장 탑재 사양이 아니라서 한 번에 무력화될 수 있어. 데스디아를 지원해서 그냥 끝내 버려야 하나? 아까 저 덩치가 망치를 던지는 폼을 보니 수송기 따위는 아무것도 아닐 것 같은데.'

데스디아가 워로드를 향해 뛰어나갔다. 워로드는 고속으로 몸을 돌리며 양손 도끼를 크게 휘둘렀다.

워로드는 도끼를 양손으로 휘두르다가 도중에 왼손을 놓고 오른손으로 끝까지 휘둘러 커다란 아크를 그렸다. 그 모양새와 자세가 지나치게 깔끔하여 UNSMC 대원들로 하여금 탄성을 자아내게 만들었다.

'저 녀석, 기교파인가?'

'정령의 힘만으로 설명되는 그림이 아닌데?'

스트라투스와 도끼가 결국 충돌했다.

뛰어서 공격했다가 뒤로 쭉 날아간 데스디아는 가로등에 발을 대고 다시 뛰어오른 뒤 안전하게 착지했다.

반면 전차처럼 묵직하게 서 있던 워로드는 도끼를 다시 양손에 들며 데스디아에게 돌진했다.

"힘은 내가 앞선다! 작은 브라토레!"

고함을 지르는 워로드의 머리 위에서 스트라투스의 칼날이 번뜩였다.

순간적으로 도끼를 들어 칼날을 막아낸 워로드는 뒤꿈치로 흙과 잔디를 끌며 뒤로 밀려나갔다.

"다시 지껄여 보시지?"

데스디아가 두 눈에서 푸른색의 섬광을 흘리며 워로드를 노려봤다.

그에 대응하듯 워로드의 투구에서도 같은 색의 안광이 새어 나왔다.

"정령의 가호는 너만의 것이 아니다! 너를 시작으로 알타이르 계집들이 우리의 머리 위에 서는 날은 두 번 다시 없을 것이다!"

둘의 칼과 도끼가 다시 충돌했다.

치프는 덩치에 맞지 않게 유연하고 날렵하게 움직이는 워로드와 평소처럼 비인간적인 움직임을 과시하는 데스디아의 모습을 지켜봤다.

'뭔가 그림이 마음에 안 드는데?'

그는 헬멧 옆에 손을 댔다.

"더스틴, 정령 교감 차단제 준비해."

―괜찮겠습니까?

"저 덩치가 라이트스톤이 이식해 준 상전이 기관을 사용한다 치자고. 자네가 라이트스톤이라면 알타이르 사람들에게 적용한 것과 똑같은 물건을 사용할 것 같나?"

―좀 더 진보된 물건을 놈의 몸에 심었겠죠.

"맞아. 대비해서 나쁠 건 없지. 상황을 모르니 예비용 차단제도 확실히 챙겨."

―알겠습니다, 원사님.

"찰리 스쿼드도 내 말 들었겠지?"

―찰리의 니콜라스입니다. 알파를 보조하겠습니다.

킹이 다시 오기 전까지 찰리 스쿼드를 책임진 니콜라스 중사가 지금은 찰리 강습분대 책임자로서 응답했다.

"그리고 사만다, 넌 수송기를 건물 뒤로 숨겨."

―아저씨?

"네가 와준 건 고맙지만 네가 탄 수송기는 척력장 발생기가 없는 껍데기 사양이잖아? 아까 건물이 부서지는 걸 보니까 척력장도 날아갈 것 같더라고."

―예, 아저씨. 지시하신 대로 이동하겠습니다.

"서두르지 말고 천천히 이동해. 저 덩치, 감이 굉장히 좋아. 만약 알아차리면 널 공격할 거야."

―알겠습니다.

통신을 마친 치프는 알파와 찰리 스쿼드의 강습분대에게 수신호를 보냈다.

워로드와 격전 중인 데스디아는 치프의 지시에 따라 움직이는 UNSMC 대원들의 모습과 손에 든 무장을 보자마자 그들의 생각을 손쉽게 읽을 수 있었다.

'유탄발사기 장착 소총……. 정령 교감 차단제를 쓸 생각이겠지. 날 믿을 수 없다는 건가, 치프?'

워로드의 다리를 걷어차 중심을 무너뜨리려 하던 데스디아는 자신의 발차기가 상대의 갑옷만 날릴 뿐 근육에 튕겨나가는 것을 보고 내심 쓴웃음을 지었다.

'괜찮아. 지금은 내가 날 믿지 못하고 있거든.'

수차례의 공방을 통해 워로드의 갑옷은 거의 박살 난 상황이었다. 데스디아는 아무런 피해도 없었으나 그녀는 전에 없는 압박감을 느끼고 있었다.

엠페라투스에게 받은 스트라투스가 상대의 일반적인 양손 도끼를 베지 못하는 것도 이해하기 어려운 상황이었지만, 무엇보다 타격 기술이 전혀 먹히지 않는 것은 상식을 한참 벗어난 일이었다.

'놈의 등판에서 풍기는 화약 냄새는 아마도 수류탄이나 유탄이 남긴 것이겠지. 그런데 그런 무기가 맨살에 통하지 않았다는 것은 놈의 살갗이 무쇠 갑옷 이상의 방어 능력을 가지고 있다는 뜻이나 마찬가지야.'

그녀는 자존심이 상했다.

'오크들이 알타이르의 워치프보다 정령에 대한 감이 더 좋다는 뜻인가?'

데스디아의 왼손 주먹이 워로드의 투구에 직격했다. 도자기처럼 박살 난 투구를 헤치며 드러난 워로드의 얼굴은 다른 신체 부위와 마찬가지로 흉터가 가득했다.

워로드의 눈에서 터지는 파란색 빛에 노란색이 섞이며 녹색으로 변했다.

그에 맞춰 힘도 증가했다.

도끼질 한 번에 땅이 파였다. 직접 닿지도 않았는데 풍압만으로 엉망이 된 것이다.

'이 녀석은 사로잡을 필요가 있겠어. 아르마게일에게 줘도 좋고 위스콘신으로 보내도 좋겠지. 해부해서 놈들의 약점을 파악해야 해.'

공방전이 이어지는 도중, 데스디아는 워로드가 자신의 왼쪽을 노리고 도끼를 휘두르려는 것을 읽었다.

그녀는 두 손으로 스트라투스를 잡은 뒤 왼쪽으로 몸을 틀며 상대의 도끼를 미리 튕겨냈다. 얼마나 힘을 가했는지 데스디아의 등판이 워로드에게 노출되고 말았다.

팔이 슬쩍 옆으로 움직였을 뿐인 워로드는 자신에게 등을 보인 데스디아를 향해 다시 도끼를 휘둘렀다.

순간 칼자루를 돌려 칼날을 옆구리에 끼듯 한 데스디아는 등 뒤에서 느껴지는 살기를 향하여 몸을 던졌다.

워로드의 도끼는 땅을 쳤고, 상대의 간격 안으로 파고든 데스디아의 칼날은 워로드의 복부 한가운데를 뚫었다.

"으윽!"

괴성을 터뜨린 워로드가 급히 도끼를 놓고 맨손으로 데스디아를 붙잡으려 했다. 오크들의 그러한 특성을 잘 아는 데스디아는 스트라투스를 놓고 몸을 돌려 워로드의 손목을 받아냈다.

워로드의 손목은 한 손에 쥘 수 없는 두께였지만 데스디아는 오크의 손목 인대가 어디에 있는지, 그리고 어떻게 잡아야 그것을 봉쇄할 수 있는지 잘 알고 있었다.

워로드의 손목 피부를 뚫은 데스디아의 손가락이 상대의 인대를 붙들었다.

"치프, 상관 말고 쏴! 이대로 놈을 생포해!"

데스디아가 외쳤다.

정령 교감 차단제가 일제히 터졌다.

그 검은색의 물질은 워로드뿐만 아니라 데스디아의 몸까지 덮었다. 이 물질이 상대의 생명에 지장을 초래하지 않음은 몇 번이나 증명된 사실이기에 UNSMC들은 걱정 없이 방아쇠를 당겼다.

데스디아가 힘을 잃고 주저앉았다.

"하아!"

치프는 한숨을 쉰 뒤 오른손에 든 토마호크를 등에 거치했다.

몸에서 불꽃을 일으켜 교감 차단제를 태워 날린 워로드는 눈에서 붉은색 빛을 뿜으며 미친 듯이 웃었다.

"통할 것 같은가? 하하하하!"

그는 자신의 복부에 꽂힌 스트라투스를 왼손으로 뽑은 뒤 옆으로 던졌다.

"이날이 오기만을 기다렸다, 알타이르의 워치프여! 네년의 목을 가지고 돌아가서 왕의 길을 걷겠노라!"

데스디아의 머리를 향해 워로드의 손이 움직였다.

하지만 그 시점에서도 UNSMC 대원들은 꼼짝도 하지 않았다.

데스디아에게 관심이 없어서가 아니었다.

그녀를 잡을 환희에 취한 워로드의 머리가 더 크고 육중한 뭔가에 붙잡혔다.

그를 생쥐 잡듯 들어 올린 치프의 데토네이터, 일명 '버전 4.8'이 청백색 빛을 뿌리며 프린팅을 마무리했다.

"어딜 가? 넌 이제부터 나랑 놀아야 해."

데토네이터의 손아귀 힘과 엄청난 장갑, 그리고 자신을 한참 초월하는 덩치에 놀란 워로드는 온 힘을 다해 발버둥을 쳤다. 그러나 반달리온조차 빠져나오지 못한 데토네이터의 손아귀에서 벗어나는 것은 쉬운 일이 아니었다.

"비겁하다, A—1730! 모습을 드러내라!"

그 검은색의 데토네이터는 대답 대신 워로드를 바닥에 꽂은 뒤 둔치에 설치된 컨테이너를 움켜쥐고는 마늘을 다지듯 워로드를 내리찍었다.

찍는 것을 멈춘 데토네이터가 워로드의 상태를 살폈다. 워로드는 눈빛도 살아 있고 몸도 멀쩡했다.

데토네이터 내부에서 조종간을 잡고 있는 치프는 혀를 찼다.

"난 대화로 이 일을 해결할 용의가 있었어, 친구. 네가 뎃디의 목을 어쩐다는 말을 꺼내기 전까진 말이야."

"믿을 수 없다!"

"그럼 믿을 수 있게끔 도움을 주지."

데토네이터는 다시 컨테이너를 들어 워로드를 마구 내리찍었다.

상대를 1분 정도 꾸준히 타격한 데토네이터는 이윽고 밑이 납작하게 구겨진 컨테이너를 내려놓았다.

워로드는 팔다리가 끊어지기 직전의 형태로 부러진 채 꼼짝도 하지 않았다. 눈은 감고 있었으나 심장 박동은 물론 숨을 쉬는 것도 감지됐다.

"어이, 내 말 들리나? 정신이 있으면 대답해 보시지?"

그 순간 붉은색의 불꽃이 오크 워로드의 몸을 중심으로 일어나 하늘을 향해 치솟아 올랐다.

그 불꽃 안에서 팔다리가 재생된 워로드는 데토네이터에 의해 만들어진 구덩이 밖으로 튀어나가더니 자신의 양손 도끼를 잡아 들어 올렸다.

"이게 내 대답이다, A―1730!"

펄쩍 뛰어오른 워로드는 온 힘을 다해 데토네이터의 조종석 위쪽을 때렸다.

그러나 주력전차의 철갑탄조차 튕겨낼 수 있는 데토네이터의 장갑판에선 작은 불똥만이 튈 뿐이었다.

"내가 원한 대답은 아니네."

조종간을 잡은 치프의 손이 바삐 움직였다.

데토네이터가 오른손 주먹으로 워로드를 후려쳤다. 배구공처럼 위로 붕 떠오른 워로드는 데토네이터의 왼손에 맞아 다시 땅에 떨어졌다.

"꿍!"

신음을 낸 워로드는 다시 일어나며 콧김을 뿜었다. 대량의 코피가 콧김에 섞여 땅에 쏟아졌으나 워로드의 기세는 여전했다.

"오해하는 것 같은데, 난 자네를 살려주려고 이러는 거야."

치프의 조작에 따라 꽉 쥐어진 데토네이터의 오른손 위로 장갑판이 내려와 글러브처럼 씌워졌다. 작은 장갑차량이나 특수한 담장, 철문 등을 부술 때 쓰는 철갑 너클이다.

워로드는 소형 승용차보다 크고 넓으며 묵직한 돌기까지 달린 그 너클을 봤음에도 불구하고 전혀 두려워하지 않았다.

"말하지 않나? 이 목숨은 전쟁의 신에게……."

"종교란 이럴 때 바꾸는 거야, 친구."

"됐으니 말이나 끝까지 들어라!"

아까도 전쟁의 신에 대한 얘기를 하려다가 말이 끊긴 워로드는 격분했다.

"하긴, 자네 입장에선 죽는 게 더 나을지도 몰라."

결국 너클이 장착된 데토네이터의 오른팔이 워로드를 향해 움직였다.

치프는 워로드가 장갑차를 으깨고 주력전차의 전면 장갑에도 의미 있는 타격을 줄 수 있는 데토네이터의 너클을 맞고 살 수 있을지 걱정됐다.

그가 작년에 엠페라투스를 상대로 사용한 옛 버전은 그 정도의 성능이 아니었지만 4.8 버전은 최신 기갑병기와의 전투까지 상정하여 만들어진 물건이다.

'몸통이라도 갖고 가면 어찌어찌 되겠지.'

치프는 상대가 수 톤에 가까운 컨테이너에 1분이 넘도록 타격을 받았음에도 불구하고 멀쩡하게 움직이는 존재임을 감안하여 일단 전력을 다하기로 결심했다.

그러나 오크들을 빅시티에, 그리고 치프의 회사에 보낸 장본인은 그러한 상황을 이미 염두에 두고 있었다.

—상공에서 대형 생물체 고속 접근!

구축함 타이콘데로가에서 터진 긴급 통신이 치프의 헬멧에 닿았다. 데토네이터의 감지기도 그에게 경고 신호를 보냈다.

"제길!"

치프는 데토네이터의 너클을 풀고 워로드를 붙잡았다.

그와 거의 동시에 정체불명의 물체가 데토네이터의 바로 옆에 떨어졌다.

물체의 모양은 마름모 모양의 비늘과 같았고 길이는 사람의 평균 신장과 비슷했다.

그 물체는 땅에 꽂히자마자 붉은색의 전류를 뿌려댔다. 그 불길한 색의 전류는 데토네이터의 검은색 몸체를 덩굴처럼 휘감았다.

치프는 그 전류에 의해 데토네이터의 몸체가 붕괴되는 것을 감지했다. 그는 전원까지 나가기 전에 데토네이터의 조종석을 열고 밖으로 급히 빠져나왔다.

프린팅을 이용해 만들어진 데토네이터가 금속 입자로 다시 변하여 흩어졌다.

데토네이터의 손에 붙들려 있던 오크 워로드는 결합 구조가 약해진 그 기계손을 힘으로 부수고 땅으로 내려왔다.

흩어지는 금속 입자 속에서 치프를 발견한 워로드가 도끼를 높이 치켜들고 그에게 뛰어갔다.

"철갑은 깨졌다!"

차단제를 뒤집어쓴 상태의 데스디아는 워로드의 공격을 어떻게든 막고 싶었다.

하지만 차단제에 의해 기능이 떨어진 그녀의 근육 중에서 제대로 움직이는 것은 심장 근육과 같은 불수의근뿐이었다.

결국 워로드의 도끼가 치프의 머리에 직격했다.

그의 헬멧은 물론 몸통까지 한 번에 갈라 버린 워로드는 불과 1초도 웃지 못했다.

그가 자른 것은 프린팅된 금속 조각상이었다. 워로드가 기대한 피와 내장 따위는 그 어디에도 튀지 않았다.

당황한 워로드의 안구가 어디선가 날아온 총탄에 의해 픽픽 터졌다.

"그아아아아!"

워로드는 도끼를 쥔 채로 괴성을 질렀다. 능동위장을 걷으며 나타난 치프는 권총을 거둔 뒤 수류탄 형태의 정령 교감 차단제를 꺼내어 손에 들었다.

"도끼 정도는 놓을 줄 알았는데 말이야. 정신력 하나는 정말 대단하군."

그는 전투복의 근력 보조 장치를 이용하여 높이 도약한 뒤 워로드의 입에 수류탄을 꽂아 넣었다. 전투복의 동력 보조 장치 때문에 턱뼈가 빠져 버린 워로드는 권총 탄환에 터진 눈을 이리저리 움직이며 몸부림쳤다.

"이것도 통하지 않으면 자네를 영원히 보내 버리는 수밖에 없어."

착지한 치프는 몸을 바짝 숙였다. 워로드가 필사적으로 휘두른 도끼가 그의 전투복 등판 위를 스치듯 지나갔다.

워로드가 토하지 못한 수류탄이 결국 그의 입안에서 터졌다.

워로드의 입과 코에서 검은색의 액체가 뿜어졌다. 물론 내장으로도 쏟아졌다.

등에 거치한 자동소총을 손에 들며 일어난 치프는 몸을 숙인 채 데스디아 쪽으로 이동하여 워로드의 체온을 살폈다.

섭씨 50도 가까이 치솟던 워로드의 체온이 급격하게 떨어지고 있었다.

"뎃디, 특이 사항이 보이면 얘기해 줘!"

"정령과 녀석의 교감이 풀리고 있어."

데스디아가 힘겹게 대답했다.

힘이 너무 급격하게 빠져서인지 워로드는 저혈당 쇼크를 받은 사람처럼 다리가 풀리며 땅에 드러눕고 말았다.

치프는 이어서 상공을 봤다.

날개를 펼친 채 가만히 떠 있던 드래곤 실버로드의 등판에서 두 차례의 폭발이 일어났다.

빅시티 상공 어딘가에 모습을 감추고 있는 구축함 타이콘데로가에서 쏜 순항미사일이 그에게 적중한 것이다.

주변을 한번 살핀 실버로드는 날개를 접고 하늘로 솟아 사라졌다.

"저 빌어먹을 놈 같으니."

"그러니 예전에 어떻게든 추적해서 죽였어야지!"

데스디아가 따졌다.

"하아, 그러게."

반달리온의 부탁 때문에 그러지 못했다는 말을 차마 하지 못한 치프는 소총을 등에 거치하고 워로드 쪽으로 걸어갔다.

"좋아, 이 튼튼한 친구를 어떻게 해야 회사까지 멀쩡하게 끌고 갈 수 있지? 팔다리를 아예 잘라 버릴까?"

"마음에도 없는 말은 하지 마, 치프."

"흠."

치프는 어깨를 으쓱했다.

─원사님, 상황 종료입니까?

더스틴이 물었다.

"일단 대기."

대답한 치프는 데스디아에게 다가가 그녀를 부축해 일으켜 주었다.

"좋은 의견 있으면 얘기해 봐, 뎃디."

"수송기에 설치된 강제견인용 접착제를 써보면 어때?"

"접착제?"

"그건 공기와 접촉하면 주력전차를 들어 올려도 문제가 없을 만큼 질기게 변하는 물건이잖아? 불에도 강하니까 워로드가 정령 교감 능력을 되찾아도 어떻게는 못 하겠지."

"좋은 생각이군. 수송기, 들었겠지? 거미가 됐다고 생각하고 잘 포장해 봐."

─찰리 쪽에서 맡겠습니다.

"좋아, 접수."

워로드 위로 접근한 수송기의 하단에서 접착제 살포 장치가 모습을 드러냈다. 기중기처럼 튼튼하게 생긴 그 살포 장치로부터 오크 워로드를 향해 녹색의 접착제가 분사됐다.

접착제의 살포 및 굳어짐을 직접 확인한 치프는 응급치료용 거품을 워로드의 눈구멍에 집어넣는 것으로 일을 마무리했다.

"샘플 확보 완료. 사만다, 이거 들고 갈 수 있겠어?"

─문제없습니다.

사만다가 탄 수송기가 건물 사이를 빠져나와 워로드의 바로 위에 정지했다.

수송기에서 케이블들이 내려오자 치프는 다른 대원들과 함께 워로드를 들어 올린 뒤 끙끙대며 고정 작업을 시작했다.

"이 친구, 몸무게가 미친 것 같은데?"

─얼마 전의 제가 떠오르네요.

킹이 헬멧에 달린 망원경으로 그 광경을 보며 껄껄 웃었다.

가까스로 워로드를 고정시킨 치프는 헬멧에 손을 댔다.

"고정 완료. 뎃디와 함께 돌아가도록 해, 사만다."

고정 작업 중에 차단제를 털어낸 데스디아가 인상을 찡그렸다.

"벌써 가라고?"

"미안. 메이 & 노드는 오늘 휴일이야."

그런 의미로 질문한 게 아닌 데스디아는 뒷골이 찡했다.

"그럼 이대로 일정을 계속 진행할 생각인가?"

인간 청소를 계속하겠냐는 질문이다.

"아니, 저기 있는 친구들이랑 얘기 좀 하고 가야 할 것 같거든."

치프는 저편에서 움직이고 있는 빅시티 전투경찰들을 손으로 가리켰다.

그들은 오크들이 사용한 수송선과 오크들의 시신, 그리고 민간인들의 피해 상황을 확인하느라 분주했다.

"그렇군. 아, 어머니께서 당신에게 뭔가 좀 받아오라고 하시던데."

"응? 뭐?"

"포프."

"아!"

치프는 어쩔까 고민하다가 고개를 저었다.

"너와 사만다의 안전을 위해서라도 내가 데리고 다니는 게 나을 것 같네."

"너무 오냐오냐하며 키우면 안 돼. 공주님을 또 만들 생각이야?"

"괜찮으니까 나한테 맡겨. 올라가 봐."

"…나중에 후회하지 마."

데스디아는 워로드를 밟고 뛰어올라 수송기에 탑승했다.

그들을 실은 수송기가 떠난 뒤 치프는 알파 스쿼드와 찰리 스쿼드 모두를 킹에게 맡기고 전투경찰들에게 다가갔다.

"이야, 무려 오크를 잡았으니 상금도 나오겠죠?"

"아, 사장님!"

얼굴이 새파랗게 질린 상태인 전투경찰들이 일제히 치프 쪽으로 돌아섰다.

"여긴 정말 괜찮을까요? 오크들이 계속 나타나고 있어요!"

"오크들의 본대가 쏟아지면 여긴 쑥대밭이 될 거라고요!"

"워로드가 낀 이상 이미 끝장이에요! 도망쳐야 해요!"

전투경찰들이 자신을 둘러싼 채 거의 울부짖듯 말하자 치프는 진정하라는 듯 손을 흔들었다.

"괜찮을 테니 진정하고 내 진술 좀 들어요."

그의 말에 전투경찰들의 안색이 더욱 나빠졌다.

"우리를 여기 놔두고 가시겠다는 건가요?"

"아니, 그게 아니라……."

치프는 결국 20분 가까이 그들을 설득한 뒤에야 사건 상황에 대한 진술을 할 수 있었다.

사건 진술이 끝난 뒤 지친 몸짓으로 수송기에 올라탄 치프는 포프 옆에 선 뒤 헬멧에 손을 댔다.

"모든 상황 완료. 수송기 출발. 타이콘데로가로 가서 보급을 받는다."

ㅡ알겠습니다, 원사님.

알파와 찰리 스쿼드를 실은 수송기가 능동위장 장치로 모습을 숨긴 뒤 둔치를 떠났다.

헬멧을 벗은 치프는 그냥 가만히 고개를 숙이고 있는 포프 앞에서 손가락을 튕겼다.

"저기, 포프, 널 혼내고 싶어하는 아저씨가 있어. 그러니 헬멧 벗고 여길 좀 봐."

"예, 사장님."

지시대로 헬멧을 벗은 포프는 뺨을 맞을 각오를 하고 고개를 들었다.

치프는 들고 있던 헬멧을 그녀의 이마에 툭 내려놓았다.

특별히 힘을 준 건 아니었지만 헬멧의 무게와 헬멧을 이루는 특수 합금의 단단함은 포프에게 어마어마한 통증을 안겨주기에 충분했다.

"쓱······!"

포프는 소리를 참아보려 했으나 본능에서 끓어오르는 소리만큼은 어쩔 수가 없었다. 하지만 맞은 부위에 손을 올리지 않는 정신력만큼은 군인들의 눈에 확 들어올 만큼 훌륭해 보였다.

물론 치프의 눈에는 그리 반갑지 않았다.

"너, 여사님께 얻어맞고 기절했잖아? 대체 어떻게 여기에 탈 수 있었지?"

포프는 우물쭈물하다가 결국 눈을 꽉 감으며 대답했다.

"젝스에게 부탁했어요."

"…뭐?"

치프는 그녀의 입에서 뜬금없이 나온 이름에 약간 당황했다.

"젝스라니, 무슨 소리야?"

젝스에게 마음속으로 사과하면서 포프는 천천히 그 일을 설명했다.

"제가 여사님에게 들킬 거라는 건 예상하고 있었어요. 얼마 전부터 여사님의 시선이 그 어디에서도 느껴졌거든요. 심지어 방에서 샤워를 하고 있을 때도 말이에요."

"그래? 여사님께 소형 드론을 빌려 드린 기억은 없는데?"

"그런 게 아니에요, 사장님. 뭔가 초현실적인 느낌이라고 해야 할까요? 아무튼 아무리 기척을 숨겨도 여사님의 시선에서 벗어날 수 없었어요."

"흠, 그래서 젝스에게 도움을 받았다?"

"네. 정신을 차리고 보니 저 캐비닛이었어요."

치프는 대원들 쪽으로 고개를 돌렸다. 젝스가 포프를 데리고 침입하는 걸 본 적이 있느냐는 뜻이다.

대원들은 손을 젓거나 고개를 저었다.

"젝스도 재주가 좋네. 아무튼 알았어. 하지만 이제부터가 중요해. 왜 수송기에 탔지? 우리가 좋은 일을 하려고 여기 온 게 아니라는 건 분명히 설명했을 텐데? 나와 여기 있는 아저씨들은 정말 감자튀김 따위를 먹으려고 여기 온 게 아니야."

"뭐든 하고 싶었어요, 사장님!"

포프가 나름 힘을 내어 말했다.

"제 의지대로 뭔가 하지 않으면 심장이 터져 버릴 것 같았다고요!"

"흠……."

길게 한숨을 쉰 치프는 고개를 옆으로 슬쩍 기울였다.

"그래, 네 기분은 알겠지만 그래도 이건 아니야, 포프. 넌 경고를 어겼어. 근신은 각오하도록 해."

치프는 자신의 헬멧을 들었다. 포프는 또 그 헬멧에 맞는 게 아닐까 싶어 어깨를 움츠렸으나 치프는 물리력보다 더 두려운 일을 꾸미고 있었다.

"근데 나보다는 다른 분께 먼저 혼나야 할 거야."

"네?"

"들으셨죠, 여사님?"

치프가 자신의 헬멧을 향해 말했다.

─젝스는 지금 엉덩이 맞을 준비를 끝냈으니 다음은 너다, 포프.

헬멧 안에서 헤이파의 분노 어린 목소리가 흘러나왔다.

─회사에서 보자.

통신이 뚝 끊기자 포프의 얼굴이 파랗게 변했다.

"그럼 최후의 만찬을 즐겨볼까?"

치프는 수송기에 설치한 냉장고를 열었다. 비닐 팩에 담긴 형형색색의 탄산음료가 하얀색 서리를 흘러댔다.

"무슨 맛을 먹을래? 개인적으로 추천하는 건 체리소다야."

"…지금 마셨다가는 회사에서 혼날 때 토할 거 같아요, 사장님."

포프가 고개를 푹 숙인 채 말했다.

"하긴, 한 대 맞자마자 입으로 쫙 뿜어내겠지. 가엾기도 해라."

치프는 멜론소다를 꺼내 입에 물었다.

*   *   *

타이콘데로가에 들러 각 스쿼드로부터 보고를 들은 치프는 알파와 찰리 스쿼드가 맡아야 할 일까지 다른 스쿼드가 처리한 것을 확인한 후 곧장 회사로 돌아갈 것을 명령했다.

회사 훈련장에 내려온 수송기를 기다리는 것은 팔짱을 단단히 낀 헤이파였다.

헤이파의 옆에는 젝스가 엉거주춤한 자세로 서 있었다.

"젝스가 멀쩡하네요?"

치프가 수송기에서 내리자마자 물었다.

"조금 뒤면 알 것이네."

그녀 앞에 수송기에서 달려 내려온 포프가 차렷 자세로 섰다.

"무슨 벌이든 달게 받겠습니다!"

"애를 낳기 전의 나였다면 널 당장 오크들의 기지에 떨궈놨을 거다, 포프. 네가 알타이르의 전사도, 지구의 군인도 아닌 것을 다행으로 여겨라."

"……."

"젝스와 함께 사장실로 오너라."

"예, 여사님."

헤이파가 돌아서서 본관 쪽으로 걸어갔다. 그녀를 따라 걸어가려 하던 포프는 젝스가 둔부에 박힌 통증 때문에 어기적거리며 걷는 모습을 보고 경악했다.

"걷는 소리가 들리지 않는구나, 포프."

헤이파가 서늘한 눈빛으로 포프를 돌아봤다.

"지, 지금 가겠습니다!"

그녀들이 함께 가는 모습을 지켜보던 치프는 내심 혀를 차며 고개를 저은 뒤 자신을 기다리고 있는 데스디아와 셀레스티아, 사만다, 그리고 접착제에 단단히 묶인 오크 워로드 쪽을 향해 움직였다.

"워로드의 상태는 어때?"

그가 묻자 사만다가 자신의 대형 단말기를 그에게 보여줬다.

"권총 탄환에 의한 안구 파열을 제외하면 신체적으로 큰 손상은 없습니다, 아저씨. 생명에도 지장이 없습니다."

"철갑탄을 미리 장전해 두길 잘했군."

단말기의 데이터를 확인한 치프는 사만다에게 다시 단말기를 건네준 뒤 오크 워로드의 이마를 손으로 두드렸다.

"셀리, 이 친구의 눈을 회복시켜 줄 수 있겠어?"

"오크의 눈을?"

"놈들의 신체 능력뿐만 아니라 시력도 알아보고 싶거든."

"어려운 일은 아니지만… 혹시 이 오크를 대상으로 실험을 할 생각이야?"

"당연하지 않겠어? 안 그러면 작전이 힘들어져."

치프는 정직하게 대답했다.

"그건 조금 잔인해!"

셀레스티아가 저항감을 드러냈다.

데스디아가 그녀의 머리를 쓰다듬어 주었다.

"붙잡힌 오크는 처음 보지? 사실 나도 처음 봐, 셀리. 이렇게 놓고 보니까 좀 불쌍하긴 하네. 하지만 이건 네가 날개 달린 자들의 대표로서 다른 이들에게 줄 수 있는 최고의 선물 중 하나야. 여기서는 왕의 그릇답게 행동하도록 해."

잠깐 고민을 한 셀레스티아는 이윽고 결심한 듯 표정을 바꾼 뒤 오른손으로 오크의 눈을 덮었다.

그녀의 손이 백은색으로 발광했다. 눈알 속에 박혀 있던 총탄이 밖으로 빠져나온 뒤 손상된 부위가 깔끔하게 재생됐다.

그 능력을 지켜보던 치프가 농담조로 말을 건넸다.

"그 빛을 어디에 충전해 놨다가 약 대신 쓰면 얼마나 좋을까?"

"응? 그건 힘들어, 치프."

셀레스티아가 대답했다.

"어째서?"

"이 능력을 제대로 사용하려면 상대방의 생체 정보를 완벽히 읽어야만 해. 그건 기억을 읽어내는 것보다 더 어려워. 생물들의 뼈와 근육, 혈관조차도 기억력을 갖고 있거든."

"세포 기억 말이야? 그건 이 시대에 와서도 증명이 안 되고 논란에 머물러 있는 건데."

"지구에서 말하는 그것과는 조금 달라. 아무튼 그 기억까지 완벽히 읽어야만 후유증 없이 신체를 복구할 수 있어."

"흠."

치프는 전투복의 목 보호대에 자신의 헬멧을 거치한 뒤 팔짱을 꼈다.

"그럼 역으로 그 정보를 이용해서 상대방을 먼지로 만드는 것도 가능하겠네?"

"음, 맞아. 루할트 경의 능력도 그에 기반을 두고 있어."

셀레스티아의 목소리 톤이 낮아진 것을 느낀 치프는 팔짱을 풀고 고개를 저었다.

"싸움을 강요할 생각은 없어, 셀리. 우리만으로 충분할 테니 걱정하지 마."

"미안, 치프."

씩 웃은 치프는 양팔 보호대에 달린 신호용 전등을 켠 뒤 색을 조정한 후 하늘에 대기 중인 수송기를 향해 수신호를 보냈다.

사만다가 탄 수송기가 워로드를 데리고 위스콘신 쪽으로 올라갔다.

"근데 이 시기에 가장 필요한 사람이 아르마게일 아닌가? 그 할아버지는 어디 갔지?"

"위스콘신에 탑승한 상태야."

"…응?"

데스디아의 대답에 치프가 깜짝 놀랐다.

"위스콘신은 나름 군 기밀이라서 나와 함장의 동의 없이는 함부로 탈 수 없는데?"

"아르마게일에게 당신네 해군에서 발급해 준 신분증이 있던데? 나와 어머니, 그리고 위스콘신의 함장 앞에서 그걸 흔들더군."

"…톰 아저씨가 발급했겠지."

치프는 조금 불편한 듯 표정을 일그러뜨렸다.

"그럼 난 뒷정리하고 사장실로 올라갈 테니 먼저들 가 있어."

그는 다시 UNSMC 대원들 쪽으로 향했다.

최종 결과를 점검하고 대원들에게 해산 및 휴식을 명령한 치프는 자신의 숙소로 돌아가 옷을 갈아입고 바로 식당으로 향했다.

식당에는 루할트와 알케온, 켐리가 한 테이블에 앉아 따뜻한 커피를 마시고 있었다.

루할트는 그야말로 승리자의 표정이었고, 알케온은 어딘지 조금 아쉬운 얼굴이었으며, 켐리는 힘이 약간 빠진 모습이었다.

"다들 표정이 왜 그래?"

치프가 알케온과 켐리의 등을 양손으로 툭툭 건드렸다.

"아, 왔나?"

루할트가 먼저 일어나 빙긋 웃었다.

"오늘의 승리는 우리의 승리일세."

"그래, 자네가 회사 앞에 떨어진 오크들을 쓸어버렸다는 말은 들었어."

"가벼운 일이었다네, 친구."

루할트는 기쁨을 감추지 않았다.

"오크 워로드가 섞여 있었다는 얘기도 들었는데 말이야."

"그렇다네. 두려운 게 없어 보이는 눈빛이었지. 느껴지는 힘도 제법 위험했어. 그래서 즉각 제거했다네."

"그래? 난 우리 쪽에 떨어진 워로드를 어떻게든 살려서 데려오려고 생고생을 했는데 말이지."

"살려서 데려와? 무슨 말인가?"

루할트가 꿈틀했다.

"놈의 특징을 확실히 알아내야만 자네가 없을 때를 대비할 수 있을 거 아냐?"

"헤이파 여사와 똑같은 말을 하는군. 하지만 자네가 직접 말하니 다음에는 주의하도록 하지."

"아니 뭐, 너무 신경 쓸 필요는 없고……. 아무튼 워로드에 대한 얘기 좀 더 해볼까?"

치프가 자리에 앉았다.

"사장님, 커피 드릴까요?"

켐리가 물었다.

"난 그냥 핫 초콜릿으로."

"옙."

켐리가 일어나 조리대로 향했다.

치프는 알케온의 아쉬운 분위기를 다시 살폈다.

"자네는 왜 그래?"

"이 손으로 승리를 거머쥔 게 언제인지 모르겠군."

"워낙 급한 상황이었으니까 너무 그렇게 생각하지 마. 기회는 차고 넘칠 거야."

"그런가?"

"아무래도 내일부터 자네들을 데려가야 할 것 같거든."

치프의 그 말은 루할트와 알케온을 의아하게 만들었다.

"대체 얼마나 고생을 한 건가?"

"도중에 실버로드가 나타나서 내가 만든 데토네이터를 날려 버렸어. 덕분에 상황이 이상하게 돌아갈 뻔했지."

"실버로드가? 구체적으로 어떻게 했단 말인가?"

알케온이 물었다. 루할트도 궁금한 표정으로 치프를 봤다.

"어떻게든 워로드를 생포하려고 데토네이터로 제압 중이었지. 그때 사용한 데토네이터는 건하운드로 만든 게 아니라 무장제조 능력으로 만든 거야. 그런데 실버로드가 급강하하여 나타나더니 비늘 하나를 투척하더군. 거기서 흘러나온 붉은색의 에너지가 데토네이터의 결합을 붕괴시켰어."

"건하운드라면 모를까, 무장제조 능력을 통해 제작된 물건을 실버로드 따위가 해제한단 말인가? 그럴 리가?"

알케온이 당황했다.

"둘이 좀 다른가?"

"물론일세!"

이번엔 루할트가 목소리를 높였다.

"우리가 느끼기엔 그 격이 다르다네! 결합을 위해 사용되는 동력의 질부터가 달라!"

"동력의 질이라……. 혹시 자네들도 실버로드처럼 데토네이터를 분해시킬 수 있어?"

"절대 불가능하다네."

"그래?"

치프가 깜짝 놀랐다.

"건하운드와 신체 재구축 치료기의 공통점은 바로 흉내일세."

루할트가 설명했다.

"금속 입자를 추출해서 설계도대로 결합하는 것이 건하운드이고, 신체의 정보를 토대로 육체를 재구축하는 것이 재구축 치료기일세. 하지만 사용되는 에너지는 어찌 됐건 전기일세. 매우 단순하고 한계가 있는 동력을 바탕으로 하고 있다 이거지."

"그리고?"

"자네는 무의식적으로 사용하고 있을지 모르지만 무장제조는 상전이 현상에서 오는 거대한 동력을 이용한다네. 이건 아주 큰 차이야."

"상전이 현상? 알타이르 행성인들의 정령 교감과 그 근본이 같다는 건가?"

"아주 간단히 말하자면 그렇지."

루할트가 곧장 대답했다. 같은 말을 해주려 하던 알케온은 또 루할트에게 선수를 빼앗겼다는 생각에 표정을 구겼다.

'우와, 알기 쉬운 성격이다.'

핫 초콜릿을 들고 오던 켐리가 알케온의 표정을 보며 내심 감탄했다.

"워로드에게는 정령 교감 차단제가 듣지 않았어. 목숨 걸고 입안에 처넣으니 그제야 먹히더군. 왜 그렇지?"

"맛이 없어서 그랬겠지."

알케온이 말을 던졌다.

루할트와 치프, 그리고 켐리가 그를 빤히 쳐다봤다.

실언이 너무 지나쳤음을 자각한 알케온의 얼굴이 빨갛게 됐다.

"듣지 못한 것으로 해주게."

"괜찮아. 음, 나쁜 지적은 아니었다고 생각해."

치프는 켐리의 핫 초콜릿을 받아 들고 어깨를 슬쩍 움직였다.

"차단제가 먹으라고 만든 물건은 아니지."

루할트가 커피를 홀짝 마시며 지적했다.

켐리는 그냥 묵묵히 자신의 자리에 앉았다. 하지만 얼굴에 뜬 실소만큼은 감추지 않았다.

루할트는 그러한 켐리를 슬쩍 노려보기만 하는 알케온의 모습을 보고 자못 놀랐다.

'작년 이맘때의 알케온이었다면 켐리를 당장 도마뱀 구이로 만들었을 텐데… 많이 변했군.'

자신의 친구에게 다른 종족에 대한 이해심이 생겼음을 발견한 루할트는 꽤 기분이 좋았다.

조금 뒤 치프가 다시 얘기를 꺼냈다.

"차단제에 대해 다시 얘기해 보자고. 겉에 뿌렸을 때는 의미가 없었는데 왜 입에 들어가니까 효과가 발휘된 걸까?"

"몸에 심어진 상전이 기관의 차이일 가능성이 가장 크지."

루할트가 말했다.

"차이라면?"

"아르마게일 님께서 오크 워로드를 직접 살펴보겠다고 말씀하셨으니 결론은 빨리 나오겠지만 내 예상에는 워로드에게 사용된 상전이 기관은 내장된 동력원마저 가졌을 가능성이 있네. 지구에서 과거에 사용하던 인공 장기처럼 말이지."

"인공 장기라……. 혹시 배터리의 역할을 하는 장기가 또 있다는 건가?"

치프의 말에 루할트가 고개를 끄덕였다.

"알타이르 행성인들은 호흡을 하듯 정령들과 교감하여 힘을 엊지 않나? 자네들이 갖고 있는 정령 교감 차단제는 알타이르 행성인의 외부를 덮어 교감을 차단하지. 하지만 자네 말대로 배터리의 역할을 하는 장기가 존재한다면 차단제에 덮인 상황에서도 그것들을 떨쳐낼 힘을 발휘할 수 있다네.”

“뎃디는 놈들이 지나칠 정도로 활발하게 교감했다고 말했어. 그렇다면 배터리 방식보다는 하이브리드 방식에 가깝겠군. 배터리도 있고 외부 요소와의 교감도 가능하고.”

“그렇겠지.”

“그럼 배터리의 역할을 하는 장기가 소화기관과 관련이 있을까?”

“의외로 혀일 수도 있지. 치아, 침샘 등등.”

알케온이 혀를 거론하자 치프와 루할트의 표정이 다시 이상해졌다.

“음, 역시 맛으로 밀어붙이는군.”

치프가 반쯤 농담을 섞어 말했다.

“요리에 너무 심취해 버린 게 아닌가, 친구여?”

루할트도 안타까워했다.

그러자 이번만큼은 진심으로 말을 한 알케온이 벌떡 일어났다.

“자네들이야말로 좀 듣게! 그쪽 부분이 아니라면 가뜩이나 생체 흡수율이 나쁜 차단제가 그토록 빠르게 효과를 발휘할 수가 없지 않나?”

“듣고 보니 또 그러네.”

치프는 핫 초콜릿을 마시며 생각에 잠겼다.

“그런데 차단제가 든 수류탄을 입안에 넣을 생각은 어떻게 했나?”

알케온이 물었다.

"코나 엉덩이 사이에 넣는 것보다는 쉬워 보였거든."

"흠."

"뒷걸음질로 뭔가를 잡은 거나 마찬가지지. 사실 그게 통하지 않았으면 아예 가루로 만들어 버릴 생각이었어. 머리 위에 실버로드를 둔 채로 고민하는 건 사치잖아?"

"그렇지. 실버로드라……"

루할트는 커피가 반쯤 남은 찻잔을 흔들다가 다시 내려놨다.

"그가 무장제조에 의해 만들어진 데토네이터를 분해한 이상 그 역시 온전한 몸 상태는 아닐 거야."

"라이트스톤에 의해 개조됐을 가능성이 있다는 건가?"

"맞아. 최악의 경우……"

루할트가 뭔가 말을 하려다가 입을 다물었다.

치프와 알케온이 그의 굳어진 표정을 지켜봤다. 켐리도 마시던 커피를 내려놓고 그를 봤다.

"음, 아닐세."

루할트가 웃으며 넘기려 하자 알케온이 테이블을 손으로 두드렸다.

"그러지 말고 자네 생각을 끝까지 얘기하게, 친구여. 일이 터진 뒤에 '역시 내 생각이 맞았다'라며 난리를 치는 것보다는 지금 논의하는 게 낫단 말일세."

"…역시 그렇겠지?"

루할트가 한숨을 쉬었다.

"치프, 우리에게 너무 중요한 일을 맡기지 말아주게. 우리가 스스로의 의지에 관계없이 자네를 해할 수도 있네."

"……."

"우리뿐만 아니라 장로님까지 왕녀 전하의 의지에 따라 움직인 적이 있다네. 라이트스톤에게도 그러한 능력이 있다면 운캄타르 성왕 폐하와 엠페라투스만이 스스로의 의지에 따라 움직이는 날개 달린 자가 되겠지."

루할트의 말에 알케온도 고개를 끄덕여 동의했다.

"사실 지금의 처지도 만만찮게 우습지. 내 자존심은 크게 상했다네. 잠들기 전에 다음 날 아침 식사 메뉴를 고민하는 내 자신이 싫을 정도지. 자네와 함께 싸우고 다닌다면 모를까, 그것도 아니고 말이야. 하지만 다른 이의 손에 놀아나는 것은 사양하겠네. 난 자네와 그런 식으로 결판을 내고 싶진 않아."

"오, 언젠가는 결판을 내고 싶다는 뜻으로 들리는군."

치프가 씩 웃었다.

"물론일세."

알케온도 웃었다.

"그래야 내 마음이 자유로워질 것 같거든."

치프는 '어째서?'라고 묻고 싶었으나 그러지 않았다.

영주로서 자신을 적대하던 알케온의 작년 모습과 날개 달린 주방장으로 인식되고 있는 지금의 모습은 치프의 입장에서 미안함이 느껴질 만큼 달랐기 때문이다.

치프의 침묵은 배려가 아니라 사과에 가까웠다.

하지만 그때의 일을 모르는 켐리는 그렇게 이해해 주지 않았다.

"팀장님, 결판을 낸다는 게 무슨 말씀이세요?"

켐리가 묻자 알케온이 그를 돌아봤다.

"우리의 시작이 그렇게 평화롭진 않았어."

알케온은 그렇게 얼버무리려 했다.

"지금은 평화롭잖아요?"

"그렇게 생각한다면 착각이다, 켐리. 우리는 가까스로 살아남아 이 작은 회사에 도피한 자들에 불과해. 그리고 우리 종족의 운명을 다른 이의 손에 맡기고 있지."

"팀장님, 사장님께서는 목숨을 걸고 이곳에 계시다고요!"

"그게 마음에 안 드는 거야!"

알케온이 버럭 소리를 질렀다.

켐리가 자신을 가만히 바라보자 알케온은 가만히 있다가 이윽고 왼쪽 손을 들어 켐리의 어깨에 얹었다.

"네 사장은 내 앞에서 온갖 꼴을 보여줬어. 적들과 맞서면서 팔다리가 소모되고 눈알이 불탔지. 조셉과 딕슨도 잃었어. 근데 난 여기서 편히 밥이나 지었다고. 영주랍시고 목에 힘을 주던 주제에 말이야."

"......"

"친구라는 건 터놓고 대등하게 얘기할 수 있는 자가 아니었던가? 그렇다면 난 자격 상실이야, 켐리. 난 그게 싫어."

알케온을 가만히 쳐다보던 켐리가 표정을 찡그렸다.

"제가 보기엔 충분히 대등한데요?"

"무슨 말이지?"

"식사랑 식재료를 팀장님께서 전부 관리하시잖아요? 조금이라도 신선도가 떨어지면 저보고 전부 내다 버리라고 막 소리치시고 말이에요."

"그건 당연한 일이 아닌가? 하루 이틀 정도 지나도 괜찮다고 우기는 네가 이상한 거다!"

알케온의 목소리가 다시 높아졌다.

하지만 켐리는 물러나지 않았다.

"제가 이 회사에 들어오기 전의 일이긴 한데요, 만약 진 플레커라는 여자가 식재료에 장난이라도 쳐서 일이 이상하게 꼬였다면 어쩔 뻔했어요? 팀장님께서 식재료 관리를 철저하게 하시니까 여태껏 그런 일이 터지지 않은 거잖아요?"

"……"

켐리의 지적에 알케온이 움찔했다.

"…그런가?"

그가 치프를 돌아보며 물었다.

"믿고 맡긴 지 너무 오래돼서……."

치프가 슬쩍 웃었다. 한편으로 루할트는 켐리의 눈치에 놀라고 있었다.

'난 생각조차 못했는데.'

뜻밖의 이야기에 기분이 풀린 알케온은 핀을 꽂아 고정시킨 자신의 옆머리를 만졌다.

"난 당연한 일을 했을 뿐이네. 너무 띄우지 말게."

"흠."

치프는 핫 초콜릿을 다시 입에 댔다.

"아무튼… 저쪽에서 하필 오늘 오크들을 보낸 이유가 궁금하네. 우리가 어떻게 대처하는지 궁금해서 그랬을까?"

그가 묻자 루할트는 잠깐 생각했다.

"위스콘신으로 옮겨진 오크 워로드가 혹시 폭발하진 않겠지? 물에 닿으면 두 마리로 불어난다거나?"

"그 정도로 그친다면 귀여울 텐데 말이지."

그렇게 약 한 시간 정도 이야기를 계속 이어나가던 그들은 청바지에 갈색 체크무늬 셔츠를 입은 아르마게일이 식당 안으로 들어오자 일제히 그를 향해 눈을 돌렸다.

켐리가 자신의 자리를 비워주려 하자 아르마게일이 손을 들어 사양했다.

"난 괜찮네."

그러고는 의자 하나를 들어서 루할트와 켐리 사이에 놓고 그들 사이에 끼어 앉았다.

"오크 워로드에 대한 분석이 끝났다네."

"벌써요?"

80
하이시리스의 선언

치프가 묻자 머리를 만지던 아르마게일이 고개를 끄덕였다.

"어려운 일은 아니었지. 생리식염수에 닿으면 두 마리로 불어나지 않을까 하는 기대도 해봤는데 너무 소모적인 고민이었어."

"……."

"상전이 기관이 좀 특이했다네. 혀에 배터리 역할을 하는 기관이 들어 있었지. 또한 그 혀가 번역기의 역할도 같이 하더군. 독특한 설계사상이야."

그가 답하자 한 시간 전에 혀가 아니겠냐며 진지하게 얘기하던 알케온이 두 팔을 불끈 굽히며 승리감을 드러냈다.

"그래, 자네가 이겼어."

치프는 지갑에서 지폐 한 장을 꺼내 알케온 앞에 깔았다. 루할트와 켐리 역시 그를 따라 지폐를 한 장씩 바쳤다.

알케온이 '이건 무슨 뜻이냐' 는 표정으로 그들을 두루두루 노려보는 한편, 치프는 단말기를 꺼내 메모를 준비했다.

"혀를 새것으로 이식한 건가요?"

"나노머신을 심었더군. 하지만 워로드 정도의 강인한 생명체가 아니면 나노머신 주변의 세포를 중심으로 급격한 괴사나 변이가 일어날 거야."

"그냥 오크와 오크 워로드의 세포가 다르다는 말씀이군요?"

"자네의 상식으로는 믿기 힘들겠지만 그렇다네. 오크들은 오래 살아갈수록 강해진다네. 번식력만 따지자면 젊은 오크보다 늙어 죽기 직전의 오크가 최고지."

"…늙음의 기준이 좀 다르군요."

"그렇다네. 늙은 오크들의 자연사 원인은 골절일세. 뼈의 성장 한계는 200년인데, 그로부터 80세 이상 나이를 더 먹게 되면 너무 강인해진 육체를 뼈가 버티지 못하는 것이지. 죽을 때가 되면 숨만 쉬어도 늑골에 금에 가거든."

"굉장하네요."

치프는 과연 써먹을 수 있는 정보일까 고민하면서도 단말기 화면을 두드려 해당 정보를 꼼꼼히 입력했다.

"배터리 역할을 하는 기관은 밝혀졌고, 상전이 현상을 담당하는 기관은 어디죠?"

"뼈일세. 부러진 뼈가 급속도로 재생할 수 있던 이유도 그것이지."

"그렇군요."

입력을 마친 치프는 단말기를 내리고 아르마게일을 봤다.

"그럼 놈들을 쉽게 죽일 수 있는 방법이 있을까요? 최소한 정령과의 교감을 막는 방법이라도 알았으면 하는데요."

"혀를 뽑게."

"……."

치프는 참으로 때리고 싶은 성격의 소유자라며 내심 혀를 찼다.

"흠, 자네는 농담을 좋아하는 줄 알았네만."

"재미있는 농담을 좋아하죠."

"그렇군."

아르마게일 혼자 씩 웃었다.

"자네를 돕는 입장에서… 포프 베르자르는 어디 있나?"

"사장실에서 여사님한테 혼나고 있겠죠. 걔는 왜요?"

"오크들에게 심어진 정령 교감에서 재미있는 패턴이 발견됐거든. 포프 베르자르가 가진 자유의 어둠을 이용하면 놈들의 정령 교감 능력을 차단할 수 있다네."

"무슨 수로요?"

치프가 흥미를 보였다.

아르마게일은 치프의 질문에 대해 차근차근 대답해 주었다.

치프를 비롯한 세 명의 남자는 아르마게일의 이야기가 다 끝나자 똑같은 표정이 되고 말았다.

눈은 한껏 크게 떴고 입은 반쯤 벌린 그들의 모습은 집단으로 패닉에 빠진 사람들의 그것과 비슷했다.

"음, 저기요. 혹시 아까 잡은 워로드가 아직 살아 있나요?"

"자네가 그렇게 나올 것 같아서 멀쩡히 살려놨다네. 지금 바로 시험해 볼 텐가?"

"물론이죠. 위스콘신에 먼저 올라가 계세요. 포프를 데리고 갈게요."

"그러지."

치프는 곧장 식당에서 뛰어나가 사장실 쪽으로 달려갔다.

"내일 알아봐도 될 텐데… 역시 사장님은 에너지가 넘치는 분이네요."

켐리가 중얼거렸다.

"오크들이 언제 도시로 날아들어 갈지 모르는 상황인데 내일이 어디 있나? 저 친구에게 있어서 이 상황은 반드시 잡아 끌어당기고픈 지푸라기처럼 보일 거야."

알케온의 지적에 켐리는 자신의 머리를 만지작거리며 머쓱함을 달랬다.

"그나저나 포프의 능력이 그런 식으로 사용될 줄은 몰랐네요. 모습만 감추는 능력이라고 생각했는데 말이죠."

"우리가 멋대로 해석한 것일지도 몰라, 켐리."

루할트가 신중한 표정으로 말했다.

"따지고 보면 자유의 어둠이라는 포프의 능력은 엠페라투스의 일부이기도 해. 지금껏 '보고 느끼는 일'을 방해하는 것에만 사용된 이유는 그 능력을 최초로 깨달은 포프의 조상이 딱 그만큼만 이해해서 그랬을지도 몰라."

"좀 더 근원적인 힘이라는 말씀이신가요?"

"그럴지도."

짧게 대답한 루할트는 고민에 잠겼다.

'정확히는 각종 파동의 방향을 바꾸거나 억누르는 능력이지.'

아르마게일은 정답을 말해줄 수 있는 자신을 놔두고 멋대로 고민하는 젊은이들의 모습에서 섭섭함을 느꼈다.

'다들 날 싫어하나? 하긴, 내 첫인상이 좀 그랬지.'

아르마게일이 한숨을 쉬었다.

＊   ＊   ＊

"포프, 네가 해줘야 할 일이 생겼어!"

치프가 사장실로 뛰어들어 왔을 때, 포프는 엉덩이를 완전히 드러낸 채 헤이파의 무릎 위에 엎드린 상태였다.

포프가 편하게 볼기를 맞을 수 있도록 소파 한가운데에 앉은 상태이던 헤이파는 당황하여 자신의 망토로 포프의 엉덩이를 가려줬다.

"아니… 무슨 일인가?"

"으아아!"

헤이파 이상으로 당황한 포프는 비명을 지르며 바지와 속옷을 끌어당겼다. 그러나 무릎 근처까지 완전히 내린 옷을 성공적으로 끌어올리기 위해 필요한 것은 힘이 아니라 침착함이었다.

결국 포프는 옷을 올리지 못하고 헤이파의 무릎에서 벗어나 소파 아래 바닥으로 굴러 떨어졌다.

치프는 팔짱을 끼고 포프를 봤다.

"포프, 이런 일로 당황하면 큰일을 못 해."

"알았으니 좀 나가주세요!"

포프가 손으로 하반신을 가린 채 소리를 질렀다.

치프는 '내가 왜?'라는 표정으로 그냥 서 있었으나 젝스가 급히 그를 끌고 나가 버렸다.

5분 정도 뒤에 다시 사장실로 들어온 치프는 손으로 얼굴을 감싼 채 앉아 있는 포프를 지그시 바라봤다.

"그렇게 부끄러웠어?"

"당연하잖아요!"

"이봐, 작년에는 내 앞에서 훌떡 벗고 다녔······."

"전 안 그랬어요!"

포프가 항의하자 치프가 젝스를 돌아봤다.

"그랬나?"

젝스는 가슴을 가리듯 팔짱을 꼈다.

"떠올리지 마."

"흠."

어깨를 으쓱인 치프는 포프에게 손짓했다.

"날 따라와, 포프. 위스콘신에서 시험해 보고 싶은 일이 있어."

"일이요?"

"그래, 일이지. 괜찮을까요, 여사님?"

"아직 체벌이 끝나지 않았네만?"

헤이파가 냉랭한 표정으로 지적했다.

"이번 일 자체가 큰 체벌이 될지도 몰라요. 여사님도 반드시 오셔야 하고… 아, 젝스도 함께 가자. 만약 잘못되면 네 힘이 필요할 거야."

"응, 사장."

젝스는 테이블 위에 벗어놓은 검은색 야구모자를 집어 머리에 썼다. 소파에서 일어난 헤이파는 가문의 문장이 들어간 망토를 다시 둘렀다.

그녀는 소파 옆에 기대어놓은 자신의 칼을 봤다.

"어떤 일인지 설명해 줄 수 있겠나?"

"물론이죠. 오크 워로드의 정령 교감 능력을 포프가 방해할 수 있다는 말을 들었어요."

"포프가? 무슨 수로?"

아까 아르마게일에게 똑같은 질문을 한 치프는 자신이 들은 내용을 간추려서 대답하기로 했다.

"오크 워로드 주변의 정령들을 감추는 거죠."

"…오."

헤이파가 나직이 감탄했다.

"하지만 나와 첫째, 탈리가 포프의 힘을 빌려서 은신했을 때는 정령 교감에 아무 문제가 없었다네."

"아르마게일의 말로는 알타이르 왕족과 오크 워로드의 교감 방식이 다르다고 하더군요. 오크 워로드는 뼈에 침투한 나노머신을 이용해서 주변의 정령들을 강제로 흡입하지만 알타이르 왕족은 말 그대로 교감을 하거든요. 쌍방이 서로를 인식하는 것과 어느 한쪽이 강제로 끌어당기는 건 분명히 다르잖아요?"

"음, 알 듯하면서도 모르겠군."

"나노머신이라는 기계가 가진 한계라는 거죠. 가시죠, 여사님. 정령 교감이 불가한 워로드는 여사님께서 처리하셔야 해요."

"첫째나 탈리에게 맡기면 안 되나?"

"포프를 감지하는 영업 비밀은 여사님만의 것이잖아요?"

헤이파와 치프, 그리고 포프가 차례차례 시선을 주고받았다.

"어쩔 수 없군. 알겠네."

헤이파는 칼을 들어 허리에 찼다.

치프는 모자를 쓰고 자신의 옆에 선 젝스의 등을 두드렸다.

"넌 일이 뭔가 이상하게 돌아가면 바로 개입해서 워로드를 제압해 줘. 그냥 힘으로 찍어서 누르면 돼."

젝스가 고개를 갸우뚱했다.

"힘이라면… 본래의 몸을 사용해도 된다는 건가?"

"맞아."

"위스콘신 내에 그런 공간이 있었어?"

"대형 항공기 이착륙용 갑판에서 실행할 거야. 연락은 다 해 놨어."

"알았어. 해볼게, 사장."

사장실 내의 모든 이가 로켓이 모는 수송기가 식별용 라이트를 모두 켠 채 본관 앞에 내려오는 것을 목격했다.

"가자, 얘들아. 가시죠, 여사님."

넷은 치프를 선두로 차례차례 사장실을 나섰다.

엘리베이터에 탑승한 치프는 곧장 단말기를 꺼냈다.

"위스콘신, 들리나? 여기는 알파 리더."

─위스콘신 함교입니다. 말씀하십시오, 원사님.

"엄마 워치프와 젝스, 포프를 데리고 그쪽으로 가겠다. 준비는 됐나?"

─현재 워로드는 닥터 아르마게일과 함께 지정된 위치로 가고 있습니다.

문이 열린 엘리베이터에서 내리던 치프가 사소한 부분에서 당황했다.

"잠깐, 그 할아버지가 언제부터 닥터였지?"

―신원 확인증에 닥터 아르마게일로 적혀 있었습니다. 닥터가 아닙니까?

"뭐, 넘어가자고. 위스콘신의 방어 준비 태세는?"

―지시하신 대로 3단계에 맞춰놨습니다.

"좋아, 조금 이따가 보자고. 통신 종료."

―알겠습니다, 원사님. 통신 종료.

단말기를 내린 치프의 소매를 포프가 톡톡 잡아당겼다.

"3단계가 뭔가요, 사장님?"

"상황별로 5단계에서 1단계까지 분류한 건데, 5단계는 그냥 별일 없다는 뜻이나 마찬가지이고 1단계는 언제든지 총알을 주고받을 준비를 하라는 뜻과 같지. 단계마다 격차가 좀 커서 만약 잘못 설정하면 세상에 존재하는 모든 욕을 아낌없이 들을 수 있어. 시험해 볼까?"

"제가 시켰다고 둘러대실 거죠?"

"네가 나를 좀 아는구나."

치프는 수송기로 다가가며 후방 출입문을 열어달라는 수신 호를 보냈다. 카메라 영상을 통해 그에게 주목하고 있던 로켓이 즉시 출입문을 열었다.

그들을 태운 수송기가 위스콘신을 향해 떠올랐다.

―사장, 이제 와서 할 말은 아니지만 고작 네 명을 태우기 위해 이 더부룩한 수송기를 쓸 필요는 없지 않소?

롸켓이 수송기 내의 스피커를 통해 시비를 걸었다.

"젝스를 타고 갈 걸 그랬나?"

—적당한 크기의 수직 이착륙기가 위스콘신에서 쓸모없이 굴러다니는 걸 본 기억이 있소만.

"군용이라 안 돼."

—불편하게 사는구려.

"고도를 더 높여, 롸켓. 평소에 사용하는 측면 및 하부의 이착륙장이 아니라 위쪽의 대형 항공기 이착륙용 갑판으로 가야 해."

—알겠소, 사장.

치프의 지시대로 고도를 높인 수송기는 40층 규모 빌딩과 맞먹는 높이의 선체 측면을 훑고 올라간 뒤 항공기 이착륙용 갑판으로 무사히 내려왔다.

수송기에서 내린 치프는 일반 승무원용 헬멧으로 얼굴을 가린 아르마게일과 데토네이터 두 대에게 붙들려 있는 오크 워로드 쪽으로 걸어갔다.

"여어, 친구. 기분이 어때? 저녁은 먹었나?"

"A—1730인가? 날 살려놓고 있는 이유가 뭐지?"

워로드가 묻자 치프 옆에 선 헤이파가 피식 웃었다.

"목소리를 들으니 어쩐지 웃기는군."

"음… 음? 네년, 작은 브라토레가 아니군. 느껴지는 위압감이 달라. 설마 위대한 브라토레인가?"

오크가 눈두덩에 힘을 주며 물었다.

"그래, 내가 바로 헤이파 트리시아 알타이르 브라토레다. 네놈의 목을 따러 왔지. 영광으로 여기도록 해."

"아, 실로 영광이군. 하지만 그 위대한 브라토레가 맨손의 전사를 상대로 힘자랑을 할 꿈에 부풀어 있다니 이 얼마나 추한 모습이란 말인가?"

"다들 그런 소리를 하더군. 나한테 맨손으로 맞아 죽기 전까진 말이지."

"후후, 이제야 위대한 브라토레답군. 품위에서 살기가 느껴지는구나."

물자 수송용 로봇이 아까 현장에서 수거한 워로드의 양손 도끼를 들고 다가왔다.

워로드는 자신의 도끼를 내미는 로봇을 보고 매우 의아해했다.

"위대한 브라토레여, 무슨 꿍꿍이냐?"

"아쉽게도 이 지역의 지휘관은 내가 아니라 이 남자야. 난 단순한 흑막에 불과하지."

헤이파가 치프의 어깨를 손으로 툭 쳤다.

"덕분에 바지사장 아니냐는 말을 좀 들어."

"…말장난을 하는군!"

오크 워로드가 분노했다.

헤이파가 긴 환도를 뽑아 들고 오크 워로드 앞에 섰다.

포프는 이미 어디론가 사라진 상태였고, 젝스는 쓰고 있던 모자를 바지 뒷주머니에 꽂은 뒤 시퍼런 안광을 뿜으며 워로드를 주시했다.

치프가 손을 들었다.

"혹시라도 네가 여사님을 이길 수 있다면 무사 귀환을 보장해 주지."

"호오, 위대한 브라토레의 머리를 갖고 돌아가도 되겠나?"

"내 머리도 끼워줄게. 여사님께선 나 없으면 쓸쓸해하시거든."

헤이파가 던진 망토가 치프의 머리를 때렸다.

치프가 손짓을 하자 데토네이터들이 오크 워로드를 놓아주었다. 구속이 풀리자마자 도끼를 거머쥐고 수송용 로봇을 걸어찬 오크 워로드가 전력으로 정령과의 교감을 시도했다.

워로드의 몸에서 화염과 같은 빛이 솟구쳐 올랐다. 그리고 눈동자 안에서는 붉은색의 빛이 무섭게 아른거렸다.

헤이파는 워로드의 몸을 중심으로 어지럽혀지는 정령의 흐름을 지켜봤다.

'첫째의 말대로 정신을 집중하지 않으면 정령에 대한 주도권을 빼앗기겠군.'

그녀가 환도를 들었다가 가볍게 아래로 내렸다.

'이 기술을 첫째에게 가르쳐 줄 때가 됐어.'

칼끝이 멈추자마자 유리의 파열음과 비슷한 소리가 터졌다.

동시에 오크 워로드의 불꽃이 좌우로 갈라졌다.

오크 워로드는 흩어진 채 다시 붙지 못하는 자신의 불꽃을 보고 당황했다.

'정령들이 베었다고?'

어쩔 줄을 몰라 두리번거리는 워로드를 향해 헤이파가 천천히 걸어갔다.

"같은 라샤이드를 적으로 둘 경우를 생각한 적이 있었지. 이런 식으로 실전에 쓸 줄은 몰랐지만 말이야. 시시하구나, 작은 워로드여."

"으……!"

헤이파의 그 기술을 전혀 예상치 못한 치프는 워로드 못지않게 놀랐다. 젝스도, 아르마게일도 눈앞에서 벌어진 정령의 진공 상태를 보고도 믿을 수가 없었다.

"하지만 오늘의 주인공은 내가 아니지. 이제 됐다, 포프. 실행하렴."

오크 워로드의 뒤쪽에서 검보라색의 안개가 솟구치더니 그를 뒤덮었다.

워로드는 헤이파에게 정령이 베였을 때 이상으로, 굳이 비유하자면 정령 교감 차단제가 입안에 들어왔을 때만큼 힘이 빠지면서 바닥에 무릎을 꿇었다.

헤이파는 햇볕에 말린 과일처럼 피부가 쭈글쭈글해지는 워로드를 내려다봤다.

"저승에서 선조들에게 자랑해라. 위대한 브라토레를 만나 죽었노라고."

헤이파의 칼이 오크 워로드의 어깨를 뚫고 들어가 심장을 관통했다.

"컥."

신음을 터뜨린 오크 워로드의 눈빛이 차츰 흐려졌다. 그는 마지막 숨을 내쉬고는 무릎을 꿇은 자세 그대로 숨을 거뒀다.

칼을 뽑은 헤이파는 왼손에 불꽃을 일으켜 칼날에 묻은 피를 태워 버렸다.

"치프, 녀석의 시체는 이곳 말고 회사의 소각로를 통해서 처리하세."

그녀의 제안에 치프가 의아해했다.

"소각로는 위스콘신에도 설치되어 있는데요?"

"알고 있네. 위스콘신은 자동화 기기가 너무 많지. 녀석을 소각시키다가 발생한 물체에 의해 영향을 받을 수도 있다네. 그러니 회사에서 태우는 게 안전할 거야."

"그렇죠. 자네들, 녀석을 옮기는 걸 도와주겠나?"

치프가 데토네이터에 탑승한 대원들을 불렀다.

"지시하신 대로 하겠습니다, 원사님."

수송기에 탑승하기 위해 다리 관절을 변형시켜 몸을 잔뜩 숙인 데토네이터들은 오크 워로드의 시신을 미리 준비한 비닐로 완전히 감싼 뒤 수송기를 향해 움직였다.

헤이파가 어딘가를 바라보며 손짓했다.

"포프, 가자꾸나."

"예, 여사님."

포프가 모습을 드러냈다. 치프와 젝스는 헤이파의 시선이 닿은 자리에 정말로 포프가 서 있자 한 번 더 감탄했다.

"굉장하시네요. 아까 사용하신 기술은 뭐죠?"

치프의 질문에 헤이파가 씩 웃었다.

"그것도 영업 비밀일세."

"그렇다면 그 기술을 제가 사죠."

"하하, 거절하지. 첫째에게 물려줄 것이네."

"물려주신다 함은… 뎃디도 그 기술을 사용할 수 있다는 말씀이신가요?"

"때려서라도 가르쳐야 할 상황이 아닌가? 나에게 맡기게."

"흠, 그러죠."

치프는 고개를 끄덕인 뒤 다른 사람들과 함께 수송기로 향했다.

한편, 대기권 밖에서 그 모든 일을 지켜본 보라색의 드래곤 엠페라투스는 만족스러운 미소를 지었다.

"정령을 베는 기술까지 갖고 있다니 예상 밖이군. 역시 탐나는 계집이야."

치프가 깔아놓은 군사용 위성이 엠페라투스의 등 뒤로 지나갔다. 그 거대한 생물을 포착하지 못한 위성은 오로지 지상만을 바라보며 멀리 사라졌다.

엠페라투스의 눈이 대형 단말기를 조작하고 있는 아르마게일 쪽으로 움직였다.

"헬멧으로 모습을 감춘 저 존재는 대체 무엇인가? 그 무엇도 아니야. 위화감이 심해."

엠페라투스의 시야 안에서 그 존재가 헬멧을 벗었다. 잘생긴 노인의 그 모습을 본 엠페라투스는 눈가에 힘을 잔뜩 줬다.

"…어떤 존재인지 전혀 모르겠군. 날개 달린 자인가?"

그는 아르마게일에게서 눈을 떼지 못했다.

위스콘신 위의 아르마게일은 자신의 신원 확인증을 의식했다.

'너무 대놓고 본명을 써버렸군.'

그는 엠페라투스가 그냥 떠나주기를, 그리고 다른 이들이 자신을 아르마게일이라고 부르지 않기를 기원하며 단말기로 눈을 돌렸다.

고민하던 엠페라투스는 머리를 흔든 뒤 자신의 본거지로 돌아가기 위해 날개를 접고 대기권 내로 들어갔다.

'녀석도 나를 감지한 게 분명해. 불쾌할 정도로 거슬리는군. 날개 달린 자들 가운데 저런 자가 있던가?'

그는 그가 진짜 아르마게일이라는 사실을 전혀 눈치채지 못하고 있었다.

*   *   *

다음 날 새벽.

숙소에서 나온 치프는 훈련장 구석에서 땀을 흘리고 있는 헤이파와 데스디아, 탈리케이아를 발견했다.

'대체 언제 나온 거야? 지금 시간이 새벽 네 시인데.'

데스디아와 탈리케이아는 헤이파가 지켜보는 가운데 양손에 쥔 환도를 위에서 아래로 휘두르는 동작만을 반복하고 있었다.

공중부양을 한 채 정령과의 교감을 가다듬을 때와는 분명 다른 모습이다.

치프는 둘이 칼을 휘두를 때마다 앞쪽의 공간이 출렁이는 것을 목격했다.

'어제 여사님께서 사용하신 그 기술을 배우고 있나 보군. 하지만 그림이 좀 다른데?'

치프는 고개를 갸웃거렸다. 둘이 베어 흔드는 공간의 모습은 헤이파와 달리 억지로 잡아 찢는 느낌이 들어서였다.

기술의 이론조차 모르는 치프와 달리 헤이파는 연신 혀를 차며 둘을 꾸짖었다.

"서두르면 어쩌자는 것이냐? 칼과 하나가 되어 차분하게 움직이라고 그렇게 얘기했거늘!"

"……."

동시에 한숨을 쉰 데스디아와 탈리케이아가 칼을 다시 고쳐 잡았다.

'오늘은 셋 다 건드리지 말아야겠군.'

치프는 별말 없이 돌아서서 가던 길을 계속 갔다.

대원들과 수송기들이 대기 중인 곳에 도착한 치프는 루할트와 젝스, 그리고 젝스의 등에 업혀 있는 포프와 마주했다.

"젝스, 포프는 왜 그래?"

"잠을 설쳤어, 사장. 전투복도 내가 겨우 입혀줬고."

"…네가 무척이나 믿음직스럽구나."

젝스의 머리를 만져준 치프는 그 손을 그대로 포프에게 옮겨 머리카락을 만져주었다.

"포프, 일어나. 놀이공원에 갈 시간이야."

"아, 사장님."

젝스의 등에서 내려온 포프는 졸음에 푹 빠진 나머지 제대로 서지도 못했다.

"안 되겠군. 젝스, 포프를 데리고 알파 수송기로 가. 의무용 침대를 펼쳐서 거기에 눕히도록 해."

"알았어, 사장."

젝스는 포프를 다시 업고 수송기로 걸어갔다.

"포프를 굳이 데려갈 필요가 있겠나? 나와 젝스로 충분할 것 같은데."

루할트가 다가와 물었다.

"자네와 젝스가 나서는 상황이야말로 최악의 경우야. 실버로드가 다시 나타나거나 워로드 클래스의 오크들이 떼로 나타나지 않으면 자네와 자네 여동생이 수송기 밖으로 나올 일은 없겠지."

"비상수단이라 이거군."

"맞아. 최선은 UNSMC만으로 끝내는 거지. 가급적이면 포프도 그냥 재우고 싶어."

"동감일세."

치프는 고개를 끄덕끄덕하는 루할트의 모습을 훑어봤다.

"그런데… 입을 옷이 그것밖에 없었어?"

루할트는 봄이나 가을에 가벼운 운동을 할 때나 입을 법한 검은색 운동복 차림이었다. 또한 신발은 믿기 힘들 만큼 저렴한 브랜드의 운동화였다.

"그렇게 보지 말게. 내가 전투복을 입을 일이 없지 않았나?"

"그럼 내가 도와주지."

치프는 단말기를 들어서 루할트의 신체 각부 사이즈를 측정한 뒤 그 데이터를 위스콘신 쪽으로 보냈다.

"위스콘신 보급창. 여기는 알파 리더."

—보급창입니다. 말씀하십시오, 원사님.

군기로 다듬어진 여성의 목소리가 단말기를 통해 치프의 귀에 들려왔다.

"전투복이 한 벌 필요해. 신체 사이즈는 방금 그쪽으로 보냈어."

—누군지는 모르겠지만 모델 체형이군요. 넘어지면 뼈가 부러질 것 같은데요?

"중사가 모델 체형의 남자를 싫어하는 줄은 몰랐군."

―정확히는 모델 체형의 여자를 좋아합니다. 작년에 이혼했지만요.

"흠, 그 결혼식에 나도 갔던 것 같은데 말이지. 아, 전투복은 일반 소재로 해줘."

―괜찮겠습니까?

"군화도 포함해서 부탁해. 색은 전부 검은색으로. 그 외엔 없어."

―말씀하신 대로 제작해서 드론으로 보내겠습니다. 데이터에 맞춰서 프린터 가동. 10분 정도 기다려 주십시오.

"세탁해서 입을 필요는 없지?"

―피부가 민감한 분이면 한 번 정도는 해야겠지요. 10분 추가합니다.

"잘 부탁해. 통신 종료."

―알겠습니다, 원사님. 통신 종료.

단말기를 귀에서 멀리 한 치프는 손으로 입을 가리고 크게 하품을 했다.

곁에서 그 모습을 본 루할트가 실소를 지었다.

"자네에게선 긴장감이 느껴지지 않는군. 젝스는 바짝 얼었는데 말이야."

"얼었다고? 평소랑 똑같은 얼굴이던데?"

"자네가 그만큼 젝스에게 관심이 없다는 증거지."

"음……"

치프가 문득 뭔가를 떠올렸다.

"아, 실례되는 질문일지도 모르는데, 괜찮을까?"

"이야기하게."

"이제 와서 묻긴 그렇지만… 혹시 젝스와 단둘은 아니겠지?"

"가족 말인가? 부모님이 계시지. 그분들께서는 둥지에 계셨다네."

"계셨다고 함은……."

"드래곤로크라고 불리는 그날 이후 젝스와 함께 부모님이 계시는 둥지에 가봤지. 역시나 두 분 모두 안 계셨어. 다른 둥지와 마찬가지로 그분들께서 그곳에 계신 흔적만 뚜렷했지. 아버지께서 즐겨 드시는 열매들의 냄새가 정말 싱싱했어."

"……."

루할트는 다음 이야기를 이어나가기 전에 희미한 미소를 지었다.

"사실 부모님과는 왕녀 전하와 관한 일 때문에 다툰 뒤 만나지 않았다네."

"그래?"

"부모님께서는 대다수의 동포들과 마찬가지로 왕녀 전하의 생각에 반대하셨거든. 그분들은 이방인들을 무조건 죽이거나 내쫓는 게 옳다고 하셨지. 난 왕녀 전하를 설득한 뒤에 이방인들과 싸워도 늦지 않을 거라고 말씀드렸지만 두 분께선 내 의견과 왕녀 전하의 뜻을 완전히 무시하셨네. 난 부모님께 다짜고짜 화를 냈고 말이야."

거기서 말을 끊은 루할트는 입을 꾹 다물었다.

그는 이어서 하고 싶은 말이 있었으나 머릿속에서, 그리고 목구멍에서 그것들을 차마 끄집어내지 못했다.

"그동안 잊고 지냈는데, 사실 그 싸움조차 정말 행복한 시간이었던 것 같아."

그가 겨우 말을 꺼냈다.

치프는 루할트의 등을 두드려 주었다.

"다시 마주 보고 얘기할 날이 올 거야."

"그랬으면 좋겠군."

루할트가 멋쩍게 웃었다.

때맞춰 치프의 단말기가 울렸다.

"얘기해, 죠니."

―여긴 브라보 리더. 각 스쿼드의 준비가 마무리됐습니다. 언제든 지시를 내려주십시오.

"좋아, 안드레이에게 연락할 때가 됐군. 일단 통신 종료."

―기다리고 있겠습니다. 통신 종료.

치프는 목 보호대에 거치하고 있던 헬멧을 떼어서 꾹 눌러썼다.

"아."

그는 위스콘신에서 내려온 배달용 드론이 자신에게 다가오자 옆에 있는 루할트를 손짓으로 가리켰다.

방향을 바꿔 자신에게 다가온 드론으로부터 종이 봉투에 포장된 전투복과 군화를 받은 루할트는 훈련장에서 가장 가까운 건물인 식당을 향해 뛰었다.

치프는 단말기로 보안 코드를 입력한 뒤 안드레이에게 통신을 보냈다.

"여기는 알파 리더다. 델타 리더, 들리나?"

―잘 들립니다, 알파 리더. 오늘 처리할 목표물의 명단 및 정보를 각 스쿼드 리더에게 전송하겠습니다.

"특이 사항은?"

—없습니다. 스케줄대로 진행하시면 됩니다.

"자네가 그렇게 얘기하면 꼭 무슨 일이 터지던데 말이지."

—흠. 괜찮을 겁니다.

"좋아, 델타 스쿼드는 타이콘데로가로 가서 정오까지 휴식하도록."

—알겠습니다. 델타 리더, 통신 종료.

"알파 리더, 통신 종료."

통신을 마친 치프는 손짓을 통해 각 스쿼드의 지휘관들을 소집했다. 점검이 끝난 무기와 전투복을 만지작거리던 UNSMC 대원들이 기다렸다는 듯 우르르 몰려와 정렬했다.

"잠은 잘 잤나?"

치프의 질문에 킹이 쓴웃음을 지었다.

"군대라는 게 다 그렇죠."

몇몇 대원이 웃음소리를 냈다.

"안드레이가 그러는데, 특이 사항은 없고 스케줄대로 진행하면 된다고 하는군."

"좋게 들리진 않는군요."

죠니가 실소를 머금었다.

"우리 일의 본질 자체가 그다지 상쾌하진 않지. 아무튼 오늘과 내일 이틀 동안 힘내자고. 그럼 스쿼드별로 따로 모여서 스케줄을 확인하도록. 그리고……."

치프는 오른손에 들고 있는 단말기가 특정 패턴으로 진동하자 말을 멈추고 화면을 봤다.

'레투가? 보안통신망을 통한 전화잖아?'

그는 손을 들어서 대원들에게 양해를 구한 뒤 헬멧을 눌러 전화를 연결했다.

"나야, 레투가. 음, 음? 음, 하아, 그러지. 뭐? 그쪽에서 나를 보고 싶다고 한다고? 쯧, 할 수 없지. 괜찮아. 자네가 미안해할 일이 아니야. 시간 맞춰서 그쪽으로 가도록 하지. 음, 그때 보자고."

통화를 마친 치프는 머리에 쓰고 있는 헬멧을 아예 벗었다.

"전원 주목. 오늘 작전은 취소야."

그의 말에 UNSMC 대원 전부가 놀라서 동작을 멈췄다.

"원사님?"

죠니 또한 헬멧을 벗은 뒤 치프에게 다가갔다.

"작전 취소라니, 무슨 말씀이십니까?"

"그라니트 행성 시간으로 오늘 1000 무렵에 큰 손님이 온다는군."

치프가 말한 1000은 오전 10시 정각을 의미했다.

"우리가 작전을 취소할 만큼 대단한 손님입니까?"

"음, 그렇지. 자네도 들으면 이견을 내지 못할 거야."

"누굽니까?"

죠니는 조금 화가 나 있었다.

'감히 누가 자신들의 작전을 막는단 말인가'라는 식의 위험한 생각을 품고 그러는 것은 아니었다.

UNSMC 대원 전원이 잠을 줄여가면서 준비한 이 분위기가 쉽게 꺾여 버리는 상황을 납득할 수 없었기 때문이다.

치프는 하늘을 보고 한숨을 내쉬었다.

"우주연합 행정부 수장."

"예?"

"개척지 안전 점검을 위해 온다는군."

"설마 우리가 빅시티의 안전에 위협이 된다고 시비를 거는 겁니까?"

"아니니까 진정해, 죠니. 그쪽에서 나름대로 그럴듯한 이유를 대고 있거든."

"이유가 뭡니까?"

"오크."

치프의 어깨가 들썩 움직였다.

"오크는 일종의 우주적 재해로 분류되고 있잖아? 그런데 어제 오크들이 대놓고 빅시티에 나타나 버렸지. 직접적인 민간인 피해도 있었고 말이야. 방송에선 하루 종일 속보로 때려댔고."

"아……."

"개척지는 우주연합 행정부에서 관리하니까 그들이 직접 나서는 건 당연한 거야. 하지만 행정부의 관리가 아니라 수장이 이곳에 나타나는 건 그리 반가운 일이 아니지."

"오크가 나타난 건 어제인데 정말 광속으로 움직이는군요."

"레투가의 말로는 수장이 직접 나를 만나겠다고 말했다는군."

"그렇습니까?"

"아, 난 그 여자가 정말 싫은데 말이야."

치프는 쓰디쓴 표정으로 자신의 턱을 만졌다.

"우주연합 수도에 갇혔을 때 내 눈으로 직접 얼굴을 보지 못한 존재가 바로 행정부 수장이었어. 어디에서 잠을 자는지 파악조차 못했지."

"행정부 수장은 하이시리스라는 이름의 신이 아닙니까?"

"그래, 현재 사용하는 이름은 자네도 알다시피 '아르젠타 그레이루인'이지. 직위는 사무총장이고. 그 여자의 숙소를 알아내서 들어가 봤지만 만날 수는 없었어. 직무실도 그랬고. 그런데 공식 행사에서는 항상 나타나더군."

"혹시 눈앞에 두고도 인식을 못하신 게 아닙니까? 포프의 경우처럼 말입니다."

"그럴지도 모르지. 아무튼 죠니, 지금부터 자네가 대원들을 이끌어줘. 알파 스쿼드는 더스틴에게 맡길게."

치프가 죠니의 뒤쪽에 우두커니 서 있는 더스틴에게 괜찮겠냐는 손짓을 보냈다. 더스틴은 가벼운 거수경례로 응답했다.

"저희는 회사에 대기하는 게 아닙니까?"

죠니가 물었다.

"원래 시행하려던 작전만 중단된 거야. 자네들은 빅시티 공항 주변에서 대기하도록 해. 물론 꼭꼭 숨어서 말이야. 지금 바로 움직여서 자리를 잡도록 해."

"알겠습니다, 원사님."

헬멧을 다시 쓴 죠니는 더스틴의 어깨를 두드린 뒤 다른 스쿼드 리더들을 소집했다.

잠시 후, 모든 대원을 실은 수송기들이 차례차례 회사를 떠났다.

옷을 갈아입느라 작전 취소라는 말을 직접 듣지 못한 루할트는 당황했지만 만약의 경우에 대비해 알파 스쿼드의 수송기에 탑승했다.

회사에 남게 된 치프는 숙소로 돌아가서 잠을 더 잘지, 아니면 오늘 방문에 대한 분석을 해볼지 고민했다.

훈련장 한가운데에 우두커니 서 있는 그에게 헤이파가 다가왔다.

"행정부 수장이 어쩌고 하던데, 일이 잘못된 건가?"

"아직 모르겠네요."

치프가 그녀를 향해 돌아섰다.

그는 데스디아와 탈리케이아가 지쳐서 주저앉아 있는 것을 보고 조금 놀랐다.

"둘은 괜찮은 건가요?"

"익숙지 않은 일이니 처음에는 힘들겠지. 하지만 둘 다 어렵지 않게 배울 것이네. 오크 워로드가 정령과의 교감을 사용하는 이상 어떻게든 해내야만 하지. 워로드 이상의 전투 계급들도 그 힘을 당연하게 사용할 테니까 말일세."

"그렇군요. 아, 혹시 여사님께서는 행정부 수장을 직접 만난 일이 있으신가요?"

"하이시리스로서 말인가, 아니면 그레이루인 사무총장으로서 말인가?"

"당연히 수장… 아니, 사무총장으로서의 일이죠."

"흠."

헤이파는 허리 벨트에 부착한 파우치에서 시거를 꺼내 입에 물었다.

"잠깐 실례하지."

"밖이니까 편하게 피우세요."

치프가 가볍게 웃었다.

연기를 몇 번 즐기며 기억을 되짚어본 헤이파는 이윽고 재를 떨군 뒤 이야기를 꺼냈다.

"그레이루인 사무총장의 첫인상은 그렇게 나쁘지 않았네. 좋게 말하면 거시적으로 모든 일을 대했고, 나쁘게 보자면 사소한 일들을 지나치게 가볍게 넘기는 면이 있었지. 지구의 말로 표현하자면 '득도'라는 걸 한 느낌이랄까?"

"득도라……. 지구에 대한 공부를 많이 하셨네요."

"그럭저럭. 어쨌거나 그레이루인 사무총장은 가면 갈수록 마음에 안 들었다네. 우리를 일 잘하는 개미 정도로 보는 느낌이 점점 뚜렷해졌거든. 내 뒤를 이어서 파병을 맡은 워치프들도 그렇게 지적했지."

얘기를 나누는 그들 쪽으로 시거를 문 데스디아와 탈리케이아가 터벅터벅 다가왔다.

"그레이루인 사무총장 말인가? 나도 만난 적이 있지. 정체가 하이시리스라는 것을 알게 된 지금은 머리 가죽을 벗겨 버리고 싶지만."

데스디아가 다소 거칠게 말했다. 반면 탈리케이아는 걱정이 섞인 눈빛을 치프에게 보냈다.

"아까 제대로 듣지 못했는데, 혹시 혼자서 만나러 갈 생각이야?"

셋이 한꺼번에 뿜어내는 시거 연기 때문에 헬멧을 쓸까 말까 고민하던 치프는 탈리케이아의 걱정에 미지근한 미소를 지었다.

"일단은 레투가와 함께 만날 건데… 모르지."

셋은 그의 미소에서 불안감을 느꼈다.

"얘기만 해, 치프. 당신과 함께라면 어디든 갈 테니까."

데스디아가 담대하게 말했다. 하지만 치프는 딱히 뚜렷한 반응을 보이지 않았다.

"사실 너랑 같이 가고 싶은 곳은 야구장인데 말이지."

데스디아는 '네가 그러면 그렇지'라는 식으로 그를 쏘아봤다.

"그럼 전 숙소에서 한숨 더 잘게요. 뒷일을 잘 부탁드리겠습니다, 여사님."

"알겠네."

치프는 숙소를 향해 아주 천천히 걸어갔다.

"괜찮겠습니까, 어머님?"

데스디아도 표정을 풀고 걱정했다. 헤이파는 시거의 연기를 아주 길게 뿜으며 눈을 가늘게 떴다.

"그레이루인은 십중팔구 그 거대한 모선을 끌고 오겠지. 게다가 그레이루인의 정체가 하이시리스라는 이름의 최고위급 신이니 치프도 딱히 계산이 서진 않을 것이야. 하지만 무작정 싸우자고 오는 것은 아닌 듯하구나. 그쪽에서 어떻게든 우리를 해칠 생각이었다면 동원할 수 있는 방법은 한두 개가 아닐 테니까."

"……."

"아무 일이 없기를 기원해 보자꾸나."

헤이파가 데스디아와 탈리케이아를 향해 돌아섰다.

"그걸 다 피우면 식사 때까지 휴식은 없다."

"예, 어머님."

"알겠습니다, 스승님."

데스디아와 탈리케이아의 갈색 얼굴이 하얗게 떴다.

*   *   *

라켓이 모는 수송기를 타고 빅시티에 도착한 치프는 수송기의 조수석 유리창을 통해 공항 상공에 떠 있는 초대형 구체 우주선을 올려다봤다.

"저게 행정부 소속 모선인 '함플테리아'지? 눈에 보이는 부피만 따져도 위스콘신의 30배는 넘어 보이는군."

치프의 말에 라켓이 의아해했다.

"함플테리아를 처음 보시오?"

"사진으로는 지겹게 봤지. 정작 우주연합 수도에선 저 덩치를 못 봤지만."

"비밀이 많은 함선이라오. 내부 구조가 밝혀진 적도 없고 어디에서 건조됐는지 아는 사람도 없소. 일이 있을 때마다 수도에 나타나서 행정부 수장을 태우고 돌아다닌다는 전설만이 존재한다오."

"아저씨도 저 함선이 어디에 정박하고 있는지는 모르나 봐?"

"우주연합의 수수께끼 중 하나라오. 은색 배구공처럼 생긴 주제에 엄청난 양의 무장을 탑재했다는 소문도 있고, 탑승 인원이 몇 명인지 알려지지도 않았고……. 아무튼 정보가 없소."

"……"

빅시티로 출발하기 전 함플테리아가 정체불명의 물건이라는 말을 아르마게일에게 들은 치프는 자신의 뒷머리를 슬슬 매만졌다.

"다 왔소. 공항에 착륙하리다. 그라니트 공항 관제탑, 들리나? 여긴 그라니트 용역 소속 슈퍼 오스프리 알파 하나. 착륙 허가를 요청한다."

—여기는 그라니트 공항 관제탑. 환영합니다, 슈퍼 오스프리 알파 하나. 수직 이착륙기 전용 이착륙장은 전부 비어 있습니다. 언제든지 착륙하셔도 좋습니다.

"환영에 감사하오. 해병대 친구들은 잘 있소?"

—UNSMC가 있을 때보다는 조금 시끄럽군요.

"하하, 인원이 훨씬 많으니 어쩔 수 없지. 지금 착륙하겠소."

공항 안에 들어온 수송기는 레투가가 기다리고 있는 이착륙장에 매끄럽게 착륙했다.

조수석에서 벗어나 검은색 야전 상의를 챙긴 치프는 롸켓의 어깨를 두드려 준 뒤 수송기에서 내렸다.

치프는 야전 상의를 걸치고 지퍼를 단단히 잠근 후 레투가가 있는 곳으로 슬슬 뛰어갔다.

"기다렸지?"

제복 위에 회색 코트를 입은 레투가가 고개를 저었다.

"아닐세. 자네에게 이렇게 폐를 끼치게 될 줄은 몰랐군."

"뭐, 언젠가는 겪어야 할 일이었지."

치프는 하늘에 떠 있는 함플테리아를 올려다봤다.

"저 함선으로 올라가면 되나?"

"아, 사무총장은 공항 귀빈실에 있다네."

"그래?"

"방금 기자회견이 끝났지. 약속 시간까지는 아직 20분 정도 남았네만, 어찌하겠나?"

"바로 갈 수 있으면 가자고."

"음……."

레투가는 너무 무리하지 말라는 눈빛을 보냈으나 치프는 고개를 끄덕이는 것으로 자신의 의지를 드러냈다.

"잘해야 싸우기밖에 더하겠어? 괜찮을 거야."

"난 속이 다 쓰린데 말일세."

친구의 넓은 등을 툭툭 두드린 치프는 자신의 옷 곳곳에 숨겨놓은 장비와 권총을 손으로 만져 점검했다.

"그것들이 과연 제 역할을 할 수 있을까?"

레투가가 묻자 치프는 실소를 지었다.

"적어도 자네 한 명 정도는 살릴 수 있어."

"속이 더 쓰리군."

"하이시리스, 아니, 그레이루인이 데려온 경호원은 대략 몇 명 정도야?"

"정확히 여섯 명일세. 하지만 신경 쓰이는 존재가 하나 있었지."

대화를 하며 공항 건물 안으로 들어간 치프는 고개를 갸웃했다.

"신경 쓰이는 존재?"

"이상하게 생긴 고글로 얼굴을 가렸는데, 체형이 자네 회사에 있는 오라클과 비슷했다네."

"엠피레오 행성인이라고?"

"그걸 전제로 말한 것이네. 체형이라는 말에는 연령대까지 포함한 것일세."

"흠, 선택받은 오라클이라 이건가?"

"그럴 가능성이 높지."

"그렇다면 무기를 숨기고 들어갈 의미가 없겠군."

귀빈실까지 간 치프는 UNSMC 대신 공항을 맡은 해병대 병사들이 검은색 복장을 입은 우주연합 측 경호원들과 마주 선 채 눈싸움을 벌이고 있는 모습을 목격했다.

"무슨 문제라도 있나?"

그가 묻자 해병대원 전원이 돌아서서 치프에게 경례를 했다.

"없습니다!"

치프가 병사들에게 뒤로 물러나라는 손짓을 하는 한편 레투가가 경호원들에게 다가갔다.

"그라니트 용역의 사장과 함께 왔다고 사무총장님께 말씀드리게."

"그러지요, 보안국장님."

경호원 한 명이 귀빈실 안으로 들어간 뒤 곧장 밖으로 나왔다.

"두 분 모두 들어가십시오."

경호원들이 좌우로 물러나 길을 터줬다.

치프는 야전 상의의 옷깃 등을 매만지며 레투가와 함께 귀빈실 안으로 들어갔다.

꽤 큰 넓이의 귀빈실 안에는 테이블에 마주 앉은 두 명의 여성이 있었다.

한 명은 역삼각형의 고글로 얼굴을 가린 소녀였고, 다른 한 명은 흰색 바탕에 붉은색 실선이 들어간 드레스를 입은 성인 여성이었다.

소녀가 먼저 일어난 뒤 흰색 드레스의 여성이 천천히 일어났다.

"A—1730이여, 제가 갑자기 찾아와서 놀랐겠군요. 저는 우주 연합 행정부에서 온 아르젠타 그레이루인입니다."

머리카락은 물론 눈썹까지 흰색인 그녀 그레이루인이 부채로 자신의 가슴골을 가리며 가볍게 목례를 했다.

치프는 거수경례로 답했다.

"UNSMC 및 해병대 주임원사 대리 A—1730입니다. 반갑습니다, 아르젠타 그레이루인 사무총장님."

정확한 나이를 알기 힘든, 그냥 젊다고 표현할 수밖에 없는 그 기묘한 여성 그레이루인은 치프의 인사에 조금 놀랐다.

"그냥 그라니트 용역의 사장인 치프라고 소개할 줄 알았는데요?"

"제가 제대로 인사하면 그레이루인 사무총장님께서도 정체를 드러내실 것 같았거든요."

"후후, 하이시리스라는 이름을 굳이 듣고 싶었나 보군요."

그녀가 자신의 왼손을 때리듯 부채를 접었다.

레투가는 똑바로 선 채 기절했고, 치프의 의식도 흐릿해졌다. 휘청하던 그를 지탱해 준 것은 상대방의 힘에 탄력적으로 반응해 버린 오른쪽 눈이었다.

그레이루인, 아니, 하이시리스는 상감색으로 빛나는 치프의 오른쪽 눈동자를 흥미롭게 바라봤다.

"운캄타르의 힘이 당신을 지켜줄 거라 생각하긴 했지만 이처럼 빠르게 반응하다니, 예상 밖이군요. 하지만 안심하세요. 저는 당신을 제거하기 위해 온 것이 아닙니다, A—1730. …음?"

귀빈실의 전등이 모조리 꺼졌다.

치프의 오른쪽 눈에서 불타던 빛도 어느새 보이지 않았다.

어둠 속에서 하이시리스가 한숨을 내쉬었다.

"당신에게는 가벼운 처벌이 필요하겠군요."

치프는 어느 순간 야전 상의까지 벗고 어둠 속에서 움직이고 있었다.

그는 인간을 색으로 구분할 수 있었다. 집중할 경우 상대의 성향이나 감정이 색으로 표현되었다.

일명 '엠파시'라 불리는 그 능력은 타고난 것이었고, 군대에는 그 특이한 능력을 파악하기 위해 온갖 실험을 했다.

덕분에 군의 고위 관계자들은 물론 죠니와 킹, 안드레이도 치프의 엠파시 능력에 대해 어느 정도는 알고 있었다.

하지만 치프가 끝까지 얘기하지 않는 '영업 비밀'이 있었다.

실은 성향, 감정만이 아니라 자신에 대한 인식의 '사각(死角)'까지도 읽어내는 게 가능했다.

치프에겐 상대의 인식 가능 범위가 등대의 불빛처럼 뚜렷하게 보였다. 시각과 청각, 후각, 심지어는 CCTV와 같은 전자기기까지.

치프의 입장에선 엠파시에 의해 비춰지는 모든 것이 잘 만들어진 게임의 인터페이스처럼 보였다.

그가 이따금씩 포프 이상의 잠행 능력을 가질 수 있는 것도, 데스디아나 헤이파처럼 초감각을 가진 존재들의 빈틈을 파고들 수 있는 것도 바로 그 엠파시 덕분이었다.

그의 눈에 들어온 하이시리스의 사각은 놀라울 정도로 좁았다.

'엠페라투스도 이 정도는 아니었어.'

그러나 치프는 어떻게든 상대를 사냥해 보고 싶었다.

거리를 순식간에 좁혀 나가던 그의 시야에 붉은색 빛이 들어왔다. 레투가가 있는 곳에서 반짝였기에 치프의 움직임도 조금 둔해지고 말았다.

"수도를 멋대로 휘젓고 다닌 능력이 그것이군요. 운캄타르도 그런 식으로, 마치 날벌레처럼 날아들어 제 목숨을 노렸지요."

하이시리스의 몸 전체에서 빛이 터졌다. 그 빛 덕분에 치프는 붉은색 빛의 정체를 알 수 있었다.

레투가의 머리 위에 옛 시계의 톱니바퀴처럼 생긴 물체가 떠 있었다. 그 톱니바퀴의 안쪽으로부터 뱀과 같은 생물체들이 쏟아져 나와 레투가의 목을 겹겹이 둘러쌌다.

81
대청소의 날

붉은색 빛은 그 검은색 뱀들의 눈에서 뿜어지고 있었다. 뱀의 비늘에서 흘러나오는 끈적끈적한 체액이 레투가의 얼굴과 상반신 전체를 적셨다.

'저 친구가 기절한 게 다행이군.'

치프는 반쯤 단념할 수밖에 없었다.

"A—1730, 당신은 어둠에 얼마나 익숙한가요?"

하이시리스가 치프 쪽으로 돌아섰다. 치프는 하이시리스의 사각이 완전히 지워지는 것을 엠파시로 확인했다.

"인간 중에선 그럭저럭?"

레투가가 인질로 잡혀 버린 것, 그리고 지금 가진 장비로는 하이시리스를 당장 처리할 수 없을 것이라고 판단한 치프는 권총을 권총집에 넣었다.

하이시리스는 그에 답례하듯 레투가의 머리 위에 뜬 톱니바퀴를 지워 버렸다.

하이시리스의 몸에서 나오는 것은 빛이었지만 이상하게도 그녀의 흰색 드레스가 펄럭거렸다.

'바람 같은 게 느껴지지 않는데 드레스가 움직이다니 신기하군. 어쨌거나 저 정도로 심하게 펄럭거린다는 것은 힘의 방출이 그렇게 규칙적이진 않다는 뜻이지. 그냥 분위기 조성을 위해 일부러 저러는 거라면 할 말 없지만.'

치프는 대화로 시간을 끌어보자고 마음먹었다.

운이 좋게도 하이시리스는 가슴에 담아둔 이야기가 많은 존재였다.

"저는 결정체 상태로 봉인된 채 우주로 추방되어 수천만 년 동안 떠돌아다녀야 했답니다. 미약한 별빛만이 저를 위로해 줬지요. 하지만 추방된 후 1만 년이 흐른 시점에선 조롱으로 느껴졌지만 말이죠."

하이시리스의 밝은 푸른색 눈동자가 광기 어린 빛을 냈다.

"흠, 차근차근 말해보는 게 어때?"

치프의 제안에 하이시리스가 천장을 가리켰다.

"이곳의 불을 다시 켜주시면 지금보다 더 좋은 분위기에서 제 이야기를 들으실 수 있을 겁니다. 전 어두운 게 정말 싫거든요."

"그 정도 서비스는 가능하지."

치프는 여전히 선 채로 기절한 레투가를 흘끔 본 뒤 바지 주머니 안에 있는 장치를 눌렀다.

귀빈실의 전등 일부가 다시 들어왔다. 하이시리스가 발하던 빛은 순식간에 가라앉았고 그녀의 드레스도 펄럭임을 멈췄다.

"레투가는 어쩔 거지? 보기에 안쓰러운데."

"그의 입장에선 듣지 않는 게 나을 겁니다. 레투가 브라브리오 보안국장이 이 일이 끼어드는 것은 원하지 않겠지요?"

"또 협박인가?"

"협박이라니요? 제가 가진 인사 권한으로 그를 다른 행성에 보내는 것, 그리고 원칙대로만 일하는 자를 후임으로 앉히는 것은 제대로 된 행정 절차랍니다."

하이시리스가 손도 대지 않고 의자를 움직인 후 그 위에 앉았다.

역삼각형의 대형 고글, 아니, 바이저로 얼굴을 가린 하이시리스의 오라클이 그녀의 곁으로 다가와 어깨에 손을 얹었다.

치프는 그들의 신체 접촉을 기억해 놓고 하이시리스와 눈을 마주했다.

"그럼 얌전히 얘기를 듣도록 하지. 원한다면 정장으로 갈아입고 와줄 수도 있어."

"괜찮답니다."

하이시리스가 밝게 웃었다.

"당신, 라이트스톤과 적대하는 것 같더군요."

"그를 아나?"

"라이트스톤, 아니, 아르마게일은 오랜 세월 동안 우리를 괴롭혀 왔죠. 때로는 지능적으로, 때로는 조직적으로 말입니다. 운캄타르의 부하들 가운데에서 가장 영특한 자였어요."

그 이야기를 통해 치프는 신들이 라이트스톤과 아르마게일을 아직 동인 인물로 취급한다는 사실을 알 수 있었다.

"뭘 어떻게 방해했는데 그렇게 싫어하지?"

"알타이르 행성에 개입하여 '왕족'이라는 돌연변이들을 섞은 것, 그리고 지구의 문명을 강제로 발전시킨 것은 그의 기초 작업 중 하나에 불과했죠. 아르마게일은 운캄타르와 엠페라투스의 힘을 구체화시킨 물건들을 우리가 만든 사회 체계 안에 퍼뜨려 버렸어요."

"건하운드와 신체 재구축 치료기 말인가?"

"그렇죠. 다행히 신체 재구축 치료기에 대한 주도권은 법률 제정을 통하여 우리가 갖게 됐답니다. 훌륭한 협박 수단이 됐죠. 하지만 건하운드는 그럴 수가 없었어요. 지구의 무기 생산 능력은 정말 대단했거든요. 그들은 신이 가진 신성함의 단편을 헐값에 우주로 퍼뜨렸죠."

하이시리스는 부채를 다시 폈다.

"신성 모독에도 정도가 있는 거랍니다."

치프의 표정이 실망감에 젖어들었다.

"…난 당신이 조금 더 그럴싸한 이유로 라이트스톤을 싫어하는 줄 알았는데?"

"당신은 고작 변종 인간이라서 이해가 안 되겠지요. 신의 입장에선 정말 참을 수 없는 일이랍니다."

하이시리스가 코웃음 소리를 냈다.

"그래도 하찮군."

"그런가요? 당신은 이해할 줄 알았는데요. 이 세상이 항상 멋진 이유로 망가지는 건 아니잖아요? 생각보다 같잖은 일들이 수

많은 사람들의 마음에 상처를 주고 때로는 나라를 붕괴시키기도 하지요."

"그래, 내가 처리해 온 놈들 대부분이 그딴 식이었지. 그럼 자신이 처리 대상에 속한다는 걸 인정한다는 뜻으로 받아들이면 될까?"

"흠, 정신적 외상이라고 하면 될까요? 자신의 손으로 만들어낸 생물들에게 쫓기고, 결국엔 신들의 옥좌에서 추방당한 옛일이 떠오른다 이거죠."

"그렇게 설명해 주니 조금 이해가 가는군."

"후후, 그런데 당신이 그 라이트스톤과 싸운다고 하니 제가 방해할 이유는 없겠죠. 그리고 당신은 엠페라투스에 의해 추방당한 드래곤들을 다시 이 땅에 데려올 생각인 것 같더군요."

"아주 기분 좋게 얘기하는 꼴이 좀 수상한데?"

"물론이죠. 운캄타르의 후손들을 제 손으로 찢어 죽일 기회가 다시 찾아온다는 이야기니까요."

"……"

"부활한 엠페라투스가 그딴 식으로 제 소망을 방해하지 않았다면 좋았을 텐데 말이죠."

치프는 손으로 자신의 얼굴을 쓸어내렸다. 안 그랬다면 감정을 조절하기가 힘들 것 같아서였다.

"그 말은 엠페라투스가 이 땅의 드래곤들을 죽이지 않고 어딘가로 보내 버린 이유가 종족 보호를 위한 일이었단 건가?"

"글쎄요? 그 개구쟁이는 속을 알 수가 없거든요."

"하, 좋아. 그런데 왜 그런 얘기를 나한테 술술 늘어놓는 거지? 내가 그렇게 만만해 보이나?"

"그럼요. 벌레 이하죠."

하이시리스가 귀엽게 눈웃음을 지었다.

"당신에게 느껴지는 힘을 따지자면 운캄타르와 엠페라투스의 힘이 적절히 섞인 것 같군요. 하지만 당신에겐 신성함이 결여되어 있답니다."

"어쩔 수 없지. 애초에 무신론자거든."

"후후, 신성은 그런 것으로 부여되는 게 아니랍니다. 운캄타르의 신성함을 제대로 이어받은 존재는 오로지… 예, 당신이 셀레스티아라고 부르는 왕녀뿐이지요."

치프의 표정이 약간 구겨졌다.

"그게 당신의 존재를 위협하는 요소인가 보군. 그럼 일이 꼬이기 전에 전부 날려 버렸으면 됐을 텐데?"

"수천만 년에 걸쳐 쌓인 원한을 그렇게 간단히 해소하라고요? 농담이겠죠? 저는 최소 수만 년 이상 그들의 비명이 제 귀에 들려오기를 바라고 있어요."

"하아, 그렇군."

끓어오르는 화를 억누르며 말한 치프는 톰이 어째서 라이트스톤을 표면에 드러내고 아르마게일을 감췄는지 약간은 이해할 수 있었다.

"A─1730 당신이 그동안 드래곤들과 어울려 지내며 정을 붙인 것은 잘 알고 있답니다. 그래서 그렇게 화를 내고 있는 거겠죠. 하지만 당신은 이러지도 저러지도 못할 겁니다."

"그렇게 말하는 근거는 뭐지?"

"후후, 일부러 어수룩하게 반응할 필요는 없어요."

하이시리스가 부채를 팔랑댔다.

"당신은 게이트가 가진 가치를 잘 알고 있잖아요?"

"……."

"만에 하나 저와 다른 신들이 소멸당한다면 우주연합에서 뿌린 게이트들이 모두 정지할 겁니다. 지구처럼 자급자족 능력이 충분한 곳은 몰라도 식량마저 무역에 의존하는 행성들은 굶주림에 시달리다가 멸절하겠죠. 혹시 인공 태양을 정기적으로 사들여 생활하는 종족에 대해 들은 적은 있나요? 게이트가 없으면 그런 일은 불가능하답니다."

아예 근거가 없는 말은 아니었다. 치프가 우주연합 수도에 깔아버린 탄저균을 여태껏 활동시키지 않은 이유의 한 가지도 바로 게이트였다.

"라이트스톤의 처리, 브리치의 파괴, 드래곤들의 귀환. 모든 것을 허락하죠. 우주연합의 행정부는 물론 군부까지도 당신과 당신의 동료들을 방해하지 않을 겁니다. 모든 일을 마치고 이곳을 떠난다면 목숨만은 보장해 드리지요."

치프는 입을 다문 채 하이시리스를 지켜봤다. 하이시리스는 여유로운 표정으로 부채질을 하며 그의 대답을 기다렸다.

"신치고는 참 번거롭게 일을 하는군."

"대답이나 하세요."

치프는 톰이 아무 생각도 없이 일을 여기까지 진행하진 않았으리라 생각하며 심호흡을 했다.

"그래, 라이트스톤은 내가 처리해 주지. 하지만 이곳을 떠나는 것까지는 보장해 줄 수 없어."

"목숨이 아깝지 않은가요?"

"그 정도의 리스크는 익숙하거든."

"그렇군요. 그럼 타협점을 찾은 것으로 하지요. 라이트스톤이 제거된 이후 드래곤이 모두 귀환하면 당신과 당신의 동료들 역시 드래곤들과 함께 끝없는 고통에 시달릴 겁니다."

"좋을 대로 해."

치프는 어깨를 으쓱했다.

"그런데 말이야, 우주로 추방당한 뒤에 어떻게 돌아올 수 있었지? 엠페라투스에게 듣자 하니 당신이 세상을 관리하는 자에 대해 얘기했다고 하던데?"

"흠……."

표정이 어두워진 하이시리스가 부채를 천천히 접었다.

"아아, 엠페라투스여, 개구쟁이 주제에 입까지 가볍군요. 예, 맞아요. 이 세상을, 아니, 우주를 아주 먼 곳에서 지켜보는 분들이 있지요. 저는 그분들의 도움을 받아 돌아올 수 있었답니다. 얼마나 멋지고 강한 분들인지 당신은 모를 거예요. 이해조차 못하겠죠. 그분들을 구성하는 물질 그 자체가 신성함의 극치였으니까요."

"……."

"그럼 회담은 이쯤 하지요. 저는 돌아가 보겠습니다."

"회담? 하, 협박이라고 하는 거야, 이건."

"후후."

무시하듯 웃은 하이시리스는 오라클의 손을 잡고 귀빈실을 빠져나갔다.

치프는 재빨리 단말기를 들어 그 카메라로 오라클의 얼굴 및 하이시리스와 잡은 손을 찍었다.

하이시리스는 자신이 촬영당하고 있음을 감지하면서도 네가 뭘 할 수 있겠냐는 표정을 지은 채 치프의 행동을 무시했다.

기절한 레투가와 함께 귀빈실에 남겨진 치프는 오라클의 사진을 확대하여 자세히 살폈다.

'고글이 얼굴의 피부와 붙어 있어. 이것만 봐서는 저 애들을 구해봤자 의미가 없겠군. 아무튼 저 애들을 저렇게 만든 이유가 단순히 계산기로서 쓰기 위함은 아닌 것 같아. 느낌상 무슨 링거 주사 비슷한 것 같은데……'

단말기를 주머니에 넣은 치프는 문득 누군가의 시선을 느꼈다.

바깥이 훤히 보이는 귀빈실의 유리 벽 밖엔 생물이라고 할 만한 것이 존재하지 않았다.

있다면 단 하나, 하이시리스 전용의 우주선인 함플테리아뿐이었다.

치프가 함플테리아를 살피려고 하자 치프가 느낀 시선이 희미해졌다.

'촬영을 당하는 느낌은 아니었어. 뭐지?'

치프는 그 은색의 배구공처럼 생긴 우주선의 정체가 의심스러웠다.

"아… 쿨럭!"

기절해 있던 레투가가 기침을 하며 정신을 차렸다. 기침과 동시에 그의 코와 입에 잔뜩 덮여 있던 체액이 바닥에 튀었다.

"으, 이게 뭐지? 누가 내 머리 위에 샴푸라도 엎었나?"

"모르는 게 나을 거야."

치프는 귀빈실에 놓인 티슈를 통째로 그에게 건넸다.

"그레이루인은… 하이시리스는 어디 있나?"

레투가 티슈로 얼굴을 닦으며 물었다.

"조금 전에 귀빈실을 나갔어."

치프는 바닥에 벗어놓은 자신의 야전 상의를 들고 호주머니에서 일반 단말기보다 조금 크고 두꺼운 기계를 꺼냈다.

티슈로 얼굴을 닦다가 결국 포기한 레투가 그 기계를 보고 당황했다.

"그건 뭔가?"

"일종의 분석기야. 하이시리스의 주변에서 내가 느낄 수 없는 소리나 전기적 신호가 있을까 싶어서 말이지. 기록은 잘됐으니 회사에 가져가서 분석하면 뭔가 나오겠지."

"잘될까?"

"빅시티에 숨어 있던 신을 처리할 때 여러 가지 느낀 바가 있거든. 그 신과 하이시리스 모두 같은 종자일 테니 제법 도움이 될 거야."

"으음……."

레투가는 자신의 코트까지 체액에 흠뻑 젖은 것을 보고는 인상을 구겼다.

"이런, 세탁소에 들러야겠군."

"코트는 내가 새것을 사주지. 그것도 좋은 샘플이 될 거야."

치프가 코트를 달라고 손짓하자 레투가는 정말 이해하기 힘들 정도로 침착한 친구라고 생각하며 코트를 벗었다.

"하이시리스와 만난 느낌은 어땠나? 난 그녀를 그레이루인 사무총장으로서만 만나봐서 잘 모르겠군."

"세상물정을 잘 모르거나 아니면 실제로 무능하거나."

"…응?"

야전 상의를 다시 입고 레투가의 코트를 받아 든 치프는 당황한 친구를 보며 씩 웃었다.

"내가 하이시리스였다면 어떻게든 우리 회사의 자금줄부터 차단했겠지. 세무조사를 통한 계좌 동결은 기본에 우주연합 노동 결의안을 앞세워 미성년자 고용 문제로 시비를 걸었을 거야. 포프의 동생들도 왜 합법적인 시설에서 보호를 받지 않느냐며 난리를 쳤을 걸? 게다가 자네도 알다시피 난 집행유예 상태라고."

"그런 문제들에 대한 법리적 검토는 내가 직접 해주지 않았나?"

레투가는 지금까지 치프를 도울 때마다 보안국장 자리에서 해임당하는 것은 물론 법적인 처벌을 받는 것도 각오했다. 그렇다고 해서 상부에 자신이 한 일을 숨긴 적도 없었다.

그런 터무니없는 행위의 시작은 낭만이었다.

언젠가 레투가 본인이 이야기했듯 그동안 치프가 그에게 보여준 모든 일은 이야기 속에나 나올 법한 것뿐이었다.

처음엔 아득한 낭만에 지나지 않았다. 그러나 치프가 혼자서 엠페라투스와 맞서는 모습을 봤을 때 그의 낭만은 사명감으로 변했다.

그리고 그 마음은 오늘도 꺾이지 않았다.

치프는 미안함을 담아 레투가를 마주 봤다.

"권력이 법을 뛰어넘는 건 흔한 일이야. 그리고 하이시리스는 권력자잖아?"

"음, 그럼 왜 그런 '어른들의 방식'으로 우리를 건드리지 않았을까? 우주연합에 대해 조금이라도 아는 사람들은 사무총장의 정치력을 인정하는데 말일세."

레투가가 의문을 드러냈다.

"글쎄? 드래곤들이 이리저리 굴러다니는 모습을 보고 너무 신나서 그랬을지도. 어쨌든 너무 찜찜해."

치프는 유리벽 밖으로 보이는 우주선 함플테리아를 눈으로 가리켰다.

"저 우주선도 찜찜하지만."

"으음."

레투가는 함플테리아를 지켜보며 팔짱을 꼈다.

"함플테리아에 대한 괴담은 유명하지. 5년에 한 번 열리는 우주연합 관함식에도 모습을 드러내지 않는 물건이거든. 하지만 하이시리스가 다른 행성을 방문할 때는 반드시 함께 나타난다네. 게다가 함플테리아와 관련된 예산은 신비로울 정도지. 관련 예산이 잡힌 적도, 지출 내역도 없거든. 일단 어디에 정박하고 있는지 아는 사람조차 없지만."

"정보를 더 모아봐야겠군."

치프는 야전 상의의 주머니에서 증거물 보관용 비닐 주머니를 꺼내 레투가의 코트를 넣고 밀봉했다.

"이제 어찌할 건가?"

레투가가 물었다.

"난 청소를 마저 해야지. 뭔가 알아내면 연락할게. 자네도 언제든 연락하고."

"알았네."

둘은 나란히 귀빈실을 나섰다.

치프와 레투가는 함플테리아에서 내려온 빛을 타고 떠오르는 하이시리스와 그녀의 오라클, 그리고 경호원들의 모습을 봤다.

치프는 그 모습을 단말기의 카메라에 담았다.

'신이라는 것들이 왜 저리 방정맞은지 모르겠군.'

귀빈실 앞에 모인 해병대원들에게 간단히 지시를 내린 치프는 다시 단말기를 들었다.

"브라보 리더, 들리나?"

—여기는 브라보 리더. 지정된 위치에서 대기 중입니다. 특이사항은 없습니다.

죠니가 낮은 목소리로 응답했다.

"난 회사에 들렀다가 타이콘데로가로 가서 알파 스쿼드와 합류하지. 그때까지 자네가 청소 지휘를 맡도록 해. 통신 종료."

—알겠습니다, 알파 리더. 통신 종료.

단말기를 거둔 치프는 비닐 주머니 안에 든 레투가의 묵직한 코트를 보며 한숨을 내쉬었다.

'아르마게일에게 질문할 것이 너무 많군. 대답을 다 들을 수 있으면 다행이겠지만 말이지.'

치프는 공항 건물을 나와서 롸켓과 그의 수송기가 기다리는 이착륙장으로 걸어갔다.

마침 함플테리아도 고도를 높이고 있었다. 치프는 정말 제멋대로 움직이는 신이라 생각하며 비웃음을 입가에 걸었다.

'아, 언제 쉬었는지 기억도 안 나네. 그냥 날이 더 추워졌다는 것만 알 것 같아.'

피로감이 몰아닥치는 와중에도 치프는 아까 하이시리스에게 들은 이야기들을 곱씹어봤다.

'아무리 생각해도 이상해. 하이시리스의 말과 행동이 비상식적이야. 저번에 해치운 신은 그나마 꼼꼼히 숨어 있기라도 했지만 하이시리스는 그것조차 아니야. 드래곤들에 대한 복수심만이 단편적으로 작동하는 느낌이랄까?'

그는 자신이 보고 들은 하이시리스의 표정과 목소리를 떠올렸다.

'증오를 이야기하는데도 그게 와닿지 않았어. 감정을 감출 상황이 아니었는데도 말이지. 게다가 나를 상대로 전 우주의 게이트 통제 권한을 들이밀었어. 군인 아저씨 한 명을 그렇게 쳐주는 이유가 뭐지? 게이트를 정지시킬 능력이 있었다면 날 엿으로 만들 기회는 몇 번이고 있었다고. 지금 당장 게이트를 정지시키고 그걸 전부 내 탓으로 돌리면 더 재밌는 상황이 펼쳐질 텐데. 하이시리스는 바보인가?'

치프는 문득 멈추고 단말기를 들었다.

이윽고 그의 귀에 들려온 것은 익숙한 목소리였다.

─이야, 무슨 일이야, 치프? 내가 그렇게 보고 싶었어?

"로젤라, 통신 보안."

─…통신 보안은 확실해.

조금 들떠 있던 A─1729 로젤라의 목소리가 착 가라앉았다.

"네가 관리한 우주연합 관련 정보 중에서 사무총장에 대한 것도 있나?"

—없어.

"됐으니 얘기해, 로젤라. 지금 그 사무총장을 만나고 오는 길이라고."

—그래? 목소리 상태를 보니 그 괴물에게 당하진 않았나 보네. 과연 치프야.

"내가 좀 끝내주잖아?"

치프는 로젤라가 자신의 목소리를 체크하고 하이시리스를 괴물이라 칭한 것을 머릿속에 둔 채 다음 질문으로 넘어갔다.

"이상한 말은 하지 말고 사무총장에 대해서 얘기해 줘, 로젤라."

—모른다니까?

"모른다고 얘기해야 하는 상황인 거야, 아니면 정말 모르는 거야?"

—제길! 이제 와서 친한 척하지 마! 넌 다를 줄 알았어, 치프! 하지만 너 역시 다른 놈들과 마찬가지로 날 무시해 왔다고! 내가 월면기지에 가서 느낀 절망감을 알기나 해? 다시는 연락하지 마!

통화는 거기서 끊겼다.

치프는 단말기의 화면을 빠르게 전환하여 로젤라의 마지막 말을 메모장에 입력했다.

'중력 변화 적응 훈련을 하러 월면기지에 갔을 때 뭐라고 했더라? 한 번 더 오고 싶다고 몸을 비틀던 애가 절망은 무슨 절망이야? 분명 암호겠지.'

그는 어떤 규칙에 따라 그녀의 말을 재조합해 봤다. 단말기에 아나 그램 분석기가 있었지만 치프는 일부러 수동으로 시행했다.

화면의 글자를 따라 바쁘게 눈과 손가락을 움직이던 그는 얼마 가지 않아 결과를 얻을 수 있었다.

'은총이 가득하신 마리아 님, 기뻐하소서. 주님께서 함께하시니.'

치프는 재조합된 그 말을 보자마자 지워 버리고 단말기를 주머니에 넣었다.

차가워진 그라니트의 바람이 그의 얼굴에 부딪쳐 갈라졌다.

'조금 더 알아봐야겠지만 영 답이 없는 존재는 아니라는 거군. 다음에 만날 때는 너 아니면 내가 죽겠지, 하이시리스.'

그의 얼굴에 냉소가 흘렀다.

이착륙장 옆에 설치된 흡연 부스에서 담배를 물고 있던 롸켓이 치프를 보자마자 뛰어나왔다.

"사장, 괜찮소?"

"아, 그럭저럭. 회사로 가자고, 롸켓. 청소를 계속해야지."

치프는 오른손을 들고 엄지를 폈다. 웃으며 고개를 끄덕인 롸켓은 담배를 끈 뒤 수송기로 달려갔다.

＊　　　　　＊　　　　　＊

오후 7시 무렵에 회사로 돌아온 UNSMC 수송기들은 훈련장에 대원들을 내려놓은 뒤 곧장 위스콘신으로 날아갔다.

대원들은 지친 몸짓으로 터벅터벅 움직였다. 그들 사이에서 걷고 있는 치프 역시 피로가 눈에 보일 정도였다.

하지만 포프와 젝스, 루할트는 생기가 넘쳤다.

실제로 그들은 아무 일도 하지 않았다. 오크들은 나타나지 않았고 그에 맞먹는 사태조차도 일어나지 않았기 때문이다.

"원사님."

죠니가 치프의 옆으로 다가왔다.

"왜."

치프가 헬멧을 벗으며 응답했다. 헬멧을 벗자마자 머리와 얼굴에서 뜨끈하게 올라오는 김이 그의 피로도를 대변해 줬다.

"탄약이 바닥날 때까지 싸워본 건 오랜만이네요."

"그러게. 탄약뿐만 아니라 드론의 재충전 속도가 따라가지 못할 정도였어. 도중에 쉬지 않았다면 다들 수송기에서 쿨쿨 자느라 바빴겠지."

"빅시티에 범죄 조직이 그렇게 많이 남아 있을 줄은 몰랐습니다. 놈들이 증식이라도 하는 걸까요?"

죠니는 농담을 섞어 말하면서 일행의 앞에서 걷고 있는 포프를 흘끔 봤다.

"탈리에게 공항을 맡기지 않았다면 놈들이 보행전차가 아니라 주력전차까지 들여올 기세였어. 아니, 분명히 들여왔을 거야."

치프도 포프를 흘끔 봤다.

"그렇죠. 오늘 처리한 보행전차만 다섯 대이지 않습니까?"

"여섯 대였어, 죠니."

킹이 핼쑥해진 표정으로 다가왔다. 그 역시 포프에게 잠깐 눈길을 돌렸다.

"여섯 대였나?"

"찰리 스쿼드에서 하나 처리했지. 물론 조종사들이 보행전차에 탑승하기 전에 일을 끝내서 난동이 일어나진 않았지만 말이야. 아, 정말 죽을 것 같아."

킹이 한탄하자 치프와 죠니가 그를 봤다.

"그럼 집에 가, 킹. 난 자네가 걱정돼서 죽겠어."

"무리하면 안 된다고, 친구."

그들의 걱정에 킹은 이두박근을 자랑하며 자신의 건재함을 드러내 보려고 했지만 팔도 제대로 올라가지 않았기에 한숨만 푹 내쉬었다.

"제가 유부남이라서 걱정하시는 겁니까?"

킹이 물었다.

"난 지금 내 눈에 보이는 게 자네인지, 아니면 사막 위에 놓인 아이스크림인지 구분할 수가 없다고."

"아, 제길. 그만하세요."

킹이 손을 저으며 거부하자 치프와 죠니가 껄껄 웃었다.

"안드레이는 어디 있죠? 두 시간 전부터 그 친구의 목소리가 안 들리던데요."

킹이 물었다.

"위스콘신에 있을 거야. 일찍 귀환시켜서 오늘 얻은 자료들의 분석을 맡겼지."

"하이시리스인가 하는 존재에 대한 겁니까?"

"그렇지."

"우리에게 승산이 있을까요?"

"어떻게든 될 거야. 좀 어려워 보이긴 하지만 말이지."

"원사님께서 어렵다고 말씀하시는 건 오랜만이네요."

"나에 대한 자네의 신앙심을 알 것 같군."

"하하."

치프와 죠니, 킹은 다시 웃음을 터뜨렸다.

"그래, 솔직히 말하지. 우린 정말 엿된 거야."

"어제도 엿이 될 뻔하지 않았나요? 아니, 여태껏 살아온 인생의 절반이 엿이었던 것 같은데 말이죠."

"그렇긴 하지."

치프는 고개를 끄덕여 킹의 말에 동의했다.

그는 목에 건 보조 통신기를 눌렀다.

"대원들, 다들 수고했어. 내일 하루만 더 고생하자고."

헬멧을 쓰고 있는 대원 전원이 손을 들어 좌우로 흔들었다. 알았다는 뜻이다.

"저도 힘낼게요, 사장님!"

앞서 걸어가던 포프가 뒤로 휙 돌아서서 두 팔을 번쩍 들었다.

'넌 제발 오지 마.'

'발목 염좌, 아니, 최소 감기에라도 좀 걸려줘.'

모든 UNSMC 대원들은 오늘 있던 대고난과 포프를 연결시키며 불안해했다.

대원들의 모습에서 그들의 심정을 느낀 치프는 손으로 얼굴을 쓸어내렸다.

'이젠 징크스를 넘어 특이점에 도전하는군. 뭔가 대책을 세워야 할 것 같은데.'

치프의 걱정은 나름 타당했다. 싸움이 내일로 끝나는 게 아니기 때문이다.

고민하는 그를 향해 셀레스티아와 포프의 동생들이 다가왔다. 그녀의 손에는 탄산음료 한 병이 들려 있었다.

"힘들어 보이네? 괜찮아?"

치프는 그녀를 볼 때마다 일광욕을 하는 듯한 느낌을 받았다.

그건 치프에게만 국한된 일이 아니었다. 모든 이가 그녀와 마주할 때마다 뭔가 불가사의한 따스함을 느꼈다.

'나에겐 없는 신성함이라……'

하이시리스의 말이 치프의 머릿속에 스쳤다. 그리고 피로에 지친 그의 눈을 번쩍 뜨이게 만들었다.

치프는 셀레스티아가 건네주려는 음료 대신 그녀의 손을 덥석 잡았다.

"셀리, 혹시 시간 있으면 내일 함께 움직여 줄 수 있을까?"

"응?"

"포프를 중화, 아니, 곁에 있어주기만 하면 돼!"

치프의 그 제안은 UNSMC 대원 전체의 분위기를 놀라울 정도로 생생하게 바꿔 버렸다.

대원들은 환호만 하지 않았을 뿐 심장을 시작으로 전신에 퍼지는 희망을 주체하지 못했다.

루할트는 치프의 부탁을 무마하려 했다가 UNSMC 대원들의 그 분위기 때문에 차마 말을 꺼내지 못했다.

사실 치프도 내키진 않았다.

그들이 실행하고 있는 일은 '혹시나 있을 상황에 대비한 범죄조직 소탕'이라는 간판만 그럴싸한 폭력이었다.

증거를 바탕으로 움직일 뿐 재판을 생략한 행위이기에 레투가는 사직서뿐만 아니라 자신이 그들을 고용하고 지휘했다는 자술서까지 써놓고 방패가 될 결심을 하고 있는 상황이었다.

포프를 데려가는 것도 부담스러운 마당에 고작 징크스를 어찌해 보겠다는 이유로 셀레스티아까지 데려가는 것은 엄밀히 말해서 무리수였다.

다행히도 셀레스티아는 치프가 자신에게 왜 그러한 부탁을 했는지 이해하고 있었다.

"내가 직접 싸우는 걸 보고 싶은 건 아니지?"

그녀가 묻자 치프는 단호하게 고개를 끄덕였다.

"우리 중 누군가가 죽어나간다고 해도 그럴 일은 없을 거야."

"음, 같이 갈게."

셀레스티아는 조금 무리하여 웃었다.

치프, 혹은 UNSMC 대원 중 누군가가 죽을 위기에 빠졌을 때 자신이 나서지 못한다면 같이 갈 의미가 없다는 뜻의 항의였다.

"뎃디랑 탈리는?"

"본관에 있는 의무실에서 영양주사를 맞으며 쉬고 있어."

"그래?"

"여사님께서는 선생님의 입장이 되시면 정말 엄격하게 가르치시거든. 나도 정치 관련 교습을 받을 때마다… 하하."

그저 그때를 떠올린 것뿐인데도 셀레스티아의 눈에 눈물이 맺혔다.

'대체 어떻게 가르치시는데 이러는 거야?'

치프는 꽤 당황했다.

그녀와 헤어진 뒤 샤워 및 식사, 그리고 장비 점검을 마친 치프는 마지막으로 피로회복제를 마신 후 정신없이 잠들었다.

＊　　　　　＊　　　　　＊

새벽 4시에 일어난 치프는 침대 옆에서 가볍게 몸을 움직여봤다. 육체적인 피로는 깨끗하게 가셨지만 정신적 피로가 남아 있었기에 금방 인상이 찌그러졌다.

'이 짜증, 정말 오랜만이야.'

누군가를 죽인다는 건 기본적으로 즐거운 일이 아닐뿐더러 만약 어제처럼 상대방이 자신들을 완전히 인식하여 난전이 벌어진다면 긴장감에 의한 정신적 피로는 급상승하게 된다.

싸움만이 문제가 아니었다.

죽기 싫어 발악하는 생물들의 움직임 및 생존 본능에 의한 감정의 발산을 지켜보는 것은 간단히 익숙해질 수 있는 일이 아니었다. 인간이 가축을 살처분할 때 느끼는 그 불쾌감은 아주 단적인 예에 지나지 않았다.

'오늘로 끝내자고, 제발.'

그는 전투복을 챙겨 입고 무기를 점검해 장비한 뒤 숙소를 나섰다.

훈련장에 모인 UNSMC 대원들의 분위기도 마찬가지였다. 오직 포프와 젝스, 루할트만이 팔팔할 뿐이다.

데스디아와 탈리케이아의 모습은 보이지 않았다. 헤이파만이 얼굴을 찡그린 채 팔짱을 끼고 있었다.

"둘은 아직 안 나왔나 보네요?"

치프가 묻자 헤이파가 손을 휙 저었다.

"안 나온 게 아니라 못 나왔지. 첫째도, 탈리도 흔들어 깨워 봤지만 반응이 없더군."

"둘이 그렇게 지칠 줄은 몰랐네요."

"지칠 만한 일이긴 하다네."

헤이파는 자신의 환도를 빼든 뒤 치프를 등진 채 칼을 휘둘렀다. 아주 느릿한 베기였지만 공간이 왜곡되어 갈라지는 모습은 살벌하기 그지없었다.

"정령과의 교감에 익숙한 알타이르 행성인들이 정령의 진공 상태를 만드는 것은 모순 그 자체지. 물고기가 물 밖으로 나와서 기어 다니는 것과 비슷한 일이랄까?"

치프는 차츰 희미해지는 왜곡현상을 지켜봤다.

"여사님께서는 독학으로 익히신 건가요?"

"첫째를 낳기 전의 일이지. 단련을 거듭한 끝에 같은 종족 내에서 적수가 없어지니 다음 과제가 떠오르지 않았다네. 그 공허함을 어떻게 채워볼까 고민하니 워치프가 적이 됐을 경우가 떠오르더군."

"행성 내에서 적수가 없어졌는데요?"

"그것은 단지 대련일 뿐, 목숨을 건 싸움은 아니었지. 우리는 기본적으로 동족상잔을 상상조차 하지 않네만 난 그게 거슬렸어. 언젠가는 상식을 깰 존재가 나타날지 모른다는 생각을 하게 됐지. 그래서 이 기술을 단련했다네."

"음……."

"최초로 이 기술을 받아주신 분은 내 어머님이셨네. 연습만 해서 뭐 하냐며 당신의 목숨을 거셨지."

"예?"

치프가 깜짝 놀랐다.

"물론 정말로 그분을 베었다는 말은 아닐세. 그분을 둘러싼 정령만을 베었을 뿐이지. 하지만 어머님께서는 그대로 누우셔서 30일 가까이 일어나지도 못하셨네. 내가 아주 기초적인 수발까지 해드려야만 했지. 오랜 시간이 지나 어머님께서 발끝을 움직이셨을 때 내가 얼마나 기뻐했는지 자넨 모를 거야."

"……."

"이후로는 기술의 유지만 해왔을 뿐 발전을 시키지는 않았다네. 이 기술이 우리 행성의 역사를 바꿔 버릴지도 모른다는 느낌이 들었거든. 하지만 우리 외에, 그것도 오크들이 정령과 교감하여 힘을 증폭시키고 다니는 이상 어쩔 수 없지."

거기서 말을 잠깐 끊은 헤이파는 잠시 생각한 후 가볍게 웃었다.

"우리 알타이르가 내전으로 멸망하는 것보다는 폭격을 맞아 멸망하는 게 더 빠를 테고 말일세."

"흉흉한 생각은 하지 말아주세요."

"후후."

다시 웃은 헤이파는 마침 훈련장을 향해 걸어가는 셀레스티아를 목격했다.

"셀리가 꽤 긴장하고 있군."

"아, 나왔나요?"

뒤로 돌아선 치프는 셀레스티아의 복장을 보곤 당황했다.

그녀는 평소의 하늘하늘한 옷차림이 아니었다. 얼마 전에 메이 & 노드에서 구입한 등산용 신발과 바지, 그리고 얇은 점퍼를 입고 있었다. 더불어 머리에는 스노보드를 탈 때나 쓸 법한 헬멧을 착용하고 있었다.

표정은 헤이파의 말대로 긴장되어 있었다.

"복장부터 좀 만져줘야겠네요. 회사를 부탁드리겠습니다."

"잘 처리하고 오게."

셀레스티아 쪽으로 뛰어가는 치프를 말없이 바라보던 헤이파는 시거를 꺼내어 입에 물었다.

"포프의 징크스를 과연 셀리가 막을 수 있을까나."

그녀는 기대 반, 걱정 반의 표정으로 치프와 UNSMC 대원들을 지켜봤다.

*　　　　*　　　　*

수송기들이 철새처럼 무리 지어 새벽하늘을 이동했다.

선두의 두 번째 열에 위치한 알파 스쿼드 수송기 안에는 포프와 셀레스티아가 손님으로서 탑승하고 있었다.

셀레스티아가 원래 하고 나온 복장과 헬멧은 치프에 의해 거절당했다. 대신 그녀가 착용하고 있는 것은 검은색의 경장갑 전투복과 UNSMC 사양의 특수 합금 헬멧이었다.

포프는 자신보다 훨씬 더 좋은 장비를 지급받은 채 건너편에 앉아 있는 셀레스티아를 미묘한 표정으로 지켜봤다.

이윽고 셀레스티아가 손을 들었다.

"저기, 치프."

"응?"

단말기를 통해 오늘 처리할 대상들의 정보를 살피던 치프는 그녀 쪽으로 고개를 돌렸다.

"이 전투복 말인데……."

"입어. 아까처럼 귀엽지 않다는 말로 거절할 생각은 하지 마."

"하다못해 색이라도 좀 바꾸면……."

"은색이랑 흰색은 안 돼."

"흠."

그 두 가지 색만 머릿속에 넣고 있던 셀레스티아는 한숨을 내쉬었다.

한편, 치프와 마찬가지로 단말기를 보고 있던 알파 스쿼드 대원들은 의문에 빠져 있었다.

'저 공주님의 머리카락이 꽤 길던 걸로 기억하는데…….'

'다 어디 갔지? 망을 쓰기는커녕 묶는 것도 못 봤는데?'

'대머리로 변신했나?'

'다 됐고, 포프의 존재감이 사라진다!'

대원들의 집중력이 조금 흐트러지는 것을 감지한 치프가 자신의 단말기로 브리핑용 스크린을 톡톡 두드렸다.

"누가 뭘 보고 있는지 스크린에 띄우는 수가 있어?"

"예, 원사님!"

일제히 외친 대원들이 다시 단말기에 집중했다.

자료를 확인한 치프는 단말기를 팔뚝 보호대에 넣고 잠근 후

소총 거치대 쪽으로 걸어갔다.

그는 예비용 소총 한 자루를 꺼내 간단히 점검했다. 문제가 없음을 확인한 그는 소총 상단에 조준 보조 장치를 설치한 뒤 포프에게 건네줬다.

"만약의 상황에 대비한 거야. 알고 있지?"

"예, 사장님."

하지만 사람이 없는 쪽으로 소총을 겨눠 조준 보조 장치의 영점을 잡는 포프의 자세는 놀랄 만큼 능숙했다.

'훈련을 정말 많이 했나 보군.'

'총의 무게에 익숙해. 시선 이동도 빠르고.'

'조준 보조 장치 사용 자세가 조셉과 비슷하네.'

대원들의 공통된 생각이다.

하지만 감탄은 얼마 가지 않았다.

'어찌 됐든 징크스는 제발……!'

그들이 기도하는 가운데 수송기들이 빅시티의 영역으로 진입했다.

능동위장 장치로 모습과 소리를 감춘 수송기들은 작은 동물들도 자극하지 않을 만큼 깔끔하게 비행했다.

치프는 헬멧에 손을 대고 모든 대원들에게 통신을 보냈다.

"알파 리더다. 각 스쿼드는 지정된 위치로 이동 후 리더들의 지시에 따라 움직이도록. 보행전차 및 전투용 안드로이드를 보유한 조직은 알파와 찰리 스쿼드가 맡는다. 오늘은 별일 없겠지. 음, 없을 거야. 브라보 스쿼드는 함께 있는 손님을 잘 돌보도록 해. 통신 종료."

헬멧에서 손을 뗀 치프는 자신의 소총과 산탄총, 그리고 소형 기관단총을 등판과 허벅지에 각각 장비했다.

보행전차를 맡은 강습분대는 특수 탄두가 장전된 대전차미사일 발사기를 하나씩 등에 거치했다.

그들이 사용하는 특수 탄두는 건물 외부로 폭음이 흘러 나가지 않도록 설계된 물건이어서 파괴력이나 관통력은 일반 탄두보다 떨어졌다. 하지만 강습분대 대원들에게는 평소 쓰는 베게만큼이나 익숙한 물건이고 신뢰성도 훌륭했다.

그러나 어제는 불발탄이 두 발이나 발생하여 그들의 간담을 서늘케 만들었다.

기운이 쭉 빠진 강습분대 대원들의 근육에 스며든 것은 이제 포프 그 자체를 상징하는 징크스였다.

'오늘은 잘되길. 오늘은 잘되길……'

'잡범들을 상대로 죽긴 싫다고!'

그들의 긴장감은 극도에 달해 있었다.

몇 분 뒤, 작전 위치에 알파의 수송기와 찰리 수송기가 도착했다.

미리 띄워놓은 드론을 통해 자신들이 진입할 건물의 상황을 살피던 치프는 후방 출입문 앞에 섰다.

"후방 출입문 잠금 장치 해제. 각 대원은 지정 위치 확인. 찰리 리더, 문제없나?"

—여기는 찰리 리더. 지상 주차장에는 이상 없습니다. 저 큰 트럭이 좀 방해가 될 것 같긴 하군요. 지원 사격 준비 완료. 언제든지 뛰어내리십시오.

"좋아, 출입문 개방."

치프가 출입문 개폐 스위치를 눌렀다.

출입문 좌우에 위치한 등불의 색이 녹색에서 적색으로 바뀌었으나 지상을 오가는 사람들은 그 모습을 보지 못했다.

"강습분대, 투입 준비."

알파 강습분대 대원들이 치프의 앞을 지나 강하를 준비했다.

"강습분대, 인원 확인 완료했습니다. 아, 그리고……"

강습분대를 맡은 더스틴이 평소와 달리 말을 덧붙이려 하자 치프가 움찔했다.

"응?"

"알파 게스트에게 작별 인사를 받고 싶습니다."

알파 게스트는 셀레스티아를 칭하는 말이다.

치프는 무슨 놈의 작별 인사냐며 화를 낼까 했지만 셀레스티아가 군말 없이 손을 들어 천천히 흔들었다.

"여러분의 무사 귀환을 기원하겠습니다."

"감사합니다."

거수경례로 답한 더스틴과 강습부대는 치프의 신호에 맞춰 자신들이 맡은 지상 주차장을 향해 낙하했다.

그들이 중력식 완충기를 이용해 낙하 속도를 줄이고 착지하려 할 때였다.

찰리 리더 킹의 목소리가 그들의 귀를 다급히 때렸다.

─알파 강습분대! 현장에서 벗어나! 트럭이 이상하다!

아직 착지조차 못한 강습분대는 대형 트럭의 겉모습이 흐릿해지더니 무장 준비가 완료된 보행전차로서 정체를 드러내는 것을 보고 충격을 받았다.

"얼간이 녀석들! 어제 그 난리를 치고 돌아다닌 주제에 우리까지 속이려 들어? 다 죽여주마!"

보행전차의 외부 스피커에서 잔뜩 신이 난 남자의 목소리가 터졌다.

그 전차는 능동위장 장치를 다시 가동하여 모습을 감췄다.

추락의 위험을 각오하고 자세를 바꿔 대전차미사일을 쏘려 하던 더스틴은 헬멧 속에서 눈을 감았다.

'끝이구나.'

그는 깔끔히 단념했다.

외부 스피커에서 터진 목소리에 깜짝 놀란 행인들이 주차장 쪽을 흘끔 봤다.

보행전차가 그 거대한 모습을 다시 드러내더니 관절 곳곳에서 전기 불꽃을 뿜으며 주저앉았다.

82
가장 소중하고, 가장 의심스럽고

"축전기 이상? 이 상황에? 거짓말!"

보행전차의 스피커에서 울부짖음이 흘러나왔다.

그사이에 착지하여 몸을 숨긴 강습부대는 속으로 '기적'을 외치며 치프의 지시를 기다렸다.

수송기 내에서 상황을 지켜보고 있는 치프가 헬멧에 손을 댔다.

"알파와 찰리는 진입 경로 변경. 수송기들은 건물에만 노이즈 캔슬러를 적용하도록. 전체 지휘는 찰리 리더가 맡는다. 민간인 통제는 내가 하겠다."

—여기는 찰리 리더. 괜찮으시겠습니까?

"이런 일은 얼굴이 알려진 사람이 해결해야지. 전 대원은 침투 및 목표 제거 개시."

능동위장 장치로 몸을 숨긴 치프가 먼저 뛰어내렸다.

다른 대원들은 진입 경로 변경 지시에 따라 자신들이 맡은 구역을 즉각 변경한 후 목표 지점을 향해 낙하했다.

보행전차가 주저앉은 주차장에 착지한 치프는 벌써 잔뜩 몰려든 시민들을 살피면서 자신의 복장이 평상복처럼 보이도록 위장 패턴을 바꿨다.

출근을 잊고 각자의 단말기를 위로 번쩍 들어 올린 채 보행전차의 모습을 찍던 시민들은 주차장에 쌓인 물건들 사이에서 치프가 나타나자 그쪽으로 단말기의 방향을 바꿨다.

"치프 사장이다!"

누군가가 외쳤다. 치프는 표정을 유지하며 두 팔을 흔들었다.

"더 이상 접근하시면 안 됩니다. 저는 보안국으로부터 불법 무기 수색에 대한 의뢰를 받고 왔습니다. 근데 마침 저기 있네요."

목소리를 한껏 높인 치프는 체조를 하듯 팔을 계속 흔들었다.

사람들은 그가 자신들의 접근을 막기 위해 경고 신호를 보내는 거라 생각했다. 하지만 실제로는 주차장에 모습을 감추고 있는 알파 강습분대에게 다음 행동에 대한 지시를 내리는 중이었다.

"저 보행전차는 축전기에 문제가 생겨서 주저앉은 것 같군요. 무슨 일이 벌어질지 모르니 천천히 이곳에서 벗어나십시오. 제 친구들이 여러분의 이동을 도울 겁니다."

그가 박수를 두 번 치자 능동위장 장치를 이용해 숨어 있던 강습분대 대원들이 일제히 모습을 드러냈다.

동시에 주변이 조용해졌다.

'좋아, 자연스러웠어.'

치프는 그리 생각했고, 강습분대 대원들도 헬멧 속에서 안도의 한숨을 내쉬었다.

하지만 시민들은 의식적으로 침묵한 게 아니었다. 검은색의 유령처럼 스륵 나타난 강습분대의 모습에 너무 놀란 나머지 말을 못하고 있는 것이었다.

아무튼 대원들은 팔뚝 보호대에서 발광 신호기를 꺼내 사람들을 인도했다. 사람들이 그곳을 벗어나는 한편, 치프는 보행전차 위에 올라간 뒤 포탑의 출입구 근처를 손등으로 두드렸다.

"조종사, 내 말 들리나?"

"여기 들어오면 죽여 버리겠어! 조금만 버티면 우리 두목과 애들이 네놈들에게 바람구멍을 뚫을 거야! 너나 꺼져!"

"그럼 그 두목이라는 녀석에게 연락해 봐. 지금 바로 연락하면 목소리 정도는 들을 수 있겠군."

전차 안에서 권총을 든 채 침입에 대비하던 조종사는 침을 꼴깍 삼킨 뒤 자신의 단말기로 두목에게 전화를 했다.

"저기, 두목."

─전화는 왜 했어, 이 미친 XX야! 다 죽었어! 나만 빼고 다 죽었다고! 제길, 벨 소리 때문에 놈들이 날 찾았잖아! 나한테 오고 있어! 잠깐, 잠깐!

순간 뭔가 툭 터지는 소리가 들렸다.

뭔가 절그럭 하는 소음이 스산하게 울리더니 누군가의 낯선 숨소리가 단말기 저편에서 울렸다.

─살고 싶으면 뚜껑 열고 나가. 밖에 계신 분 바꾸고.

"으……."

결국 보행전차 포탑의 출입구가 열렸다.

얼굴이 새파랗게 질린 듀베리아 남성이 문신으로 가득한 손을 덜덜 떨며 자신의 단말기를 치프에게 건넸다.

"듀베리아 행성인들은 정말 극단적이군."

중얼거린 치프는 단말기를 받아 귀에 댔다.

"얘기해."

—로빈입니다. 다 처리했습니다.

"빠르네?"

—놈들이 주차장에 신경을 쓰느라 정신이 없더군요. 오늘은 운이 좋네요.

"그러게 말이야. 뒤처리 잘하고 귀환해."

—알겠습니다.

전화를 끊은 치프는 상대의 단말기를 왼손으로 꽉 쥐어 완전히 으깼다. 겉모습만 평상복일 뿐 실제로는 경장갑 전투복을 입은 상태이기에 가능한 묘기였다.

그는 이어서 권총을 꺼내고 보행전차의 조종간을 완전히 부순 뒤 출입문을 붙잡았다.

"조금 있다가 전투경찰들이 와서 널 잡아갈 거야. 이렇게라도 끝난 게 다행인 줄 알라고."

출입문을 닫은 치프는 전투경찰들이 오는 것을 확인한 뒤 전차에서 내려왔다.

그가 강습분대와 함께 사라진 뒤, 완전무장한 전투경찰들이 보행전차를 둘러싼 후 안에 있는 듀베리아 남성을 체포했다. 경찰 일부는 건물로 들어가서 안쪽 상황을 살폈다.

체포된 듀베리아 남성은 주변에 치프가 없는 것을 확인하자마자 눈을 부릅뜨고 고함을 질렀다.

"A−1730! 그놈이 우리 조직원들을 죽였어! 저 안에서 전부 죽였단 말이야!"

"약이라도 했나 보군. 건물 안에 시체 따윈 없었어."

그를 비웃은 전투경찰이 그에게 수갑을 채웠다.

"시체가 없다니? 두목이 죽는 소리를 내가 들었다고!"

그가 다시 외치자 전투경찰이 설마 하며 무전기를 들었다.

"이봐, 안에 뭔가 있나? 핏자국이라던가."

─핏자국이요? 좀 부풀리자면 떨어진 단추 하나 없습니다. 누가 먹고 마시고 흡입한 흔적 정도는 있습니다.

대답을 들은 전투경찰은 어깨를 으쓱했다.

"그렇다고 하는군. 자네, 약물 검사부터 해보자고."

"이런 제기랄!"

듀베리아 남성은 몸부림을 쳤으나 상황을 바꿀 수는 없었다.

그도, 그리고 전투경찰들도 두 대의 UNSMC 수송기가 그곳에서 벗어나는 것을 알아차리지 못했다.

치프는 탄약을 다시 채우는 대원들 사이를 지나 포프의 옆자리에 앉았다.

"하아, 오늘은 대체 무슨 날이지?"

그는 헬멧을 벗고 길게 탄식했다.

"싸구려 능동위장 상태의 보행전차를 킹이 발견하지 못한 건 이번이 처음인데, 하필 그 전차가 축전기 문제로 퍼지는 것도 처음 봤어. 군용 축전기가 그런 식으로 터질 리가 없거든. 왜 그랬을까, 포프?"

그가 놀리듯 묻자 포프가 인상을 구겼다.

"제 징크스가 상대방 쪽으로 건너갔겠죠."

"하, 농담이야. 저쪽에서 사양에 맞지 않는 능동위장 장치를 억지로 달아서 그렇게 된 것뿐이라고. 전력 계통에 과부하가 걸린 상태에서 연속으로 작동시키니 축전기가 터지는 건 당연하지."

"……."

하지만 포프는 뾰족하게 내민 입술과 뿌루퉁한 표정을 유지했다.

"진짜라니까? 하하!"

치프는 밝게 웃으며 포프의 헬멧 쓴 머리를 만져주었다. 대원들도 껄껄 웃으며 포프를 응원해 주었다.

하지만 알파 스쿼드, 심지어는 함께 작전에 참여한 찰리 스쿼드의 본심은 그렇지 않았다.

'빌어먹을, 수명이 줄어들 뻔했어!'

'난 진짜 죽을 뻔했다고!'

'아무튼 오늘은 여신, 아니, 공주님의 가호가 함께하는군! 뭔가 느낌이 좋아!'

잠깐 손을 멈추고 생각을 하던 대원들은 구석에 다소곳이 앉아 있는 셀레스티아를 한 번 본 뒤 다시 무기를 점검했다.

치프는 단말기를 들고 다음 목표를 살폈다.

물론 그 역시 속으로는 셀레스티아에게 신경을 쓰고 있었다.

'행운 토템의 효과가 있는 건가? 정말로? 이것이 나에게 없는 신성함인가?'

그는 포프 쪽으로 고개를 살짝 기울였다.

'에이, 설마.'

미신 따위를 믿을 나이냐며 자신을 질책한 치프는 다시 단말기를 살폈다.

＊　　　＊　　　＊

데스디아는 점심 식사 이후 훈련을 계속했다.

기계처럼 반복적으로 칼을 휘두르는 그녀를 가만히 지켜보던 헤이파가 결국 혀를 강하게 찼다.

"쯧, 됐다. 쉬어라."

"어머님?"

데스디아가 팔을 멈췄다. 그녀가 쥐고 있던 칼이 손아귀를 벗어나 훈련장 위에 떨어졌다.

눈에 힘이 풀린 데스디아는 숨을 몰아쉬면서 탈리케이아 쪽을 봤다. 그녀는 아예 주저앉아서 꼼짝도 못하고 있었다.

친구의 상태를 확인하기 위해 움직이려 하던 데스디아는 다리마저 풀리며 넘어지고 말았다.

근처에서 포린, 포티와 함께 워치프들의 훈련을 지켜보던 켐리가 급히 물통을 들고 달려왔다.

"부사장님! 눈 뜨세요! 탈리 누님!"

당황한 캠리와 달리 헤이파는 팔짱을 낀 채 꼼짝도 하지 않았다. 자신의 첫째 딸과 친구의 딸을 지켜보는 그녀의 눈은 서리라도 맺힌 것처럼 차가웠다.

─딸의 고통을 줄여주는 게 어떠한가?

흠칫한 헤이파가 앞을 다시 봤다.

회사의 하늘, 건물, 위스콘신, 그리고 훈련장의 바닥과 켐리까지 진한 보라색으로 물든 채 꼼짝하지 않았다.

점점 어두워지는 저편으로부터 날개를 접은 거대한 생물이 장대한 발소리를 내며 그녀에게 다가왔다.

엠페라투스였다.

"요즘 영 소식이 없어서 뭐 하는지 궁금했는데 잘 살아 있었군. 고대의 날개 달린 자여, 나에게 볼일이 있나?"

─운은 아까 띄웠을 텐데? 딸의 고통을 줄여주는 게 어떠하냐고 말이야.

엠페라투스의 목소리가 고막에 닿지 않는 것을 확인한 헤이파는 상대가 자신의 의식에 개입하고 있음을 알아차렸다.

'저번과 비슷하군. 느낌상으로는 더 강력해졌어.'

헤이파가 한숨을 내쉬었다.

"내 딸이 환자로 보이나? 고통을 호소한 적 없는데 줄여주라니?"

─어제 하이시리스가 이곳에 왔지.

"알아, 그런데?"

헤이파의 냉랭한 반응을 접한 엠페라투스는 진득하게 웃었다.

─하이시리스는 직접적으로 이 일에 개입할 거다. 나의 어머니 신에 대해 모르는 자들은 그 상식을 초월한 힘에 의해 무릎을 꿇겠지.

"그래도 첫째는 다시 일어날 것이야. 내 딸이니까."

─내가 너에게 힘을 줄 수 있다, 위대한 정령술사여.

"그럼 그 힘을 당장 내놔. 수도로 달려가서 그 하이시리스라는 계집을 썰어버릴 테니까."

—아, 그런 방법이 있었군.

엠페라투스가 눈을 크게 뜨며 중얼거렸다. 헤이파는 대체 왜 왔느냐는 경멸의 시선을 엠페라투스에게 투사했다.

—후후, 신성함이 깃든 존재와의 교감이 무엇을 뜻하는지 아는가? 바로 신에 가까워지는 것이다. 생물의 범주에 속한 너희들에게는 저세상으로 간다는 말과 같지. 지금까지는 왕녀가 너희들에게 맞춰준 것뿐이다. 신수는 그 정도로도 충분했을지 모르지만 하이시리스와 상대할 때는 얘기가 달라지겠지.

"그래서?"

—네 목숨을 나에게 맡겨라. 그것이 네 딸의 상태를 유지할 수 있는 유일한 방법이야. 위대한 정령술사여, 하이시리스를 베는 검이 되어라.

그러자 헤이파가 피식 웃었다.

"그 애는 자신의 묏자리를 고를 수 있는 나이야."

—흠.

"브라토레 가문의 정통성이 끊기는 건 안타깝지만 그것이 위치프로서의 판단이라면 인정하고 받아들이는 것이 도리다. 헛소리 말고 물러가라, 고대의 날개 달린 자여. 네 제안은 내 딸이 죽은 뒤에 생각해 보마."

—하아, 어째서 날개 달린 자들의 일에 그토록 목숨을 거는 것인가? 죽음이 두렵지 않은가?

"그건 내 딸한테 물어보도록 해."

—완고하군. 그럼 나중에 다시 보도록 하자, 위대한 정령술사여.

엠페라투스가 어둠 속으로 사라진 뒤 세상의 색이 다시 돌아왔다. 의식의 개입에서 풀려난 헤이파는 머리를 흔들며 데스디아 쪽을 돌아봤다.

"여사님은 정말 피도 눈물도 없는 분이시군요!"

그녀의 의식에 엠페라투스가 개입했음을 전혀 모르는 켐리는 여태껏 대답이 없던 헤이파에게 격렬히 따졌다.

"내가 좀 그래."

헤이파는 켐리가 들고 있는 물통을 빼앗듯 손에 쥐고는 목을 축였다.

"두 사람 모두 탈진이에요, 여사님! 당장 의무실로 옮겨야 한다고요!"

"하아, 켐리. 알타이르의 워치프는… 음?"

헤이파가 뒤로 돌아서더니 하늘 저편을 봤다. 잔뜩 흥분해 있던 켐리도 자연스레 그쪽을 향해 고개를 돌렸다.

UNSMC의 수송기들과 구축함 두 대가 회사 쪽으로 돌아오고 있었다.

"이 시간에? 너무 이른데?"

헤이파는 뭔가 문제가 생긴 게 분명하다고 판단했다.

그러나 구축함들은 자연스럽게 위스콘신 쪽으로 올라가 다시 결합했고, 수송기들 역시 부드럽게 착륙했다.

달라진 점은 딱 하나였다.

UNSMC 대원 전체가 알파 수송기 후방에 2열로 도열하더니 셀레스티아가 내려오자마자 일제히 거수경례를 했다.

헬멧을 벗은 상태인 셀레스티아는 부끄러움에 빨개진 얼굴을 제대로 듣지 못했다. 반면 그녀를 따라 내려오는 포프의 표정은 찝찝함 그 자체였다.

"수고 많으셨습니다, 공동대표님!"

"앞으로도 잘 부탁드리겠습니다!"

"고생하셨습니다!"

대원들이 경례를 위해 올려붙인 손을 내리며 외처대자 셀레스티아는 결국 두 손으로 얼굴을 가리고는 급히 본관 쪽으로 달려가려 했다.

마침 수송기 안에서 헬멧을 쓴 치프가 터벅터벅 내려왔다.

"셸리, 내일 메이 & 노드에 데려가 달라고 했지? 몇 시에 갈래?"

그가 부르자 셀레스티아의 걸음이 우뚝 멈췄다.

"하, 하하, 그런 부탁을 한 기억이 없는데?"

그녀는 '아뿔싸'라는 말을 그것으로 대신했다.

"응? 오늘 오후 3시 전에 일이 끝나면 전부 네 덕분이니 적절한 보상을 해달라며?"

"아하하, 모르겠네."

"흠."

치프는 자신의 단말기를 팔뚝 보호대에서 꺼내 간단히 조작했다.

―그래도 싫어! 나도 메이 & 노드! 꿈과 희망이 가득한 우리의 쉼터 메이 & 노드!

그것은 예전에 셀레스티아가 생떼를 쓰며 직접 부른 백화점 CF송이었다.

자신이 부른 노래가 단말기 스피커에서 흘러나오자 셀레스티아의 안색이 붉은색에서 푸른색으로 바뀌었다.

딱 그 부분만을 잘라서 들려준 치프는 대원들을 둘러봤다.

"보상은 당연한 거니까. 그렇지?"

"그렇습니다, 원사님!"

대원 전원이 큰 소리로 대답했다.

"너무 사양할 필요는 없어, 셀리. 내일 몇 시에 가고 싶은지 있다가 얘기나 해줘."

다시 손으로 얼굴을 가린 셀레스티아는 대답 대신 고개만 끄덕인 뒤 회사 본관으로 달려갔다.

젝스, 루할트와 함께 다른 장소에 모여서 그 모든 것을 지켜본 포프는 여전히 찜찜한 표정으로 루할트 쪽을 봤다.

"하인케스 사장님은 어떻게 생각하시나요? 왕녀 전하께서 창피를 당하셨는데 말이죠."

"난 일찍 돌아오게 되어서 좋은데? 어제는 정말 최악이었지."

"……."

"아, 물론 난 포프현상 따위는 믿지 않아."

"그러시겠죠."

포프가 입술을 뾰족하게 내밀었다.

젝스는 상심한 자신의 친구를 보며 생각해 봤다.

'포프를 중심으로 일어나는 어떤 현상이 실제로 존재하고, 그것이 왕녀 전하에 의해 억눌렸다면 왕녀 전하나 엠페라투스를 통해서 포프를 자유롭게 만들 수 있지 않을까?'

그녀는 포프를 진심으로 걱정하고 있었다. 하지만 '포프현상'이 사실인지, 아니면 단순한 불운인지를 증명하는 것이 우선이라는 생각도 갖고 있었다.

포프를 아무런 근거도 없이 돕겠다고 할 경우 역으로 그녀의 자존심에 상처를 줄 수가 있기 때문이다.

젝스는 데스디아와 함께 땅에 앉아 쉬고 있는 탈리케이아를 돌아봤다.

'탈리케이아 워치프가 포프현상에 대해 연구한다고 했는데, 어떻게 됐을까?'

그녀는 기회가 되는 대로 탈리케이아와 이야기를 나눠야겠다고 마음먹었다.

한편, 안드레이의 합류까지 확인한 치프가 헛기침을 하여 대원들을 집중시켰다.

"UNSMC, 다 모였나?"

대원들이 절도 있게 차렷 자세를 취했다.

"예, 원사님!"

"오늘까지 정말 수고 많았어. 그렇게 기분 좋은 일도 아니었는데 말이지. 아무튼 헌터들과의 연합작전이 개시될 날까지 푹 쉬어도 좋아. 물론 훈련과 장비 점검을 잊으면 안 되겠지. 빅시티에 가서 놀고 싶은 사람은 각 스쿼드 리더들에게 보고한 뒤 이동하도록. 그럼 해산."

치프가 다시 걸음을 옮기자 대원들이 일제히 좌우로 움직여 치프가 갈 길을 터준 후 거수경례를 했다.

대원들에게서 벗어난 치프는 헬멧을 벗어서 목 보호대에 거치한 뒤 죠니와 킹, 안드레이를 불렀다.

"다들 수고했고, 오늘 일은 어떻게 생각해?"

그가 묻자 우선 안드레이가 자신의 단말기를 내밀었다.

"어젯밤 이후 최악이던 대원들의 신체 상태 및 집중력이 0700… 오전 7시에 평상시 수준으로 호전됐고, 오후 1시에는 특별한 약이라도 사용한 게 아닐까 싶을 정도로 좋아졌습니다."

치프는 안드레이의 단말기에 적힌 숫자와 그래프를 흥미롭게 지켜봤다.

"이건 에너지 드링크나 카페인 제제 따위로는 얻을 수 없는 수치로군."

"실제로 그렇죠. 저부터도 오늘 새벽에 나올 때 과로사를 걱정했는데요, 지금은 당장 빅시티로 달려가서 맥주 통을 거꾸로 잡고 싶을 정도로 힘이 나거든요."

죠니가 자신의 두꺼운 턱을 만지며 말했다.

"농담 좀 보태서 십 대로 돌아간 느낌이랄까요? 원사님은 안 그러셨습니까?"

"정신적인 피로는 확실히 풀린 것 같아. 안드레이는 어때?"

"반응 속도가 증가했습니다. 제 뇌와 신경망은 인공물인데, 신기하군요."

"흠."

치프가 팔짱을 꼈다.

"생각해 보니 회사 안에 있을 때 딱히 이상한 일이 일어나진 않은 것 같아. 지금껏 심각한 상황이 딱 두 번 있었는데, 엠페라투스를 불렀을 때와 로젤라가 마음먹고 쳐들어왔을 때였지. 근데 그때도 사상자는 없었어."

"엠페라투스가 처음으로 빅시티에 나타났을 때는 난리도 아니었다고 들었습니다만."

죠니가 말했다.

"아, 그때는 셀리의 능력과 관계없었어. 엠페라투스의 능력 덕분에 사상자 숫자가 0이 됐지. 부서진 건물이든 뭐든 다 복구됐고 말이야."

"그래도 뭔가 있긴 있는 게 아닐까요?"

킹이 호기심에 들떠 물었다.

"자네는 어떻게 생각하는데?"

"당연히 마법이죠!"

"……."

치프는 킹의 반짝이는 눈을 부담스러운 표정으로 바라봤다.

"글쎄? 특별히 감지되는 파장 같은 건 없었지. 하지만 우리의 상식을 넘어선 힘이 작용하고 있는 것 같긴 해. 예를 들어 정령 같은 건 아직도 우리 기술로 규명하지 못했잖아?"

"그렇다면 우리끼리 고민하지 말고 관계자들에게 물어보도록 하죠."

죠니가 치프에게 옆을 보라고 눈짓했다.

치프는 자신의 왼쪽에 딱 붙어서 자신을 빤히 올려다보고 있는 포프와 눈을 마주했다.

"…왜?"

"사장님께서도 포프현상을 지지하시는 거죠?"

"음. 지구에 예수가 돌아온 다음 날부터 그 현상을 믿어볼 생각이야."

"그게 누구죠?"

포프는 지구의 종교에 그다지 관심이 없었다.

"그런 분 있어. 아무튼 난 여전히 포프현상에 대해서 비웃는 입장이야. 진짜로 말이지."

포프가 그래도 의심의 눈초리를 보내자 치프가 실소를 터뜨렸다.

"이봐, 포프. 나를 포함한 UNSMC 대원 모두는 네가 태어나기 전부터 목숨을 걸고 엿을 먹어온 사람들이야. 남이 먹일 때도 있었고 우리가 주워서 먹을 때도 있었지. 바닥에 깔린 게 엿인 걸 알면서도 어쩔 수 없이 그 위를 지나간 적도 많아."

"……."

"끝나게 운 좋은 날도 있었고 끝나게 엿 먹은 날도 있었어. 덕분에 대원 대부분이 신을 믿지 않게 됐지. 우리가 미신 따위에 흔들릴 인간이었으면 온몸에 종교적인 문신을 그려 넣고 다녔을 거야. 아니면 전투복에 십자가와 염주, 별과 달이 그려진 액세서리를 주렁주렁 걸고 다녔을지도 모르지. 그러니 이상한 오해는 하지 마."

"아뇨, 오해라기보다는……."

포프의 눈빛이 확 죽었다.

"제가 정말 도움이 안 되나 싶어서요."

"저번처럼 수송기에 몰래 타지만 않으면 돼. 괜찮으니까 젝스랑 같이 식사하고 편히 쉬어."

"예, 사장님."

포프는 젝스가 기다리는 곳을 향해 천천히 걸어갔다.

그녀가 멀리 떨어지자마자 킹이 안색을 바꿨다.

"지나치게 상냥하시군요, 원사님. 여성 취향이 어린 여자애였습니까? 예전에 사만다랑 함께 있을 때도 그러시더니 말이죠."

"…아니야. 그럼 다른 관계자들에게 물어봐야겠군. 나중에
보자고."

"예, 원사님."

치프는 셋을 뒤로하고 데스디아와 헤이파, 탈리케이아가 있는
훈련장 저편을 향해 슬슬 걸어갔다.

치프가 가까이 다가오자 포린과 포티가 그에게 팔을 흔들었다.

"사장님!"

"여어, 점심은 맛있게 먹었어?"

"여기 음식은 뭐든 맛있어요!"

"다행이네."

치프는 캠리가 준 물을 마시며 쉬고 있는 데스디아와 탈리케
이아를 봤다. 둘은 치프 쪽으로 손만 슬쩍 들었을 뿐 제대로 된
인사는 하지 못했다.

"둘은 괜찮나요, 여사님?"

"알타이르의 워치프에게 이러한 훈련은 일도 아니지."

"둘의 표정이 영 아니라는 건 분명해 보이네요."

그의 지적에 헤이파의 표정이 날카로워졌다.

"내 훈련 방식에 개입할 생각인가?"

"전혀요. 그보다 이 상태면 내일 빅시티에 놀러 가는 것도 힘
들어 보이네요."

"놀러 가다니?"

헤이파가 의아해했다.

"오늘 오후 3시 전에 일이 끝나면 적절한 보상을 해달라고 셀

리가 그랬거든요. 그래서 메이 & 노드에 데려가기로 했죠."

치프는 단말기를 꺼냈다.

―그래도 싫어! 나도 메이 & 노드! 꿈과 희망이 가득한 우리
의 쉼터 메이 & 노드!

셀레스티아가 직접 부른 CF송이 터지는 순간 데스디아와 탈
리케이아가 동시에 손을 들어 입을 막았다.

그것만으로는 웃음을 참기 힘들었는지 둘은 스스로의 무릎
에 이마를 찧거나 허벅지를 꽉 쥐는 등 필사적으로 몸을 뒤틀
었다.

헤이파는 이게 뭐가 웃기냐는 투로 그녀들을 살폈다.

켐리는 웃음을 참는 둘과 그들을 바라보는 헤이파, 덤덤한 표
정의 치프를 단말기 카메라로 조용히 찍었다.

앞으로 이들 모두가 담긴 사진을 찍을 기회가 또 올 것인지
자신이 없어서였다.

켐리 혼자 진지함에 젖어 있는 한편, 치프는 단말기를 다시
주머니에 넣고 헤이파에게 물었다.

"그럼 뎃디와 탈리는 내일도 여기서 훈련에 집중해야겠네요.
여사님께선 둘을 가르치셔야 하니 어쩔 수 없고……."

"하루 정도는 쉬어야지."

헤이파가 표정 변화 없이 내뱉었다. 데스디아와 탈리케이아의
긴 귀가 그 순간 쫑긋 움직였다.

"그 대신 오늘은 죽기 전까지 훈련해야 할 것이야."

헤이파가 다시 둘을 보며 눈빛을 불태웠다.

"……."

웃음기를 잃은 둘은 잠자코 물을 마시며 지친 몸을 달랬다.

"켐리, 요르엘과 오라클은 어디 있지?"

치프가 물었다.

"숙소에 있을 거예요. 아시다시피 밖에 잘 나오지 않거든요."

저번에 백화점에 들렀을 때 그 아이들이 사용할 게임기를 사준 치프는 뒷머리를 긁었다.

"식사는 너희들이랑 함께하잖아?"

"그렇죠. 애들이 같이 놀자고 붙잡지 않으면 그냥 방에 처박혀요."

켐리가 포린과 포티의 머리를 만져주며 말했다.

"뭐, 둘이 외향적인 성격은 아니지."

"그래도 많이 밝아졌어요. 사장님께서 해적들을 혼내주신 게 꽤 효과가 있는 것 같아요."

치프는 '처리'라는 말 대신 '혼내주다'라는 말을 쓴 켐리의 센스에 내심 감탄했다.

"우리 켐리가 고생이 많네."

"그러니 계약직 말고 정식 직원으로 좀……."

"하하."

치프는 그냥 웃기만 할 뿐 답을 하진 않았다.

"둘을 만나러 가봐야겠군. 아, 사만다는 어디 있을까?"

"…그리고 보니 사만다 팀장은 요즘 잘 안 보이네요. 다른 분들이 부르지 않으면 그냥 방에 있는 것 같던데요?"

"그래?"

치프가 고개를 갸웃했다.

"사만다는 내가 따로 시킨 일을 하고 있다네."

헤이파가 말했다. 치프는 그녀가 서두르듯 말을 하자 대단히 의아해했다.

"…여사님, 사만다에게 무슨 문제라도 있나요?"

질문을 하는 치프의 표정과 목소리가 정말 이상했다.

그것은 위험하지 않은 광기였다. 그 모습을 본 모두가 찰나에 느낀 섬뜩함 때문에 당황했다.

가장 놀란 사람은 데스디아였다.

'느껴지는 감정은 단순한 걱정인데 왜 위험함이 느껴지지?'

모두가 데스디아처럼 혼란스러워하는 한편, 헤이파만큼은 제 정신으로 치프를 마주했다.

그녀는 치프가 발산하고 있는 그 '정적인 광기'가 무엇인지 아주 잘 이해하고 있었다.

'딸자식의 전사 통지를 들은 엄마들이 대략 저런 표정으로 나를 봤지.'

떠올리기 싫은 기억을 떠올린 헤이파는 치프를 보며 말했다.

"사만다는 방에 있을 테니 가보게. 자네 눈으로 직접 확인하는 게 낫겠지."

"…예. 하하, 사만다에게 문제가 있을 리가 없죠. 제가 대체 무슨 생각을 한 건지 모르겠네요."

"이보게."

헤이파가 엄중한 표정으로 그를 봤다.

"사만다가 그렇게 걱정된다면 지구로 돌려보내게. 그리하는 것이 사만다를 위해서도, 자네를 위해서도, 그리고 우리를 위해서도 좋을 것 같군. 혹시 사만다가 크게 다치기라도 한다면 대체 어쩌려고 그러는가?"

그녀가 작심을 하고 지적하자 치프는 한참 동안 대답을 하지 못했다.

"…이젠 정말 진지하게 고려해 봐야겠네요."

"그리해 주게. 아, 저녁 식사는 우리와 함께할 수 있겠나?"

헤이파의 권유에 치프는 고개를 끄덕끄덕했다.

"특별한 일이 없으면 괜찮겠죠. 식사하러 가실 때 불러주세요."

"그러지."

다른 이들에게도 이따가 보자는 손짓을 한 치프는 개인 숙소 말고 기숙사 쪽으로 걸어갔다.

그리고 아주 긴 침묵이 흘렀다.

헤이파는 치프가 훈련장을 벗어나자마자 엄중하던 표정을 풀고 한숨을 내쉬었다.

"하아, 심장에 해롭군."

"어머님?"

"아니다. 오늘 훈련은 여기까지 하자꾸나. 각자의 방에서 푹 쉬도록 하렴."

데스디아는 자신의 어머니가 지금처럼 고민하는 모습을 거의 본 적이 없기에 걱정이 되었다.

그녀의 눈에 비친 헤이파는 아주 큰 고민을 몰래 품고 있는 사람 그 자체였다.

또한 그 고민이 치프와 사만다의 문제일 거라는 추론은 그녀만의 전유물이 아니었다. 그 자리에 있는 모든 이가 똑같은 생각을 하고 있었다.

특히 켐리는 등골이 차갑다 못해 아플 지경이었다.

"제가 예전에 부사장님 말고 사만다 팀장을 소재로 허풍을 치고 다녔으면 정말 죽었겠네요."

"치프가 네 몸을 해부학 자료로 만들어서 지구 곳곳에 기증했겠지. 옛날 생각이 나는구나, 켐리."

헤이파가 켐리와 처음 만났을 때를 떠올리고는 불꽃같은 눈빛을 그에게 꽂았다.

"다시는 그런 짓 안 할 거예요."

"흠."

눈빛을 거둔 헤이파는 치프와 사만다 사이에 아무 일이 없기를 기도했다.

'못해도 2주는 더 버텨줘야 할 텐데⋯⋯.'

그녀가 고민하는 한편, 흙을 털고 일어난 데스디아는 치프를 쫓듯 기숙사 쪽으로 움직였다.

이미 기숙사 안으로 들어간 치프는 자신과 사만다, 데스디아가 쓰는 방으로 향했다.

엘리베이터 말고 계단을 이용해 올라간 치프는 어두컴컴한 기숙사 복도를 소리 죽여 걸어갔다.

'여사님께서 사만다에게 일을 따로 시키셨다고? 뭔가 이상해. 사만다가 사장실에 있는 생크림 푸딩을 먹지 않은 것부터 이상하긴 했지만 말이지.'

방문 앞에 도착한 치프는 문이 잠겨 있는 것을 확인하고는 헬멧을 쓰고 전투복의 위장장치를 작동시켰다.

능동위장을 이용해 깔끔히 모습을 감춘 그는 방 열쇠 대신 잠입을 할 때 쓰는 도구를 꺼냈다.

드라이버처럼 생긴 그 도구가 잠금장치 근처에 닿자 문 전체에 강한 전류가 흘렀다. 방문은 데이터 상으로 잠김 상태를 유지한 채 힘없이 열렸다.

'이런 식으로 들어가고 싶진 않았는데 말이지.'

치프는 조심스럽게 방 안으로 들어갔다.

그는 방문의 경첩이 일정 속도 이상으로 가동하면 보안 경고가 발동하는 것을 알고 있었다. 그에 따라 문을 여는 속도도 귀신같이 맞췄다.

며칠 전까지 잠을 자던 장소에 능숙히 잠입한 치프는 침실 쪽으로 움직였다.

사만다는 침대 위에 누워 있었다.

불이 꺼진 방은 블라인드는 물론 커튼까지 단단히 쳐져 있었으나 치프가 사만다의 모습을 확인하는 것에는 아무 문제가 없었다.

'맹세컨대 뭔가 다른 뜻이 있어서 이러는 건 아니야, 사만다.'

치프는 헬멧에 달린 투시 장치를 이용해 사만다의 상태를 살폈다.

*　　　　　*　　　　　*

"아저씨? 아저씨, 괜찮으십니까?"

사만다의 목소리에 눈을 번쩍 뜬 치프가 침대에서 일어났다.

"…어?"

그는 자신이 전투복을 입은 채로 침대에 누워 있다는 사실을 깨닫고는 악몽에서 깨어난 사람처럼 당황했다.

쓰고 있던 헬멧은 침대 옆에 놓여 있고 전투복에 거치하고 있던 무기들은 테이블 위에 가지런히 정리되어 금속과 화약, 기름 냄새를 풍겼다.

운동복 차림의 사만다가 그를 이리저리 살폈다. 그녀의 흰색 말총머리가 이리저리 흔들렸다.

"안색이 안 좋습니다, 아저씨."

"응, 그래. 거울을 볼 필요도 없을 것 같네."

침대에서 벗어난 치프는 전투복을 벗었다. 그는 전투복 안쪽에 방탄방염용 슈트를 따로 입고 있기에 사만다가 민망해할 일은 없었다.

"기가 막히는군."

욕실 방향에서 데스디아의 목소리가 들려오자 치프는 한 번 더 놀랐다.

머리에 터번 대신 수건을 두른 그녀는 검은색 탱크톱과 돌핀 팬츠를 입고 있었다.

욕실에서 방금 나온 터라 그녀의 갈색 피부가 습기로 반짝거렸다.

"방문이 잠긴 채로 열려 있어서 들어와 봤더니 능동위장까지 켠 채로 드러누워 있더군."

"내가? 여기에?"

"정확히는 바닥에."

그때의 상황을 목격하고 기겁한 데스디아는 오른손 검지로 바닥을 가리키며 불쾌해했다.

"헬멧과 무장의 해제는 간단했지만 전투복 전체를 벗길 수는 없어서 답답했지. 그래서 그냥 침대에 던졌어."

"……."

치프는 데스디아의 생체 정보를 자신의 전투복에 등록해 두길 잘했다고 생각했다.

만약 생체 정보가 등록되지 않은 자, 예를 들어 켐리가 전투복에 함부로 손을 댄다면 전투복에 설치된 초소형 드론들이 튀어나와 독극물을 이용한 요격에 돌입하게 된다.

"당신, 너무 졸려서 그랬나? 아니면 피로에 기절한 건가?"

데스디아가 짜증 반, 걱정 반의 마음으로 물었다.

"몰라. 기억이 안 나. 제길, 대체 몇 시간이나 잔 거야?"

치프는 혼란에서 벗어나지 못했다.

"한 시간 정도? 욕실 비어 있으니 정신 차릴 겸 목욕이나 하시지?"

"음, 미안."

여전히 멍한 표정의 치프는 갈아입을 옷을 옷장에서 꺼낸 뒤 욕실로 들어갔다.

머리에 두른 수건을 신경질적으로 풀어버린 데스디아는 바닥에 널린 전투복 장갑판들을 직접 주워 정돈하는 사만다에게 눈을 돌렸다.

"사만다, 정말 괜찮은 것이냐?"

"예, 부사장님."

사만다가 웃었다.

데스디아는 사만다에게서 '낯섦'을 감지했으나 그 기점을 딱히 잡을 수가 없었기에 그냥 가만히 있었다.

'내가 왜 저 아이를 의심하지 못하는 거지?'

데스디아는 그러한 기분마저 휘발되어 날아가는 느낌을 받았다. 더불어 가벼운 두통이 그녀를 괴롭혔다.

샤워를 하고 나온 치프는 헬멧을 쓴 후 자신이 잠든 사이에 기록된 것들을 살폈다.

그는 자신이 방에 들어와서 사만다를 살피기 직전에 갑자기 쓰러지는 것을 보고 상당히 놀랐다.

'원인은… 과도한 정신적 긴장에 의한 실신? 내가?'

치프는 이 상황을 어떻게 받아들여야 할지 계산이 서지 않았다. 그리고 데스디아와 마찬가지로 판단의 기점을 잡지 못한 채 시간을 보냈다.

약 두 시간 뒤, 치프와 데스디아를 식당으로 데려가기 위해 방에 들어온 헤이파는 그들의 꼴을 보고 뭐라 할 말을 찾지 못했다.

치프는 헬멧을 쓴 채 가만히 앉아 있고 데스디아는 간이 테이블에 엎드린 채 꼼짝도 하지 않았다.

반면 사만다는 멀쩡히 책상에 앉아서 노트북을 이용해 작업에 몰두하고 있었다.

"이것이 바로 운캄타르의 인지 불가 영역인가? 두고 보기 힘들군."

헤이파가 사만다에게 물었다.

"대놓고 말씀하셔도 괜찮겠습니까?"

"둘 다 정신이 나갔잖아?"

사만다의 질문에 헤이파는 자신의 손을 치프의 헬멧 앞에서 흔들었다.

그런 의심스러운 상황을 앞에 두고 있음에도 불구하고 치프는 꼼짝도 하지 못했다.

"이건 좀 아닌 것 같군. 치프가 나에게 부탁한 일이라서 널 돕는 거야. 그러니 자중하도록 해. 혹시라도 치프와 첫째의 몸에 해가 되는 일이 발생한다면 내가 네년과 운캄타르를 용서하지 않을 것이야."

"……."

사만다는 미소를 유지할 뿐 말을 하지 않았다.

"안드레이가 보내주는 선물이야."

헤이파가 사만다에게 건넨 것은 손바닥보다 작지만 두께는 두꺼운 플라스틱 케이스였다.

"그것은……."

"실버로드의 무능함 덕분에 넌 치프가 예측한 시간을 아득히 넘겨서 생존하고 있어. 하지만 소모는 꾸준하지. 이 상태로는 의심을 피할 수 없을 거야. 물론 사실이 밝혀진다고 해도 딱히 큰 문제가 되진 않겠지만 말이지."

"예, 말씀하신 그대로입니다."

사만다가 담담히 말했다.

헤이파는 치프와 데스디아를 한 번 더 살폈다.

"필요하다 생각하면 그 물건을 사용하도록 해. 너에겐 너만의 시간을 가질 자격이 있어."

"예?"

"내일 빅시티에 놀러 갈 생각이니 함께 가도록 하자꾸나. 예정에 따라 죽을 기회가 될지, 아니면 치프에게 어리광을 부릴 기회가 될지는 잘 모르겠지만."

"알고 있습니다. 어느 쪽이 됐든 저에겐 행복할 것 같네요."

사만다는 헤이파가 내민 플라스틱 케이스를 받아 들었다.

헤이파는 치프가 쓴 헬멧을 벗겼다. 그리고 사만다의 도움을 받아 데스디아를 부축하여 분홍색 운동복을 입혀주었다.

양말과 신발을 신겨주는 것도 잊지 않았다.

"난 둘을 데리고 식당으로 가도록 하마. 넌 적당히 시간을 때우도록 해."

"알겠습니다, 여사님."

헤이파는 아직도 정신을 못 차리는 둘을 대강 밀며 한숨을 쉬었다.

그들이 나간 뒤 방에 혼자 남은 사만다는 다시 노트북에 손을 얹은 후 작업을 계속했다.

치프와 데스디아의 정신이 돌아온 것은 숙소를 나선 직후였다.

"어?"

움찔하며 눈을 깜박거린 치프는 주변을 돌아봤다. 데스디아 역시 당황하여 자신의 옷차림과 신발 등을 살폈다.

"그렇게들 피곤했나? 푹 자고 싶으면 식사부터 하도록 해."

헤이파가 시치미를 떼고 물었다.

치프는 오른손으로 뒷목을 주물렀다.

"피곤한 걸 떠나서 이런 적은 처음이네요. 내려온 기억이 없는데 말이죠."

"저도 이상합니다, 어머님. 이 운동복은 아까워서 잘 입지 않는 옷입니다만……."

데스디아가 한탄하자 치프와 헤이파가 나란히 그녀를 바라보며 한마디씩 했다.

"아니, 사이즈 말고는 딱히 특별한 옷이 아니잖아? 저번에 찾아서 가격을 보니까 그거 별로 비싸지도 않던데?"

"터무니없는 말로 이 어미의 가슴을 찢어놓는구나, 첫째야."

"흠."

데스디아는 헛기침을 한 뒤 옷매무새를 고쳤다. 정확히는 운동복 상의 한가운데에 디자인된 흰색 하트 모양에 구겨짐이 없도록 하기 위한 수고였다. 치프는 그 하트 모양을 유심히 살폈다.

'뎃디는 저 옷을 입을 때마다 하트 모양을 유지하려고 용을 썼는데 말이지.'

이상함을 느낀 치프가 데스디아 앞에 섰다.

"뎃디, 잠깐 두 팔을 들어봐."

"팔?"

"만세하듯이."

"……."

인상을 쓴 데스디아는 어쩔까 하다가 순순히 두 팔을 들었다.

치프는 그 즉시 손을 뻗어 그녀의 운동복 상의를 들추고 하의를 내렸다.

그녀의 검은색 탱크톱과 돌핀팬츠가 공기 중에 드러났다. 우연히 근처를 지나던 UNSMC 대원들이 그 갑작스러운 노출에 흠칫했다.

"뎃디, 뭔가 이상해."

치프가 진지하게 따졌다.

"썩을!"

격분한 데스디아의 무릎이 치프의 몸에 박혔다.

"이상한 건 당신이야!"

데스디아는 급히 옷을 정돈했다.

"다른 남자들 앞에서 내 옷을 들추다니! 대체 무슨 정신인지 모르겠군!"

그녀는 확 달아오른 얼굴로 항의했다.

멈춰 서 있던 UNSMC 대원들은 황급히 그 자리를 뜰까 하다가 치프가 왼쪽 늑골 아래를 부여잡으며 풀썩 쓰러지자 다시 동작을 멈췄다.

'위험한데.'

'저러다가 큰일 나는 거 아냐?'

대원들이 한두 명씩 모이는 가운데 치프는 격통을 꾹 참은 채 바닥에서 몸을 굴려 데스디아를 봤다.

"진정하고 내 말을 들어봐, 뎃디."

"뭐?"

"내가 옷에 대해서 개념이 없긴 하지만 돌핀팬츠 위에 운동복을 또 입는 게 얼마나 말이 안 되는 이야기인지는 잘 안다고!"

그의 지적에도 불구하고 데스디아는 머리를 꽉 채운 수치심 때문에 말 자체를 받아들이지 못했다.

반면 헤이파는 당황하고 있었다.

'아뿔싸.'

데스디아가 입은 옷이 그냥 편한 속옷인 줄로만 알고 있던 헤이파는 이걸 어떻게 해명할지 떠오르지 않아 우왕좌왕했다.

그러나 헤이파에게는 운이 따랐다.

데스디아는 극도의 흥분 상태였다. 그리고 치프는 그 수준을 모르고 있었다.

"뎃디, 넌 그 운동복을 입을 때 항상 아래쪽 속옷만 입잖아? 게다가 색깔은 항상 녹색에 흰색 하트 무늬……."

치프는 더 이상 말을 하지 못했다. 이성을 잃은 데스디아의 주먹이 결국 그에게 들이닥쳤기 때문이다.

주변에 가만히 있던 UNSMC 대원들은 주먹질과 동시에 땅이 울리자 비명을 질렀다.

"원사님!"

"구급차! 아니, 구조용 드론을 불러! 위스콘신에 무전 때리라고!"

"눈 뜨십시오, 원사님! 그대로 주무시면 죽습니다!"

"세상에, 바닥까지 깨졌어!"

"다들 토하지 마! 원사님이랑 섞일지도 몰라!"

*　　　　　　*　　　　　　*

일명 '여사님 전용 테이블'의 상석에 앉은 헤이파는 테이블의 좌우를 봤다.

데스디아와 탈리케이아, 포프, 요르엘은 그녀의 왼쪽에 앉았고, 셀레스티아와 파울라, 젝스, 그리고 포린과 포티는 오른쪽에 앉아 있었다.

어른들의 긴장된 표정에 아무 말 않고 있던 포프가 손을 들었다.

"저어, 여사님."

"응?"

"사장님은요?"

"무사하단다. 그저 내일 아침까지 아무것도 못 먹게 됐을 뿐이야."

"네⋯⋯."

포프는 식당의 유리벽을 통해 밖을 봤다. 해병대 공병대들이 식당 앞쪽 바닥에 발생한 균열을 열심히 복구하고 있었다.

데스디아는 똑바로 앉아 있었으나 후회 때문에 꽉 감은 눈만은 차마 뜨지 못했다.

이번에는 셀레스티아가 손을 들었다.

"여사님, 제가 가서 치프를 치료하면 괜찮지 않을까요?"

셀레스티아의 효율적인 제안을 들은 헤이파가 가볍게 눈살을 찌푸렸다.

"첫째에겐 반성의 시간이 필요하단다."

"그, 그렇군요."

셀레스티아의 손이 스르르 내려갔다.

헤이파가 잔을 들어 조용히 물을 마셨다.

"장로님."

"예, 여사님."

"내일부터 1박 일정으로 빅시티에 휴가를 갈 생각입니다. 회사는 루할트 영주에게 부탁할 예정이니 장로님께서도 함께 가시지요."

그녀의 제안을 들은 파울라가 의아해했다.

"빅시티가 1박 일정을 소비해야 할 만큼 훌륭한 관광도시였습니까?"

"물론 아니지요. 1박은 저녁의 여유로운 한잔을 위한 시간입니다."

헤이파가 술자리를 거론하자 포프를 시작으로 미성년자들이 깜짝 놀랐다.

"물론 아이들은 호텔 안에서 놀아야겠지만 말이지요."

"그렇군요."

파울라가 안도의 한숨을 내쉬었다.

"그런데 사장과 이야기가 된 사항입니까? 저는 백화점에 들를 것이라는 이야기만을 전달받았습니다, 여사님."

파울라는 자신이 알고 있는 치프의 성격을 기반으로 헤이파의 발언을 의심했다.

헤이파가 가볍게 웃었다.

"후후, 장로님. 치프가 제 스케줄을 거절할 이유가 없지 않습니까?"

그녀의 입에서 대담한 발언이 나오자 파울라가 고개를 들고 탄식했다.

"내일 아침에 사장과 상의해 보시죠. 직접 말입니다, 직접."

파울라가 '직접'을 강조했다.

헤이파의 표정에 가벼운 실망감이 떠올랐다.

"허어, 장로님께서는 저와 같은 편인 줄 알았는데 말이지요."

"저는 여사님을 친구로 여기고 있습니다. 또한 왕녀 전하께 가르침을 주시는 분으로서 매우 존경하고 있지요. 때문에 저는 여사님께 더 이상의 환멸을 느끼고 싶지 않습니다."

"오늘따라 말씀을 날카롭게 하시는군요."

"기분 탓일 겁니다."

"…알겠습니다. 내일 아침에 치프와 일정을 조율해 보지요. 직접."

잠깐 동안 신경전을 벌인 둘은 같은 타이밍에 뜨거운 한숨을 내쉬었다. 조금 뒤 알케온과 켐리가 3단짜리 서빙카트에 요리를 잔뜩 실어 가져왔다.

둘은 사실 데스디아에게 질문하려 했다. 치프를 코끼리에 밟힌 음료수 캔처럼 만든 이유가 너무 궁금했기 때문이다.

누가 질문을 할 것인지는 육각형으로 깎은 당근을 도마에 굴리는 것으로 결정했다.

당첨자는 알케온이었다.

하지만 알케온은 테이블 주변의 분위기가 뭔가 웃기면서도 엄숙했기에 아무 말도 하지 못했다.

켐리는 요리를 테이블에 옮기기만 할 뿐 말을 하지 않는 알케온의 옆구리를 손으로 찔러봤으나 그 주황색 머리의 영주는 입을 뺑긋하지도 않았다.

*   *   *

다음 날 아침 식사 직전.

치프는 에너지 드링크 캔을 손에 든 채 환자 수송용 드론에서 내렸다.

지상에서 그를 기다리는 데스디아는 매우 머쓱한 표정을 짓고 있었다. 그녀의 손에는 치프가 즐겨 입는 검은색 야전 상의가 들려 있었다.

치프는 몇 발자국 걸어 데스디아 앞에 섰다.

"어라, 표정이 왜 그래? 어제 엄마한테 혼날 일이라도 저지르셨나?"

"…미안."

짧게 사과한 데스디아는 손에 든 야전 상의를 상대에게 내밀었다.

"신경 쓰지 마. 급하다고 옷을 그런 식으로 들춘 내 잘못이지."

야전 상의를 받아 든 치프는 옷 주머니에 들어 있는 아날로그 손목시계를 꺼내 왼쪽 손목에 둘렀다.

"이 시계까지 챙겨줄 거라고는 생각 못했는데 말이지."

"내가 아니라 사만다가 챙겨준 거야."

그녀의 솔직한 대답을 들은 치프는 씩 웃었다.

"몇 안 되는 개인 재산이긴 해."

"추억의 물건인가?"

83
광기 속에 드러나는 정체

"아냐. 몇 년 전에 충동적으로 주문했어. 같은 물건이 여섯 개나 더 있지."

어깨를 으쓱한 치프는 야전 상의의 지퍼를 올리고 단추를 채웠다.

옷매무새는 데스디아가 손수 만져줬다.

"당신, 사만다와 관련된 일들을 의심하나?"

그녀가 조심스럽게 물었다.

"오면서 생각해 봤는데, 뭐가 됐든 의심하지 않기로 했어."

"무슨 뜻이지?"

치프의 야전 상의를 만지던 데스디아의 손이 멈췄다.

"사만다와의 일은 기억이 나지 않아서 모르겠지만 여사님이 엮이신 건 분명하잖아?"

"······."

그녀는 입도 다물었다.

치프의 말을 부정하려고 그런 것은 아니었다. 긍정이었는데 입 밖으로 감히 내뱉지 못한 것뿐이다.

치프는 자신보다 키가 큰 그녀를 올려다보며 편하게 웃었다.

"괜찮아, 뎃디. 분명 여사님 나름대로의 이유가 있을 거야. 1차 적으로는 나를 위한 것일 수도 있지만 결국엔 널 위한 일이겠지. 여사님은 그런 분이야. 그래서 의심하는 것을 그만뒀어."

"정말인가? 사만다의 일인데도?"

"괜찮아."

그는 곧장, 그리고 짧게 대답했다. 표정과 목소리 모두 흔들 리지 않았다.

"흠, 그래, 어머님께서도 사정이 있으시겠지."

데스디아는 고개를 끄덕이며 치프의 옷을 다시 만져주었다. 야전 상의의 구겨진 부분이 다리미질을 한 듯 빳빳하게 펴졌다.

치프는 그녀의 손끝에서 올라오는 정령의 열기와 습기, 그리 고 가볍게 구워진 옷의 냄새를 좋아했다.

"오늘 일정은 생각해 봤나?"

그녀가 물었다.

"일정이라고 할 게 있나? 메이 & 노드로 쫙 몰려가서 쇼핑과 식사를 즐긴 뒤 다시 회사로 돌아오면 끝이잖아?"

"어머님께선 1박 일정을 노리셔."

"···왜?"

1박 일정이라는 말에 치프가 당황했다.

치프의 옷에서 손을 뗀 데스디아는 자신도 내키지 않는다는 표정을 지었다.

"약주를 좀 드시고 싶은 것 같더라고."

"음."

치프는 바지 주머니에서 단말기를 꺼내 앞으로의 일정을 확인해 봤다.

"뭐, 1박 정도는 괜찮겠네. 근데 회사는 누구한테 맡기지?"

"죠나나 루할트 정도? 오늘은 안드레이 중사도 회사에 있을 테니 당신이 신경 쓸 필요는 없을 것 같은데?"

"그렇지. 킹도 있고 말이야."

치프가 킹의 이름을 거론하며 걷자 데스디아가 꺼림칙한 표정을 지으며 그를 따라갔다.

"킹 중사의 사격 실력은 나도 납득할 만한 수준이지만 그 외의 능력은 잘 모르겠던데?"

"그 외의 능력을 네 앞에서 발휘할 기회가 없었지. 킹은 죠니와 마찬가지로 본능의 영역에서 노는 친구야. 타고난 저격수이자 추적자라고 할 수 있어."

데스디아는 정말이냐는 표정으로 치프를 바라봤다.

"…그래, 그 친구가 살을 빼기 전의 모습을 봤으니 그런 표정을 짓는 것도 당연하겠지. 하지만 킹의 실력은 내가 보장해. 걱정하지 마."

"흠……."

"아무튼 오늘 그 친구와 같이 가는 건 아니잖아? 오랜만에 쉬는 날이니 너무 심각하게 생각하지 마."

"흠흠."

치프는 데스디아가 왜 킹을 신뢰하지 않는지 조금 궁금했지만 입 밖으로 내놓진 않았다.

*   *   *

치프 일행을 태운 수송기는 오전 9시 무렵에 출발했다.

치프는 예상 이상의 인원이 수송기에 탑승한 사실에 매우 놀라고 있었다.

롸켓이 모는 수송기에 처음 탑승한 포린과 포티는 창밖을 보느라 바빴다. 포프는 안전벨트를 매고 똑바로 앉으라며 둘을 다그쳤으나 그녀의 동생들은 어지간히 말을 듣지 않았다.

"사장님, 얘들한테 뭐라고 말 좀 해주세요!"

둘에게 손찌검이나 욕설을 할 수 없던 포프가 결국 치프에게 도움을 요청했다.

"세상에는 스스로 극복해야만 하는 고난이라는 게 있는 법이야, 포프."

"그래도요!"

"글쎄? 작전 중인 수송기에 몰래 탑승하지만 않으면 괜찮지 않을까?"

며칠 전의 일을 지적당한 포프는 짜증이 올라왔지만 잘못을 저지른 것을 인정하기에 차마 대꾸하진 못했다.

자리에 얌전히 앉아 있던 요르엘과 오라클이 갑자기 안전벨트를 풀고 창밖을 봤다. 치프의 그 말을 듣자마자 욕망의 족쇄를 풀어버린 것이다.

치프는 아이들로 와자지껄한 수송기의 분위기를 보며 킹이 한 말을 떠올렸다.

'자네 말이 맞을지도 몰라, 킹. 총알에 섞이는 건 익숙한데 민간인의 틈에 섞이는 건 정말 힘들어. 그런데 해볼 가치가 있는 모험이 아닐까?'

가만히 생각하던 치프의 앞으로 포린이 뛰어왔다. 치프는 두 팔을 앞으로 내밀어 포린의 어깨를 잡아줬다.

"수송기에서 뛰면 안 돼. 여사님한테 엉덩이를 맞는다고."

"갑자기 궁금한 게 있어서요, 사장님."

"그래, 뭘까?"

"며칠 동안 빅시티의 악당들을 혼내주셨잖아요?"

"좋게 말하면 그렇지."

"그 악당들은 전부 어디 갔나요? 감방에 데려가셨나요?"

포린의 그 질문에 '어른들'의 분위기가 긴장됐다.

"답을 듣고 싶으면 자리에 앉아서 안전벨트를 매는 거야. 알았지?"

"예, 사장님!"

치프는 건강하게 대답한 그 소녀를 옆자리에 앉힌 후 안전벨트를 직접 채워줬다.

"악당이라고 꼭 감방에 가는 건 아니야."

"어째서요?"

"이 세상에는 절차를 생략하고 싶어 하는 사람들이 꽤 많거든. 악당이든 악당이 아니든 그런 사람들의 눈에 띄면 여러모로 꼬이지."

"사장님도 그런 사람들에 속하시나요?"

"맞아. 실은 당장에라도 군복을 벗고 군인연금을 누리며 살고 싶긴 해. 근데 민간인 생활이라는 걸 며칠이나 만끽할 수 있을지는 잘 모르겠어."

연금이라는 개념을 아직 모르는 포린이 고개를 갸웃거렸다.

치프는 이야기가 너무 무거워졌다는 느낌이 들어 표정을 바꿨다.

"포린, 혹시 포프현상이라고 들어봤니?"

"사장님!"

포프가 당황하여 소리를 질렀다.

포프현상이라는 말에 가장 진지한 반응을 보인 사람은 탈리케이아였다.

'왕녀 전하가 행운 토템의 역할을 맡았을 때 포프현상이 무력화됐다고 하던데……'

그녀는 포린과 포티를 번갈아 봤다.

'…이 자리에 특이점이 셋이잖아? 토템 하나로 감당이 될까?'

그녀의 이마에 식은땀이 맺혔다.

왁자지껄한 분위기 때문이었을까.

그 자리에 있는 사람들 모두가 지평선 저쪽의 구름 속으로 몸을 숨긴 실버로드의 모습을 보지 못했다.

실버로드는 은신 능력을 최대한 발휘한 채 치프 일행이 탄 수송기를 뒤쫓았다.

그가 치프 일행을 발견한 것은 행운이었다.

위성의 추적, 그리고 전함 위스콘신의 레이더를 피하기 위해 위성 궤도 밖을 비행 중이던 그는 치프의 회사가 새벽부터 분주하게 돌아가는 것을 감지했다.

위스콘신에서 사출하는 드론의 수가 평일의 두 배 이상이었다. 실버로드는 그 점을 이상하게 여기고 위성 궤도 밖에서 회사를 관찰했다.

위스콘신에서 장거리 정찰용 드론을 내보내는 것은 사실 흔한 일이었다.

위스콘신은 그라니트 행성에 도착한 직후부터 장거리 정찰용 드론을 통해 행성 곳곳을 수색해 왔다.

그 드론은 능동위장을 사용할 뿐만 아니라 긴급 상황이 벌어질 경우 3초 안에 대기권을 이탈하여 위험을 피하는 강력한 성능을 자랑했다.

그런 드론들이 어김없이 격추되는 장소가 있었는데, 한 곳은 바로 엠페라투스와 그 추종자들이 모여 있는 열대 지방의 둥지였고 다른 한 곳은 라이트스톤이 근거지로 삼고 있는 북극이었다.

드론이 꽤 먼 거리에서 요격됐고, 요격된 장소 부근은 위성으로 촬영하는 것이 불가능하여 위스콘신 측에서도 자세한 내부 상황을 알지 못했다.

다만 엠페라투스가 추위를 싫어한다는 파울라의 이야기를 토대로 열대지방의 둥지는 엠페라투스의 근거지라 규정지었고, 북극은 드론의 격추 방식을 봐서 라이트스톤의 근거지일 가능성이 높다고 예상하고 있을 뿐이었다.

물론 그들의 예상은 빗나가지 않았다. 경우의 수가 지나치게 적었기 때문이다.

최근 라이트스톤의 명령을 받아 브리치들을 끌어모으며 언젠가 있을 전투에 대비하고 있는 실버로드의 입장에선 드론의 움직임이 신경 쓰일 수밖에 없었다.

그런데 관찰이 지루해질 무렵이다.

단 한 대의 수송기에 치프를 비롯한 중요 인물들이 탑승하고 빅시티 쪽으로 출발한 것이다.

그 인물들 안에 셀레스티아와 파울라가 포함되어 있는 것은 분명 치명적인 문제였다.

실버로드는 그라니트 행성을 떠돌던 끝에 라이트스톤에게 포섭되었다.

그들의 거래는 생각보다 간단했다. 실버로드는 치프와의 싸움을 원했고, 라이트스톤은 그를 위한 군대와 힘을 약속했다.

오크들의 통제 권한을 얻고 강화 수술까지 받은 실버로드는 예전보다 한층 더 강력했다.

특히 건하운드, 혹은 무장제조 능력을 이용해 만들어진 물체들의 결합을 풀어버리는 그의 새로운 힘은 치프에게 있어서 치명적일 수가 있었다.

그런 상황임에도 불구하고 그는 셀레스티아에게 해를 입힐 자신이 없었다.

얼마 전에 실버로드가 직접 느낀 셀레스티아의 능력은 전성기의 운캄타르와 엠페라투스보다 조금 못한 수준이었다.

실버로드가 확인한 셀레스티아의 능력 중 첫 번째는 바로 '왕의 소망'이었다.

당시 셀레스티아는 루할트와 알케온이라는 3세대도 부족하여 2세대인 파울라까지 자신의 곁으로 불러냈다.

셀레스티아가 불러낸 셋은 고속 이동 능력 따윈 사용하지도 않았다. 그냥 호주머니에서 동전을 꺼내듯 그들을 자신의 곁에 나타나도록 만든 것이다.

그에 이은 두 번째 능력은 '왕의 패권'이었다.

그녀의 호출을 받고 나타난 자들은 누구랄 것 없이 정신지배를 받아 셀레스티아가 원하는 대로 움직여 버렸다.

만약 그때 엠페라투스가 나타나 주지 않았다면 실버로드는 확실히 죽었을 것이다.

실버로드는 자신이 불리하다는 것을 알면서도 치프 일행이 탄 수송기를 쫓았다. 그는 자신의 목숨이 오늘 끝난다고 해도 상관없었다.

그는 셀레스티아가 안정적으로 강력해진 이유가 바로 주변 환경이며, 그 환경을 꾸며준 장본인이 치프라는 사실을 알고 있었다.

'파울라는 그냥 상냥할 뿐 교육을 맡을 만한 그릇은 아니었지. 하지만 A—1730, 그리고 그 녀석이 회사에 데려와 모아놓은 자들은 달랐어. 그 자리에 모인 모든 이의 성장과 경험, 고난, 감정의 변화, 그리고 죽음 등이 왕의 자각을 위한 양분이 됐지.'

실버로드는 구름과 구름 사이를 조심조심 이동했다.

'철근 콘크리트로 된 둥지에서 날개 달린 자들의 새로운 왕이 성장한 거야. 그 3세대의 왕이 완전한 자각을 이룩하기까지 얼마 남지 않았어. A—1730만큼은 필히 제거해야 해.'

그런데 거기서 실버로드는 모순에 빠졌다.

'…3세대의 왕이 자각하는 게 나와 무슨 관계지? 엠페라투스 님께서 완전히 부활하신 이상 딱히 신경 쓸 문제는 아닌데? 오히려 추종자들을 규합하여 세력을 더욱 확고히 하는 게 낫지 않나?'

그러면서도 그는 정성을 다하여 치프의 수송기를 추격했다.

그가 치프에게 품고 있는 적개심은 그만큼 강력했다.

'아냐. 이미 늦었어. 이제 와서 이 재미를 포기할 순 없지. A—1730이 죽음에 직면하여 좌절하는 그 모습만큼은 엠페라투스 님이 아니라 그 누구에게도 양보 못해. 놈은 내가 잡는다!'

실버로드는 자신이 지금 얼마나 추악하게, 그리고 기쁘게 웃고 있는지 알지 못했다.

       *   *   *

백화점 측과 미리 연락하여 헬리콥터 착륙장을 예약한 치프는 창밖으로 보이는 빅시티의 전경을 가만히 지켜봤다.

"표정이 안 좋으시네요?"

그의 옆에 앉은 포프의 동생 포린이 자신의 말총머리를 다시 묶다가 그를 보고 말했다.

"난 사람 많은 곳을 싫어하거든."

치프가 대답했다.

"정말요?"

"응. 우선 난 말재주가 안 좋고, 사람들의 관심을 받으면 혈압

이 상승할 뿐만 아니라 처음 만난 사람을 무조건 의심하는 버릇이 있거든."

"…예."

포린은 마지막 항목을 빼고는 동의하기 힘들다는 표정을 지었다.

그것은 다른 이들도 마찬가지였다. 특히 탈리케이아는 웃음을 힘겹게 참고 있었다.

"그것 말고 SNS 같은 것에도 흥미가 없지 않나?"

파울라의 지적에 치프가 꽤 놀랐다.

"꽤 젊은 질문을 하시네요?"

치프는 비꼬지 않고 진심으로 물었다. 그랬기에 파울라의 표정이 안 좋아졌다.

"…내 정신 연령은 지구인의 나이로 계산했을 때 약 30대일세."

"농담이 아니라 진짜 젊으시네요."

"……."

"해볼까 하는 생각이 없는 건 아니었는데요, 사진이나 동영상, VR 스캐닝을 해서 올리자니 제 생활 자체가 영 불량하더라고요."

"불량하다고?"

"주변 친구라고는 그 존재 자체가 군사기밀인 군인아저씨들뿐이고, 시설이라고는 군부대뿐이며, 맛있는 요리라고는 잘해야 군용 식량뿐이니까요. 취미 용품은 총이고 말이죠."

"과연."

파울라가 쓴웃음을 지었다.

"요즘은 괜찮잖아?"

이번엔 탈리케이아가 말했다.

"애들 사진만 찍어서 올려도 되지 않을까? 빅시티에서 파는 그 빅빅빅 스테이크라던가."

"미안하지만 포프네 자매랑 요르엘, 그리고 오라클은 사실상 1급 기밀이야. 다른 사람들도 마찬가지고 말이야. 혹시라도 빅시티의 민간인들이 여기 있는 사람들의 사진을 찍어서 SNS에 올리면 우리 해군 정보부에서 그걸 찾아 지워 버리지. 일을 다 끝낸 뒤엔 나에게 항의성 공문을 날린다고."

"그럼 작년에 한참 유행한 뎃디의 영상은?"

탈리케이아가 말한 그 영상은 데스디아가 그라니트 행성에 온 첫날에 어떤 드래곤을 제압하는 과정을 담은 것이다.

"그 정도는 여러모로 괜찮지 않을까 했나 봐. 사람들이 너무 많이 보기도 했고 말이지."

"그래?"

"뭐… 이제 와서 하는 얘기지만 그 영상이 퍼진 이후 해군 정보부 쪽에 문제가 생겼어."

치프가 씁쓸한 표정으로 말했다.

"문제라니?"

"해군 정보부 요원 중에 한 놈이 그걸 보고 뎃디의 팬이 된 거야. 말이 좋아서 팬이지, 그냥 스토커였다고."

그의 말에 팔짱을 끼고 가만히 있던 데스디아가 흠칫 놀랐다.

"스토커? 정보부 요원이?"

"혹시 속옷 하나 잃어버린 적 없어?"

치프의 질문에 데스디아는 물론 수송기에 탑승한 여성 전원의 얼굴이 파래졌다.

"…잃어버렸다가 일주일 정도 지나서 발견한 기억은 나는군. 세탁기 안에 들어 있었지."

"그 친구 잡기가 정말 힘들었어."

치프가 어깨를 으쓱했다.

"해군 정보부 현장 요원 가운데 10%는 UNSMC와 동일하거나 그 이상의 능력을 가진 자들이거든. 장비도 훌륭하고 말이지. 그리고 그 10% 가운데에는 안드레이와 같은 사이보그도 있어. 문제의 스토커는 사이보그였지."

"내 속옷이 돌아왔다는 건 그자가 붙잡혔다는 뜻이겠지?"

"물론이지. 해군 정보부와 얘기하는 데 사흘, 당시 내 상관이던 로젤라에게 허락받는 데 이틀, 종합적으로 결재받는 데 하루가 걸렸어. 사이보그 요원 한 명에게 투입되는 예산이 워낙 세서 그냥 화가 난다고 함부로 처리할 수가 없거든. 아무튼 어찌어찌 붙잡아서 영원히 그런 짓을 못하도록 만들었지."

"혹시 죽인 건가?"

데스디아가 묻자 미성년자들이 긴장했다.

"아냐. 지금은 다른 곳에서 착하게 일하고 있어. 말 그대로 고급 인력이라서 말이지."

"개인적으로는 불쾌하군. 개운치도 않고."

"나름 천국에 배치해 놨으니 말썽을 일으킬 일은 없을 거야."

"천국?"

데스디아는 어디냐는 질문을 눈빛에 섞어 날려 보냈으나 치프는 슬쩍 웃기만 했다.

그때, 수송기 내의 스피커가 울렸다.

ㅡ사장, 2분 후 백화점 착륙장에 도착하오만.

롸켓이다.

"준비하지. 주변에 별일 없나?"

ㅡ해병대 친구들 말로는 백화점 건물 안팎에 전투경찰이 좀 있다고 하오.

"전투경찰?"

ㅡ어떤 정신 나간 놈이 백화점에서 일을 저지르겠다며 보안 국에 전화를 하고 SNS에 범행 예고를 했다고 하더이다.

롸켓의 말에 치프가 당황했다.

"난 아무 얘기도 못 들었는데?"

"저도 가만히 있었어요!"

포프가 펄쩍 뛰었다. 치프는 알았으니 진정하라고 그녀에게 손짓을 보냈다.

ㅡ범인이 범행 예고 두 시간 만에 잡혀서 말이오. 뉴스 못 봤소?

"음, 알았어. 조심하지."

치프는 급히 관물함으로 가서 권총과 탄약을 챙겼다. 그러고 는 단말기를 들어서 해당 뉴스와 해군 정보부의 기록을 살폈다.

"어떤가요, 사장님?"

포프가 가장 긴장하여 물었다.

겉으로는 부정하고 있지만 사실 그녀만큼 포프현상에 대해 신경 쓰는 사람도 없었다.

"보안국에 전화를 한 자와 SNS에 글을 올린 자가 동일인이라고 볼 수는 없을 것 같아."

"예?"

"동일인이라면 상식적으로 전투경찰들이 백화점 안팎에 배치될
리가 없어. 뭔가 찜찜한 진술이 나왔을 수도 있고… 전화를 할 때
사용한 말과 SNS에 올린 글 사이에 차이가 있을 수도 있지."

"그런가요?"

"예를 들어 어휘력 정도? 말과 글은 분명 다르지만 사용자가
무의식적으로 어감을 맞추는 패턴이 있거든. 그 차이가 현격하
면 다른 인물로 봐야 해."

치프는 관물함에서 중력식 완충장치를 꺼내 허리에 둘렀다.

"롸켓, 들리나?"

─말하시오, 사장.

"후방 출입문 개방. 잠금 장치를 해제해 줘."

─응? 급한 용무라도 있소?

"참견이랄까."

─신경과민 아니오? 아무튼 후방 출입문 잠금 장치 해제 완
료. 버튼 누르고 뛰어내리시오.

치프는 출입문의 잠금 장치가 풀리고 녹색 신호등이 들어온
것을 보자마자 미성년자들을 돌아봤다.

젝스가 보란 듯 엄지를 들었다. 그녀가 직접 포린과 포티, 요르
엘, 오라클의 안전벨트를 미리 채우고 확인까지 끝낸 상태였다.

"뎃디, 내가 지하 주차장부터 훑고 올라갈 테니 넌 위층부터
살펴봐 줘."

"오늘 쇼핑은 망했군."

"우리 일이 그렇지, 뭐."

버튼을 누르고 문을 개방한 치프는 그대로 지상을 향해 몸을 던졌다.

*   *   *

백화점이 똑바로 보이는 어느 골목에 전투경찰용 순찰차가 세워져 있다.

순찰차 안엔 후덕한 몸집의 여성 경찰 한 명과 수염을 세 갈래로 땋은 듀베리아 남성 경찰 한 명이 떫은 표정으로 앉아 있었다.

"선배님, 예고를 한 범인이 잡혔는데 우린 여기 왜 있는 걸까요?"

"윗분 명령이니 따라야지 어쩌겠어?"

대답한 듀베리아 남성경찰이 따뜻한 커피를 후룩 마셨다.

여성경찰은 초코바를 들어 포장을 뜯으려 했다.

"자네, 다음 달에 결혼하잖아?"

"그렇죠."

"칼로리 관리를 좀 해야 하는 거 아냐? 지금 봐서는 앉았다 일어나기만 해도 드레스가 폭파될 것 같은데?"

"오늘은 좀 봐주세요. 이 분위기면 점심도 대충 때울 거 같으니까요."

"하긴."

결국 포장을 뜯은 전투경찰은 땅콩이 잔뜩 박힌 초코바를 먹기 위해 입을 벌렸다.

그런 그녀의 눈앞으로 치프가 요통 환자처럼 허리를 만지며 지나갔다. 그녀는 초코바를 내린 뒤 치프의 모습을 눈으로 좇았다.

"선배님, 저 사람, 치프 사장 아닌가요?"

"내 눈엔 우리의 점심시간을 보장하러 온 천사로 보이는군."

남자가 껄껄 웃었다.

"저 사람이 왔다는 건 역시 범인이 따로 있다는 뜻이겠죠? 긴장해야겠네요."

여성경찰이 권총을 꺼내 장전한 후 다시 앞을 봤다.

그 순간 그녀는 질겁했다. 그냥 백화점으로 걸어갈 줄 알았는데 치프가 자신을 똑바로 바라보고 있었기 때문이다.

그의 차가운 표정, 그리고 그보다 더 싸늘한 눈빛이 그녀를 동물적으로 압박했다.

하지만 문제는 그다음이었다.

그녀는 권총을 놓기는커녕 오히려 치프를 향해 총구를 내밀었다.

"뭐 하는 거야? 어서 총을 내려!"

듀베리아 출신 경찰이 두 팔을 이용해 자신의 후배를 제압하려 했다.

그는 오른손으로 그녀의 손목을 잡고 왼팔로 그녀의 목을 눌렀으나 그녀가 버티는 힘은 가공할 만했다. 둘의 힘 싸움으로 인해 운전석이 부러질 듯 삐걱거릴 정도였다.

"몸이… 멋대로 움직여요, 선배님!"

"멋대로 움직이다니? 그럼 어떻게든 몸을 고쳐! 저 남자는 손해배상 어쩌고 하면서 드러눕는 걸로 끝날 사람이 아니라고!"

"알고 있다고요!"

왼손으로 권총을 바꿔 쥔 그녀는 오른팔로 자신의 선배를 밀쳤다. 상식 밖의 힘에 밀려 버린 경찰은 더 이상 움직이지 못했다.

여성경찰은 자신이 왜 이런 행동을 하는지, 그리고 자신이 왜 괴력을 발휘하고 있는지 궁금하고 두려웠다.

문득 그녀는 자신의 시야에서 치프가 사라진 것을 느꼈다. 그러자 권총을 쥔 그녀의 손에서 힘이 조금 풀렸다.

하지만 목표를 잃은 것일 뿐 신체의 자유를 완전히 되찾지 못했다.

'권총을 놓을 수가 없어!'

그녀의 눈과 목이 그녀의 의식을 무시하고 상하좌우로 움직여 치프의 위치를 확인하려 했다.

순간 단단히 잠겨 있던 순찰차의 운전석이 벌컥 열렸다. 반사적으로 몸을 돌리려던 그녀의 눈을 뭔가가 강하게 뒤덮었다.

그녀의 눈을 가린 것은 배관 수리용 테이프였다. 그 흔한 물건으로 인해 치프를 찾던 여성의 움직임이 멈췄다.

"누, 누구시죠? 어떻게 된 거죠? 절 죽이실 건가요?"

"아무 일 없을 테니 잠깐 그대로 있어봐요."

치프는 그녀의 손에서 권총을 어떻게 빼앗을지 고민했다.

'뇌파 강탈 장치를 쓰는 놈이 주변이 있군. 그놈이 범인가? 근데 이 아가씨의 생체 정보를 대체 어디서 얻은 거지?'

치프는 그녀의 주머니에서 단말기를 빼든 후 자신의 단말기와 연결했다. 경찰 단말기의 잠금이 풀리고 단말기 안에 깔린 어플리케이션들이 그대로 드러났다.

'어릴 때 뇌혈관 수술을 받은 이력이 있군. 의료용 어플리케이션을 이용해서 자가진단을 꾸준히 해왔어. 이러면 위험하지.'

상대의 단말기를 끈 치프는 그녀를 기절시킨 후 범인을 찾을 계획을 짰다.

그런데 그녀의 몸에서 힘이 확 풀렸다. 권총은 차량 바닥에 떨어졌고 그녀는 치프 쪽으로 쓰러졌다.

쓰러지는 경찰을 급히 손으로 받아 제대로 앉혀준 치프는 그녀의 권총을 집어 분해한 뒤 순찰차 옆에 숨었다.

'뭐지?'

치프는 집중하여 엠파시를 발동한 뒤 주변을 몇 번이고 살폈다.

'뇌파 강탈에 사용되는 기계가 고장 났나? 하지만 찜찜한 느낌이 가시질 않는군. 그리고 이 색깔, 어딘지 모르게 익숙해.'

다시 일어난 치프는 단말기를 들었다.

"해병대 시에라 스쿼드, 들리나?"

—말씀하십시오, 원사님. 백화점 입구에는 이상 없습니다.

"뇌파 강탈로 의심되는 일이 일어났어. 자네들이 뒤처리를 좀 해줘야 할 것 같은데?"

—예? 뇌파 강탈이라면 주변 민간인뿐만 아니라 저희들까지 원사님의 적이 될 수 있습니다. 저희들이 장비한 헬멧으로는 뇌파 강탈을 막을 수가 없습니다.

"뇌파 강탈은 개인용 장비를 사용할 경우 범인 한 사람당 한 명을 조종하는 게 한계야. 그리고 별일 없을 테니 너무 걱정하지 마."

치프는 골목 밖으로 나온 뒤 백화점 앞에 있는 해병대원들에게 팔을 흔들었다.

"내가 보이나?"

—원사님의 위치를 확인했습니다.

"그럼 여기 와서 뒷일을 부탁해. 통신 종료."

단말기를 내린 치프는 순찰차 안에 쓰러져 있는 두 경찰을 한 번 더 살핀 뒤 인파 속으로 사라졌다.

다른 건물의 옥상에서 그의 모습을 주시하는 자가 있었다.

길고 탁한 은발에 매끈한 외모를 갖춘 남자, 실버로드였다.

그는 사람들 사이로 들어간 치프를 더 이상 눈으로 추적할 수 없게 되자 쓴웃음을 지었다.

"저 녀석의 은신 기술은 정말 희한하군."

그는 왼손에 들고 있는 어떤 남자를 바닥으로 던졌다. 목이 부러져 죽은 그 사내는 젖은 신문지처럼 바닥에 찰싹 붙은 채 꼼짝도 하지 못했다.

"뭐 하는 하등동물인지 몰라도 새치기는 용서 못 해. 저놈을 죽이려면 차례를 지켜야 한다고."

본의 아니게 치프를, 아니, 백화점 안팎의 사람들을 돕게 된 실버로드였지만 어디까지나 치프를 쫓던 와중에 발생한 일일 뿐이다.

그는 자신이 동원 가능한 수단 중에 가장 치명적일 만한 것들을 고르며 정신을 집중했다.

평범하던 그의 눈이 지나친 살의로 인해 검은색으로 물들고 말았다. 피부 아래에 구현해 놓은 정맥까지도 검은색으로 부풀어 올랐다.

"차례를 지켜야 한다는 말에 동의하네, 실버로드여."

옆에서 들려온 목소리에 실버로드가 움찔했다.

검은색 골프공처럼 생긴 드론이 실버로드 옆에 둥둥 떠 있다.

"하지만 자네가 오늘 당장 일을 저지르는 것에는 반대일세."

드론에서 들려온 목소리는 라이트스톤의 것이었다.

"절호의 기회가 아닌가!"

실버로드는 도마뱀처럼 날카롭게 변형된 치아를 드러내며 화를 냈다.

"A—1730은 물론이고 알타이르의 계집들까지 이곳에 있네! 그리고 이곳에 배치된 지구의 군대는 UNSMC에 비해 급이 떨어지는 놈들이야! 지금 쳐야 하는 것이 당연하지 않나?"

"셀레스티아 왕녀의 이름은 왜 꺼내지 않는 건가?"

"……."

라이트스톤의 드론이 실버로드 쪽으로 천천히 다가왔다.

"자네가 여기서 움직인다면 분명 많은 수의 생명을 앗아갈 수 있겠지. 하지만 자네가 문제야. 왕녀의 완성이 눈앞에 있음은 자네도 잘 알 텐데? 왕녀가 발휘하는 왕의 패권에 자네가 휘말리지 않는다는 보장이 없네."

"알고 있어! 하지만 적어도 A—1730만큼은 죽여야 해!"

"왕녀의 힘을 무력화시킬 방법이 있다고 했을 텐데?"

"그럼 그 방법이라는 걸 말하게! 대체 어쩌란 말인가!"

"흠……."

라이트스톤의 한숨 소리가 드론의 소형 스피커로부터 길게 새어 나왔다.

"왕녀의 힘을 완전히 무력화시키려면 특별한 준비물이 필요하네."

"준비물? 뭔가?"

"후보는 둘일세. 자네가 둘 중에 하나만 확보해도 앞으로 일어날 전쟁에 도움이 될 것 같군."

"그러니까 얘기를 하란 말일세, 아르마게일이여!"

실버로드가 재촉하자 드론에서 다시 한숨 소리가 났다.

"자네 친구 메이건, 혹은 A—1730 곁에 있는 사만다 카터일세. 사만다 카터를 데려오는 건 너무 위험하니 메이건을 데려와 주면 좋겠군."

실버로드는 사만다의 이름을 듣고 잠깐 생각하다가 이윽고 진득한 미소를 지었다.

"아르마게일이여, 단 한순간만이라도 왕의 패권에서 벗어날 방법은 없나?"

"음?"

"방법이 있다면 사만다 카터를 데려가도록 하지."

"돌았나?"

"제정신이 아닌 지는 오래됐다고!"

대답을 들은 라이트스톤의 드론은 시간이 꽤 흐른 뒤에 스피커를 작동시켰다.

"…왕의 패권은 날개 달린 자들의 본체에만 영향력을 갖게 되네. 그 외의 모습에는 통하지 않지. 하지만 지금 그 모습으로 뛰어들어 봤자 자네가 성공할 가능성은 없어. 아까 발생한 사소한 사건으로 인해 A—1730과 그 주변 인물들의 신경이 날카로워졌을 테니까 말이야. 아마 자네는 통증을 느끼기도 전에 산산조각 날걸?"

라이트스톤의 조언에도 불구하고 실버로드의 의지는 확고했다.

"나에게 맡기게! 방법이 있어!"

"자네가 내 예상을 뛰어넘을 수 있을 거라 생각되진 않네만."

"그만하게! 자네라면 날 대체할 존재 따윈 얼마든지 만들 수 있지 않나? 대체 뭐가 불만이지?"

"……."

"A—1730에게 피해를 줄 수 있다면 아무래도 상관없어!"

"그렇군. 아, 후후. 자네 말일세, 오늘은 운이 아주 좋은 것 같군."

"운이 좋다니? 다른 방법이라도 떠올랐나?"

"뒤를 보게."

조언을 한 라이트스톤의 드론이 사라졌다.

라이트스톤의 말을 따라 뒤를 돌아본 실버로드는 옥상 출입문을 열고 올라오는 치프의 모습을 보곤 깜짝 놀랐다.

"여어, 실버로드. 자네가 날 도와줄 거라고는 생각 못 했는데 말이지."

치프는 실버로드 곁에 쓰러져 있는 시체를 보며 싱긋 웃었다.

실버로드가 눈살을 구기며 치프를 노려봤다.

"내 위치는 어떻게 알아냈지? 왕녀의 힘을 빌렸나?"

"네놈의 색깔은 제법 개성적인 편이거든."

"색깔?"

"그런 게 있어."

엠파시에 대해 숨긴 치프는 실버로드에게 목이 부러져 죽은 자를 살폈다.

"역시 뇌파 강탈 장치를 쓰고 있군. 옛날 모델이긴 하지만 사람이 많은 곳에선 치명적이지."

그는 죽은 자의 머리에 씌워진 뇌파 강탈 장치를 벗긴 뒤 발로 밟아 부쉈다.

"대체 무슨 바람이 불어서 날 도운 거지? 혹시 주택복권 같은 것에 당첨돼서 한턱 쏜 건가?"

치프가 농담을 섞어 물었다.

"주택이라… 그리고 보니 네가 내 은신처를 부순 게 생각나는군."

실버로드도 농담으로 받아쳤다.

"거길 완전히 부순 건 너잖아? 아무튼 말 돌리지 말고 제대로 얘기나 해. 지나가다가 우연히 발견했다고 지껄일 거면 그만둬."

"후, 후후."

실버로드가 머리를 쓸어 올리며 싱겁게 웃었다.

"난 네놈을 쫓아서 여기까지 왔다. 네놈과 네놈의 졸개들이 그 콘크리트의 둥지에서 떠나는 걸 봤지."

치프는 콘크리트의 둥지가 어디인지 곰곰이 생각해 봤다.

'혹시 회사를 말하는 건가?'

그는 나쁘지 않는 표현이라 생각하여 고개를 끄덕였다.

"그래서?"

"근데 이곳에서 널 노리는 놈이 보이더군. 그래서 죽였을 뿐이야. 내가 아닌 다른 자가 네놈의 목숨을 가져가는 일 따위는 생각하기도 싫거든."

"질투 때문이었다?"

"참으로 역겨운 해석이로구나."

실버로드의 눈이 다시 검게 물들었다.

"네놈과 결판을 내겠다, A—1730!"

"음……."

치프는 어찌할까 생각하다가 뒷주머니에서 지갑을 꺼냈다. 권총이 나올 거라 생각한 실버로드는 그의 행동에 당황하여 그냥 지켜보기만 했다.

치프는 지갑에서 지폐를 꺼내 실버로드에게 내밀었다.

"…뭐지?"

"오늘은 이걸로 끝내면 안 될까? 몸도 안 좋고 기분도 별로거든. 그래, 솔직히 말해서 싸우고 싶은 생각이 없어."

"……."

실버로드는 화가 났다.

분노가 너무 치민 나머지 겉으로 드러내지도 못하고 멍하니 서 있었다.

"나를… 어디까지 모욕할 생각이냐!"

고함을 지른 실버로드의 다리로부터 검은색으로 오염된 기운이 퍼졌다. 그리고 그 힘은 주변의 모든 전선에 달라붙은 뒤 백화점을 향해 질주했다.

실버로드가 노린 것은 백화점 내부의 CCTV였다. 그는 내부에서 도는 모든 디지털 신호를 해석하여 백화점 어디에 있을 누군가를 필사적으로 수색했다.

이윽고 사만다의 모습이 발견되자마자 실버로드의 등에서 날개가 솟구쳤다.

"네놈의 정신머리부터 부숴주마, A—1730!"

실버로드가 날아가려 하는 순간 치프의 권총 아래쪽에서 전기 불꽃이 터졌다.

그것은 치프가 건물 옥상으로 올라가는 동안 무장제조를 이용해 미리 만들어둔 와이어 건이었다.

권총을 두 손으로 잡고 있던 치프는 팔이 어깨에서 뽑혀나가는 듯한 통증을 느꼈다. 와이어 건의 갈고리에 허벅지가 관통됐음에도 불구하고 실버로드가 뛰어내린 것이다.

치프를 매단 채 비행한 실버로드는 백화점 11층 벽을 부수고 돌입했다.

갈고리에 연결된 금속선을 끊어버린 실버로드는 극장의 무인 발권기에 처박힌 치프를 아예 보지도 않고 앞으로 달려 나갔다.

그의 앞에는 사만다와 포린, 포티가 셀레스티아 일행으로부터 조금 떨어진 채 영화 팸플릿을 구경하고 있었다.

실버로드의 최우선 목표는 사만다였다.

그라니트 행성으로 오기 전, 개인적으로 치프에 대한 정보를 수집해 본 실버로드는 사만다 카터야말로 가장 효과가 좋은 인질일 것으로 판단했다.

그는 자신의 생각을 증명해 보기 위하여 '붉은 9월단'에게 지시를 내렸다.

전투경찰들의 임시 숙소를 기습하여 그들을 인질로 잡은 붉은 9월단은 사만다를 데려오라고 외쳤는데, 그들은 며칠 버티지 못하고 깨끗이 사라졌다.

그 일을 시작으로 피어오른 실버로드의 승부욕은 이제 광적인 집착으로 변질됐다.

실버로드는 사만다를 붙들기 위해 손을 내밀었다. 하지만 셀레스티아의 손에서 발산된 빛이 그의 어깨를 때리는 게 더 빨랐다.

사실 셀레스티아는 그의 머리를 노렸다.

간발의 차이로 큰 부상을 피한 실버로드는 포린과 포티를 들고 뛰려는 사만다 쪽으로 자신의 날개를 펼쳤다.

실버르도의 등판에서 뻗어 나온 은색의 날개가 나무뿌리처럼 갈라지면서 사만다와 포린, 포티를 속박했다.

사만다는 힘으로 그것들을 끊고 탈출했으나 실버로드는 포린과 포티를 필사적으로 잡아당겨 자신의 곁에 바짝 붙었다.

"실버로드!"

포프는 호신용으로 가져온 단검을 던지려 했다. 그러나 실버로드의 날개에서 솟아오른 가시들이 아이들의 몸을 감싸고 피부를 날카롭게 압박하자 손을 멈출 수밖에 없었다.

"솔직히 말하지. 이 계집들에게는 관심 없어."

실버로드가 어깨의 부상 부위를 재생시키며 웃었다.

"그럼 어서 놓고 꺼져."

여러 모로 분노한 데스디아가 그의 앞에 섰다. 셀레스티아와 헤이파, 탈리케아이가 실버로드의 뒤쪽과 좌우에 서서 압박해왔다.

그러나 실버로드의 표정은 여전했다.

"인질이 이 계집들뿐이라고 생각하나?"

실버로드의 다리에서 뻗어 나온 신체 조직이 마치 전선처럼 바닥에 무수히 박혔다.

"이 시설의 소방시설 전체가 내 손에 들어왔어. 화재 진압용 거품으로 사람들을 뒤덮을 수 있지. 물론 금방 죽어나가진 않겠지만 죽을 때까지 대피하지 못할 거야."

"그렇게는 안 됩니다!"

셀레스티아가 바닥을 향해 손을 뻗었다.

그녀는 실버로드의 해킹을 막아보려 했으나 그녀가 감지한 것은 아주 낯선 정신 방벽뿐이었다.

실버로드의 상태가 이상하다는 것을 깨달은 셀레스티아는 당황한 표정으로 그를 조사했다.

셀레스티아는 실버로드의 육체뿐만 아니라 의식까지도 부자연적인 강화가 이뤄졌음을 어렵게 감지할 수 있었다.

"기습으로 날 어떻게 할 생각은 하지 마. 조건은 단 하나다. 이 꼬마들을, 그리고 백화점 내의 사람들을 살리고 싶다면 사만다 카터를 나에게 넘겨라."

조건을 말한 실버로드의 호흡이 가빠졌다.

검게 탁해진 그의 눈, 혈관, 그리고 피부 위로 올라오는 검은색의 아지랑이 같은 것들이 셀레스티아를 포함한 모든 이의 부정적인 감정을 자극했다.

데스디아는 실버로드에게 휩쓸리듯 끓어오르는 자신의 감정을 억지로 눌렀다.

'저 녀석, 무모한 건 여전하지만 오크들과 관계되기 전과는 완전히 달라. 주변 사람들의 감정을 유린하는 능력을 갖게 된

건가?'

그녀는 손가락 관절에서 소리가 날 정도로 주먹을 꽉 쥐었다.

'아니야. 밑바닥까지 떨어진 녀석의 감정에 우리 모두가 동화되고 있어.'

그녀는 파울라에게 맡겨진 요르엘과 오라클을 돌아봤다. 파울라는 표정만 심각할 뿐 자신들처럼 감정에 영향을 받는 것 같진 않아 보였다.

요르엘과 오라클도 마찬가지였다.

요르엘은 실버로드의 상태를 분석하느라 여념이 없었지만 오라클은 마치 턱걸이를 하듯 파울라의 두꺼운 팔을 잡아당기며 실버로드를 향해 소리쳤다.

"그만하세요, 실버로드 님! 이건 실버로드 님의 방식이 아니에요!"

요르엘의 외침을 들은 실버로드는 황당하다는 반응을 보였다.

"내 방식? 뻔뻔해졌구나, 장난감이여! 네가 간접적으로 죽인 자들의 숫자가 몇인지 잊었나? 붉은 9월단은 그렇다 치자고! A—1730의 손에 죽은 놈들을 생각해 봐!"

"예?"

"네가 일찌감치 A—1730의 추적을 중단했거나 현상금을 취소시켰다면 그놈들이 갈려나갈 일은 없었을걸! 넌 바위에 계란을 던지듯 남들의 목숨을 갖고 놀았다고! 그런 주제에 방식을 논해?"

"……."

"잊지 마, 오라클! 넌 내 공범이야! 재구축 치료를 받은 자들의 명단을 머릿속에 간직한 도구이기도 해! A—1730이 법과 원칙을 소중하게 여기는 놈이었다면 넌 지금쯤 온갖 행성을 순회하며 재판을 받느라 바빴을 거라고! 놈은 방향성이 다른 악당이야! 그런 놈에게 투항한 덕분에 이런 곳에서 사치를 부릴 수 있는 거란 말이야!"

그의 지적에 오라클의 눈동자가 심하게 흔들렸다. 실버로드의 날개에 갇힌 포린과 포티는 실버로드의 오염에 영향을 받은 듯 평소와 다른 눈초리로 오라클을 바라봤다.

듣다 못한 사만다가 결국 실버로드에게 다가갔다.

"그만하십시오, 실버로드. 제가 당신의 인질이 될 테니 아이들을 풀어주세요."

"닥쳐, 사만다!"

데스디아가 고함을 질러 그녀를 말리려 했지만 사만다의 표정은 완고했다.

"아닙니다, 부사장님. 상황이 지저분합니다. 이럴 때일수록 위험을 최소화해야 합니다."

데스디아는 기가 막혀 말을 하지 못했다.

"냉정하게 생각해 주십시오! 저 하나로 끝낼 수 있는 상황이란 말입니다!"

하지만 데스디아는 감히 저울질을 할 수가 없었다.

"사만다의 뜻대로 하자꾸나."

헤이파가 차갑게 말했다.

"어머님?"

"차라리 사만다가 인질이 되는 게 나아. 실버로드를 어떻게든 여기서 배제시켜야만 무고한 사람들이 다치는 걸 막을 수 있단다."

헤이파는 사만다의 튼실한 어깨에 손을 대며 실버로드를 노려봤다.

"여기서 시간을 길게 끌 수 있는 입장은 아니겠지?"

"물론이다, 헤이파 브라토레. 사만다 카터는 너희들의 상상을 가볍게 초월할 만한 가치를 갖고 있지. A—1730을 괴롭히기 위한 수단으로 끝나지 않아."

헤이파는 즐거운 표정으로 기밀을 누설하는 실버로드의 모습에서 한 가지 확실한 사실을 깨달았다.

'정말 제정신이 아니군.'

그녀는 시간을 좀 더 끌어보기로 했다.

"혹시 4세대 날개 달린 자로서의 가치인가?"

"오, 그래, 알고 있었군. 그래서인지 몰라도 라이트스톤이 저 계집을 원하고 있었어."

실버로드가 좀 더 밝게 웃었다.

"내가 저 계집을 데리고 이곳을 떠나면 바로 추적할 생각이겠지? 구출이 쉬울 것 같나? 허망한 꿈이다, 헤이파 브라토레어. 난 A—1730만 가질 수 있다면 아무래도 좋아. 하지만 라이트스톤의 생각은 다르겠지. 왕녀가 아무리 힘을 써도 치료가 불가능할 만큼 세세하게 해부해서 이용할 테니까 말이야."

"괜찮아. 조금 서두르면 돼."

헤이파가 당당히 말했다.

모든 사람이 그녀의 배짱에 당황했다.

특히 놀란 사람은 셀레스티아였다.

"안 됩니다! 용납할 수 없습니다, 여사님!"

"그럼 지금 당장 실버로드를 제압해 보려무나."

헤이파는 인내심을 발휘하여 '너 때문에 쉬운 길을 돌아서 가고 있다'는 독설을 참아냈다.

그리고 사만다를 인질로 보내야만 치프의 계획이 마무리된 다는 이야기도 가까스로 억눌렀다.

"여사님, 저에게 좀 더 좋은 아이디어가 있는데 말이죠."

아까 발권기에 처박혀 기절했던 치프가 불편한 자세로 걸어 나왔다.

헤이파를 비롯한 모든 이가 생기가 전혀 느껴지지 않는 치프 의 모습을 보고 대단히 당황했다.

그의 얼굴은 납빛이었고 몸은 성한 구석이 없었다. 찢어진 피 부, 부러진 팔다리, 대량의 출혈, 그리고 어딘지 모르게 형태가 이상한 복부 등등.

전체적인 모습이 마치 공포영화 속의 희생자처럼 보였다.

실버로드는 치프의 그런 모습에서 엄청난 쾌감을 느꼈다.

"하, 하하! 설마 사만다 카터 대신 인질이 되겠다는 말은 아니 겠지? 응? 그런 건가? 진짜인가? 그거 진심? 하하하하!"

실버로드는 이성에게 기습 고백을 받은 사람처럼 흥분하여 말까지 더듬었다.

발그레 달아오른 얼굴과 맑게 반짝이는 눈동자, 그리고 빠르 게 수습되는 부정적 기운이 그의 기쁨을 증명하고 있었다.

치프는 부러진 자신의 코를 손으로 맞추며 씁쓸히 웃었다.

"너에게 있어서 나는 인질이 아니라 트로피겠지."

"좋은 표현이야! 엠페라투스 님도 갖지 못한 최고의 트로피지! 네놈의 몸뚱이를 싹 뜯어서 하루 종일 감상해 주마!"

"하, 뜻대로는 안 될걸?"

치프는 다리를 끌며 실버로드에게 다가갔다.

"안 됩니다, 아저씨!"

사만다가 다급한 얼굴로 그를 말리려 했다.

놀란 것은 그녀만이 아니었다. 방금 전까지 얼음장 같던 헤이파의 표정까지 당혹감과 혼란에 젖어 엉망이 되어 있었다.

"난 괜찮아. 엠페라투스를 상대로도 살아남았다고. 하물며 저딴 식으로 맛이 간 녀석이 날 죽일 수 있을 것 같아?"

"대체 무슨 말씀을 하시는 겁니까? 그 몸 상태로는 어디에도 가실 수 없습니다! 저에게 모든 걸 맡겨주십시오!"

"맡기긴 뭘 맡겨? 넌 완전히 독립할 때가 됐어. 너만을 위한 시간을 소비하란 말이야. 그러니……."

치프가 뭐라 말을 하려는 순간이다.

엄청나게 큰 손이 백화점 밖에서 들이닥쳐 치프를 덮쳤다. 그와 동시에 포린과 포티를 구속하고 있던 실버로드의 날개가 부서졌다.

날개뿐만 아니라 실버로드의 육체 전부가 모래성처럼 붕괴되었다.

그 대신 밖에서 탁한 은색의 반사광이 반짝거렸다.

드래곤의 형태, 즉 본체의 모습을 갖춘 실버로드가 손아귀에 쥔 치프를 보며 미친 듯이 웃었다.

"이것이 네놈의 감촉! 이것이 네놈의 피 냄새! 아무리 쥐어짜

봤자 혀끝을 겨우 적실 수 있는 양에 지나지 않을 터! 하지만 단지 네 것이라는 이유만으로 나의 모든 것이 하늘에 떠 있는 기분이구나!"

날개를 펼친 실버로드가 힘차게 날아올랐다.

"이 땅의 가장 멋진 곳에서 널 맛보겠노라!"

기쁨에 취하여 다시 웃은 실버로드는 전속력으로 빅시티를 벗어났다.

그 모든 것을 지켜본 데스디아는 생각이 정지해 버린 듯 가만히 서 있다가 주저앉고 말았다.

"이건 아닌데……."

헤이파가 나직이 중얼거렸다.

"뭐가 아니라고 하시는 겁니까, 어머님?"

다시 일어난 데스디아가 헤이파의 어깨를 잡고 강하게 흔들었다.

"아니, 원래 계획은……."

"뭘 숨기시는 겁니까? 됐습니다! 지금 바로 추적 지시를 내리겠습니다! 치프의 단말기가 그렇게 쉽게 망가지진 않겠지요!"

데스디아는 회사에 연락을 하기 위해 자신의 단말기를 꺼냈다.

단말기를 조작하는 그녀의 손이 부들부들 떨렸다. 그 떨림은 화면에 뜬 죠니의 연락처를 제대로 선택하지 못할 정도로 극심했다.

탈리케이아가 그녀를 진정시키기 위해 다가갔지만 데스디아의 주변에 깔린 혼돈의 농도가 너무 짙었기에 감히 손을 대지도 못했다.

사만다가 데스디아 앞에 섰다.

"전부 제 탓입니다."

"됐어! 그냥 치프가 멍청한 거라고! 그런 식으로 모든 걸 내팽개치는 지휘관이 대체 어디 있어? 반드시 구해내서 내 손으로 곤죽을 만들 거야! 그러니 방해하지 말고 가만히 있어, 사만다!"

"전 사만다가 아닙니다!"

"……."

사만다의 뜬금없는 외침에 데스디아는 호흡까지 멈추고 그녀를 응시했다.

84
고백

사만다는 자신의 옆구리를 손으로 찔렀다. 옷뿐만 아니라 피부까지 파고든 그녀의 손에서는 단 한 방울의 피도 흐르지 않았다.

　그녀가 몸속에서 꺼낸 것은 손바닥 크기의 백금색 비늘이었다.

　셀레스티아는 그 비늘이 누구의 것인지 한눈에 알아봤다.

　'아바마마……?'

　고요한 가운데 누군가의 발소리가 들렸다.

　"엄마한테 그러면 못써, 뎃디."

　치프가 사만다와 데스디아 옆에 서서 단말기로 사진을 찍어댔다.

　그 자리에 있는 모든 이가 핏기 빠진 표정으로 치프를 바라봤다.

＊　　　　＊　　　　＊

같은 시각.

빙하가 강처럼 깔린 계곡에 도달한 실버로드는 얼음 위에서 치프를 쥐고 있던 손을 서서히 펼쳤다.

"나의 트로피여, 벌써 죽진 않았겠지? 평생 맛본 적이 없는 고통을 네놈에게……."

기대감에 절여진 그의 손에서 빠져나온 것은 한 줌의 금속 분말이었다.

"하……."

소리로 표현할 수조차 없는 분노.

실버로드는 입을 벌린 채 자신의 손바닥 위에 쌓인 금속 분말을 한없이 바라보기만 했다.

빙하를 거치며 식어버린 바람이 그것마저 가져가 버렸다.

모든 것에게 버림받은 기분이 실버로드의 탁한 은색 육체를 압박해 왔다.

"보기 좋은 얼굴이 됐구나, 실버로드."

거대한 보라색 날개의 드래곤이 유유히 날아와서는 실버로드의 앞에 자리를 잡았다.

실버로드가 넋이 빠진 눈으로 그를 봤다.

"엠페라투스 님."

"나를 알아볼 정신은 있나 보군."

실버로드에게 비웃음을 날린 엠페라투스는 날개로 자신의

몸을 감쌌다.

"난 추위를 싫어하지. 굳이 추운 곳으로 와서 인내심을 발휘하는 행위조차 혐오해. 하지만 네놈의 그 꼴을 보기 위한 대가로는 충분하군."

"겨우 구경을 위해 이곳으로 오신 겁니까? 웃기는군요."

실버로드가 실소를 터뜨리며 물었다.

엠페라투스는 꼬리를 움직여 자신의 턱 밑을 쓰다듬었다.

"넌 다른 이를 이용하여 자신의 존재감과 우월함을 뽐내려는 버릇이 있지. 그 버릇의 첫 시작이 누구였는지는 몰라도 운캄타르를 통해 역사적인 성공을 거뒀다는 것은 분명해. 그 이후 네놈은 반달리온, 헬터스크와 함께 내 추종자라는 놈들을 이끌게 됐지. 그래봤자 하는 짓은 패싸움일 뿐이었지만 말이야."

"……."

"그때 운캄타르가 널 때리지 않았다면 어떻게 됐을까? 실버로드라는 이름의 값어치가 여태까지 존재할 수 있었을까?"

그의 근본을 지적한 엠페라투스가 키득거렸다.

"넌 그저 운캄타르에게 두들겨 맞은 놈일 뿐, 네놈만의 무엇인가를 갖지 못한 채 여태껏 살아왔지. 그러니까 소모된 끝에 망한 거야."

"으윽……!"

격분한 실버로드가 이빨을 드러냈다. 몸에 검은색 전류를 휘감은 그는 날개를 덮은 대형 외골격을 칼날처럼 세웠다. 반달리온을 공격할 때 사용한 기술을 또다시 사용하려 한 것이다.

순간 엠페라투스의 꼬리가 그의 등판을 찍어 누르듯 때렸다.

그 충격에 허리와 다리가 모두 부러진 실버로드는 땅에 납작 엎드렸고, 그의 몸을 통해 땅에 전해진 충격이 빙하를 거미줄 모양으로 깨뜨렸다.

"넌 반달리온이 아니었다면 운캄타르의 도구에게 진작 죽었을 것이다."

엠페라투스가 말했다.

쓰러진 실버로드의 목이 움찔했다.

"…무슨 말씀이십니까?"

"반달리온이 녀석에게 부탁했거든. 네놈이 맞이할 운명을 바꿔달라고 말이야."

생각지도 못한 이야기로 인해 실버로드의 모욕감과 분노는 그 한계를 한참 넘어버리고 말았다.

그러나 엠페라투스의 일격조차 버티지 못하고 망가져 버린 그의 육체는 제대로 움직여 주지 않았다. 그는 그저 호흡만 가쁘게 쉴 수 있을 뿐이다.

"난 네가 오늘 제대로 박살 날 줄 알았는데, 운캄타르의 도구가 너에게 모욕만 주고 끝낸 걸 보면 반달리온이 녀석에게 점수를 많이 딴 것 같군."

"……"

결국 실버로드의 분노는 허탈감으로 바뀌었다.

그는 머리를 움직여 빙하를 마구 들이받았다. 비늘이 깨지고 피가 날 무렵, 실버로드는 고개를 들어 엠페라투스를 올려다봤다.

"차라리 저를 죽여주십시오! 반달리온과 A—1730……! 그 녀석들에게 당한 치욕을 영원히 잊고 싶습니다!"

"죽음조차도 다른 이의 손을 빌리겠다는 건가? 네놈답구나, 실버로드여."

그 말을 하는 엠페라투스의 표정과 분위기에는 장난기가 없었다.

"차라리 녀석과 싸우다 죽는 쪽이 더 홀가분할 것이다."

"날개 달린 자로서 명예를 지키라는 말씀이십니까?"

"명예?"

엠페라투스가 실소를 터뜨렸다.

"우리가 그렇게 예쁜 말을 할 수 있는 종족은 아니지 않나? 내가 보기엔 세상에 몇 남지 않은 희귀생물일 뿐인데 말이지."

"…과거에 대살육을 일으키시고 이 땅의 날개 달린 자들마저 추방하신 분께서 참으로 자랑스럽게 말씀하시는군요."

실버로드는 기가 막혀 말했다.

"그런 것을 실행하고 즐기는 것이 내 존재 이유인데, 마치 몰랐다는 듯이 말하는군."

엠페라투스가 즐겁게 대꾸했다.

"아르마게일에게 부탁하여 네 스스로를 개조한 것까지는 인정해 주마. 네가 녀석에게 속아서 개조당한 것이라면 더는 할 말이 없지만 말이야."

그에게서 개조에 대한 이야기를 들은 실버로드는 놀라울 만큼 침착해졌다. 엠페라투스의 어떤 힘이 작용한 것도, 육체 개조의 영향도 아니었다.

개조를 받겠다고 말할 때의 기분이 다시 떠오른 것뿐이다.

'하긴, 내가 만약 A—1730을 죽인다고 해도 다른 자들에게 큰

의미를 주진 못 하겠지. 이젠 내 이야기를 들어줄 놈조차 없거든.'

반달리온과 헬터스크의 빈자리가 그런 것임을 깨달은 실버로드의 표정이 점점 말끔해졌다.

부러진 팔다리와 등골, 구겨진 날개가 재생되어 다시 일어난 실버로드는 머리를 흔들어 자신의 정신을 자극했다.

'이제 나에게 남은 건 녀석과 싸우는 것뿐이야.'

온갖 생각으로 난잡하던 실버로드의 머릿속이 투쟁심을 중심으로 빠르게 수습되었다.

"엠페라투스 님."

"음?"

"메이건을 저에게 주십시오."

실버로드의 갑작스러운 부탁에 엠페라투스가 슬쩍 웃었다.

"메이건은 내 딸이 아닌데? 아니, 그보다 네놈이 메이건에게 관심이 있을 줄은 꿈에도 몰랐군. 옆에 아무도 없으니 막 던져 보는 건가?"

"그런 뜻이 아닙니다. 아르마게일이 말했습니다. 메이건이나 사만다 카터가 있다면 셀레스티아 왕녀의 힘을 무력화할 수 있다고 말입니다."

"왕녀의 힘을 무력화시켜서 무엇을 할 생각인가?"

"셀레스티아 왕녀는 거의 완성 단계입니다. 왕녀가 힘을 발휘하는 한 A—1730을 이기기 어렵습니다."

실버로드의 설명을 들은 엠페라투스는 찌뿌드드한 표정을 지었다.

"…그냥 A—1730에게 연락해서 둘이서만 싸우자고 하면 될 텐데?"

"……."

"그놈 성격이라면 너에게 연락을 받자마자 당장 달려나올걸. 네놈의 머리통을 어디에 어떻게 전시할지 고민하면서 말이야."

"부정적이시군요."

실버로드가 가볍게 짜증을 냈다.

"아무튼 네놈 덕분에 아르마게일의 꿍꿍이에 대한 것은 잘 알았다. 역시 넌 방치하고 구경하는 재미가 있어."

"아……."

실버로드의 표정이 다시 굳어졌다. 날개를 한껏 펼친 엠페라투스가 하늘로 천천히 떠올랐다.

"이젠 너만의 빛을 낼 때다, 실버로드. 네가 과연 어떤 색으로 빛을 낼지 궁금하군."

말을 남긴 엠페라투스는 곧바로 사라졌다.

'색? 빛?'

실버로드는 치프에게도 그와 비슷한 말을 들은 기억이 났다. 하지만 특별히 감이 잡히는 바가 없었기에 손에 묻은 금속 분말을 털고 그 자리를 벗어났다.

'내가 녀석과 맞상대를 한다고? 정말 녀석이 혼자 나올까? 그럴 놈이 아닐 것 같은데?'

그는 의심을 끊지 못했다. 그래도 욕심을 버리고 목표를 갖게 된 실버로드의 표정은 과거보다 훨씬 말끔해 보였다.

*　　　　*　　　　*

"수습은 다 끝났군."

데스디아가 중얼거렸다.

사실 그녀가 한 일은 아무것도 없었다. 셀레스티아 혼자서 백화점의 피해를 복구시키고 사람들의 마음을 진정시켰을 뿐이다.

헤이파는 아주 효율적으로 일을 처리하는 셀레스티아의 판단력을 보고 감탄했으나 헤이파 자신이 '가짜 사만다' 사건의 주범으로 밝혀진 탓에 뒷감당이 조금 두려워 기뻐하지도 못했다.

결국 백화점 내의 카페에서 간단한 청문회가 열렸다.

이마를 감싼 채 레몬소다 한 잔을 순식간에 비운 치프는 언짢은 표정으로 말을 꺼냈다.

"그래, 이제 슬슬 기억이 나는군."

그는 진지했다.

하지만 데스디아는 칼로 찌르듯 주먹으로 그의 옆구리를 강타했다.

"폼 잡지 말고 아까 그 일부터 설명하시지? 당신을 닮은 그 피투성이는 대체 뭐였지?"

테이블에 엎드린 채 숨을 헐떡인 치프는 입을 가린 채 기침을 하며 호흡을 조절했다.

"둔치에서 오크 워로드를 잡을 때도 같은 걸 썼잖아? 기억 안 나?"

"…아!"

분노와 걱정, 짜증으로 범벅이던 데스디아의 표정이 조금 풀렸다.

"그때보다 신경을 써서 만들었을 뿐이라고."

"하지만 너무 실감나던데? 출혈도 그렇고 피 냄새도 제대로 났다고. 액체까지 무장제조 능력으로 재현할 수 있었나?"

"전함이나 항공모함을 만드는 것에 비하면 아무 일도 아니야."

치프는 옆구리에 손을 댄 채 힘들게 대답했다.

"그런 물건들이 오로지 금속으로만 만들어져 있을 것 같아? 고무도 필요하고 윤활유 역할을 할 것도 필요해. 머릿속 칩에 들어 있는 함선 설계도를 바탕으로 만들었으니 아마 세면대와 화장실도 갖춰져 있을 거야. 실제로 일을 볼 수도 있을걸. 물탱크에 물도 채울 수 있거든."

"……"

"아무튼 그 분신을 제조하는 건 간단하지만 컨트롤이 문제였지. 진짜 사람처럼 자연스럽게 움직이도록 만드는 것이 정말 어려워. 아까는 실버로드가 제정신이 아니어서 성공한 것뿐이야."

"우리도 기절하는 줄 알았다고!"

목소리를 높인 사람은 셀레스티아였다.

치프의 힘을 빌려 백화점을 복구하고 군중들을 제어하여 안심시킬 때까지만 해도 셀레스티아는 상당히 침착했다.

하지만 카페에 들어와 앉은 뒤부터는 컵도 제대로 잡지 못했다. 치프가 그렇게 당하는 모습을 상상조차 못해본 것이다.

"일이 격해지면 사망자는 반드시 발생하게 되어 있어, 셀리. 어이없는 이별에도 익숙해져야만 해."

"……"

셀레스티아는 컵의 손잡이만 엄지로 만지작거릴 뿐 꾹 다문 입을 열지 않았다.

"그보다 가짜 사만다에 대해서 얘기해 보시지?"

데스디아가 본론을 재촉했다.

"어머니께서 저 가짜와 관계되어 있으시다는 것까진 알겠어. 그런데 당신은 물론 회사의 사람들 전체가 사만다에 대해 눈치 채지 못했다는 건 이해할 수 없군. 가짜의 몸에 박혀 있는 운캄타르의 비늘이 그만큼 강력한 건가?"

"비늘이라……."

치프는 다른 테이블에 앉아 있는 가짜 사만다를 잠깐 봤다.

"너도 봤다시피 실버로드는 사만다를 노리고 있었어. 사만다 가 4세대 어쩌고 하는 얘기까지 해댔지. 녀석이 동원한 놈들의 질이나 숫자도 그렇고, 더불어 실버로드가 마음먹고 기습할 경 우 뭐가 어떻게 될지 알 수 없는 상황이었지. 그래서 톰 아저씨 와 여사님께 부탁했어. 나조차도 모르게 사만다를 숨겨달라고 말이야. 하지만 저 비늘이 저렇게 효과가 좋을 줄은 몰랐어."

"비늘과 관련된 부분은 내가 설명하지."

헤이파가 말했다.

"엠페라투스도 의식에 간섭할 수 있으니 운캄타르라고 해서 못할 것은 없겠지. 셀리가 사용하는 군중제어 능력의 기본도 의 식의 간섭이야. 우리 셀리가 착해서 부담이 될 정도로 사용된 적은 없지만 말일세."

치프는 헤이파의 그 칭찬 같은 지적을 놓치지 않았다.

'셀리가 행여 나쁜 마음을 먹는다면… 엠페라투스가 그랬듯 대살육을 일으킬 수 있다는 말씀이군.'

그는 예상치 못한 숙제가 자신들에게 주어졌음을 감지했다.

"어머님께선 저 가짜가 정확히 누구인지 알고 계십니까?"

데스디아가 물었다.

"저 아이는⋯⋯."

"안드로이드지. 지구에서 아주 흔한 물건이야."

치프는 자리에서 일어나 가짜 사만다의 어깨를 두드려 주었다.

"안드로이드치고는 사만다의 행동거지에 대해서, 그리고 우리에 대해서 너무 잘 알고 있었어. 그건 운캄타르가 심은 비늘만으로는 해결될 문제가 아닌 것 같은데?"

데스디아가 눈을 가늘게 뜬 채 따졌다. 치프만큼은 아니지만 그녀 역시 사만다를 아끼고 좋아했기에 그러한 표정을 짓고 의심을 품는 것은 당연했다.

"데이터쯤은 얼마든지 심을 수 있다고. 지구의 기술은 우수하니까. 그렇지?"

치프가 가짜 사만다에게 물었다.

가짜는 이해할 수 없었다.

폐품으로 회사 창고에서 썩어가던 자신이 임시로 수리되어 움직일 수 있던 조건은 사만다 대신 파괴되는 것이었다.

진짜 사만다의 버릇, 그리고 데스디아를 비롯한 회사 사람들에 대해서 파악하기 위한 별도의 데이터는 사실 필요 없었다.

이미 1년 동안 피자 배달부로서 회사를 드나들며 그들을 파악한 덕분이다.

그런데도 치프는 인질을 자처하여 임무를 완수하려는 자신을 구해주었다. 그리고 자신이 원래 '잭팟'이라는 사실조차 숨겨주고 있었다.

"대충 해명이 됐나 모르겠군. 혹시 궁금한 거 있는 사람?"

치프가 묻자 포프가 손을 들었다.

"그 안드로이드는 대체 언제까지 회사에서 지내는 건가요?"

포프는 거부감을 적나라하게 드러냈다.

잭팟이 조셉을 죽였다는 사실을 알게 됐을 때 큰 충격을 받은 그녀는 그 이후 인공지능이나 안드로이드를 대단히 불편하게 여기게 되었다.

치프는 그 소녀의 마음을 어느 정도는 이해하고 있었다.

'배신감이 대단했을 테니까.'

잭팟이 조셉을 살해했다는 사실을 알았을 때, 치프는 자신이 자리를 비운 1년 동안 회사에서, 아니, 셀레스티아가 몇 차례나 피자를 주문했는지 살펴본 적이 있다.

그녀는 마치 주말을 확인이라도 하듯 토요일마다 대량의 피자를 주문했다.

그가 주목한 것은 액수였다.

치프가 떠난 후 약 2개월째에 접어들 무렵부터 피자의 주문 액수가 조금 증가했다.

한 판에서 두 판 정도의 액수였는데, 그것은 셀레스티아의 피자 섭취량이 그만큼 늘어난 게 아니라 함께 피자를 먹는 사람의 숫자가 늘어났다고 볼 수 있는 부분이다.

그는 진짜 사만다가 꼼꼼히 기록한 포프의 신체 수치도 살펴봤는데, 체중 및 신진대사의 증가와 피자의 액수 증가가 딱 맞아떨어졌다.

포프가 딱히 건강이나 체중 증가를 위해서 피자를 먹은 것은 아니겠지만, 어쨌거나 그녀가 셀레스티아와 함께 피자를 먹은 것은 분명했다.

그리고 그러한 주간 행사는 포프와 잭팟의 어색함을 허무는 계기가 됐다. 실제로 치프가 돌아올 무렵의 포프는 잭팟을 아주 좋은 친구로 생각하고 있었다.

만약 그녀가 잭팟에게 아무런 감정이 없었다면 배신감을 맛보지도 않았을 것이다.

하지만 치프는 위로도, 조언도 하지 않았다. 그 소녀가 자신의 색으로 물들어 버리는 것을 원치 않았기 때문이다.

"실버로드는 아직 이 녀석의 정체를 몰라. 배터리가 다될 때까지 써먹어볼까 생각 중이야."

그는 가볍게 대답했다.

"그럼 사만다 언니는요?"

"글쎄? 사만다에 대해서 아직 생각해 본 적 없어. 내가 그때 뭘 했는지 이제야 떠오르고 있는데 결론을 내는 건 무리지."

치프는 운캄타르의 비늘을 가짜 사만다의 손에 쥐어준 뒤 다시 앉았다.

"혹시 모르니 계속 갖고 있도록 해. 실버로드는 그렇다 쳐도 라이트스톤까지는 계속 속여야 하니까 말이야."

"의미가 있을지는 모르겠군요."

가짜 사만다가 운캄타르의 비늘을 보며 말했다.

"의미라니?"

"우리가 알고 있는 라이트스톤이라면 제가 비늘을 적출한 그 순간 저의 정체를 알아차렸을 겁니다. 날개 달린 자들은 기계들이 내는 고유 주파수를 느끼고 구별할 수 있거든요. 마치 지문을 인식하듯이 말이죠. 되도록 빨리 사만다 카터에게 현재의 상황을 알리시는 편이 나을 겁니다."

"……."

"그리고 저에게 주어진 배터리는 이미 한계를 넘어섰습니다. 지금은 축전기에 남은 에너지를 이용해 버티는 것이 고작입니다. 아마도 오늘 자정을 넘기진 못할 겁니다."

가짜 사만다 잭팟이 빙긋 웃었다.

"마지막까지 도움을 드리질 못하는군요."

"…어쩔 수 없지. 기계란 그런 거니까."

치프가 다소 쌀쌀맞게 말했다. 그녀가 가짜라는 사실 때문인지 그 자리에 있는 사람들 대부분이 특별한 반응을 보이진 않았다.

그러나 셀레스티아가 자리에서 일어나더니 가짜 사만다를 뒤에서 꼭 껴안아 주었다.

어린아이들은 그녀가 너무 착해서 그러는 거라고 생각했다. 반면 치프와 헤이파는 셀레스티아가 왜 그러는지 직감했다.

'고유 주파수를 느낀다는 말이 진짜였나 보군.'

치프는 파울라와 젝스를 차례로 봤다. 젝스는 모자를 눌러 쓴 채 가만히 있고, 파울라는 어쩔 수 없지 않느냐는 미소를 짓는 것으로 대답을 대신했다.

"그럼 마지막 임무를 줄까?"

"말씀하십시오, A—1730. 따르겠습니다."

"쇼핑이나 도와줘."

"…그건 좋은 일이군요."

치프는 일행 사이에 흐르는 어색함을 바탕으로 즐거운 쇼핑이 가능할지 궁금했다. 백화점에서의 쇼핑은 그가 모르는 영역의 일이기 때문이다.

하지만 데스디아와 헤이파, 탈리케이아가 분위기를 주도하고 셀레스티아가 곧장 따라붙으면서 치프가 걱정한 어색함도 신속하게 가라앉았다.

점심 무렵까지는 오라클의 표정이 영 아니었으나 포린과 포티가 그녀의 손을 잡아당겨 줌으로써 그마저도 눈 녹듯이 사라졌다.

덕분에 오후에 잠깐 합류한 레투가의 부인도 일행과 어울려 소비의 즐거움을 만끽했다.

일행은 저녁 식사를 마치고 영화관에 들어간 한편, 치프는 이제 걷는 것도 불편해진 잭팟을 데리고 백화점 옥상으로 올라갔다.

안드레이가 이끄는 델타 스쿼드와 그들의 수송기가 잭팟의 '수거 및 처리'를 위해서 그곳에 미리 대기 중이었다.

"A―1730, 저에게 너무 잘해주시는 것 아닙니까?"

잭팟이 자신을 부축해 주고 있는 치프에게 질문했다.

"음……."

치프는 잠깐 멈춰 생각하다가 잭팟을 벤치에 앉혔다. 그리고 자신도 그 옆에 앉았다.

"사만다를 위한 일이었잖아? 상관없어."

"다른 사람들이 당신께 품고 있는 신뢰가 무너질 수도 있는 일이었습니다. 아이들의 표정이 특히 좋지 않았어요."

"손해를 각오하고 일을 하는 게 뭐가 나빠? 그리고 네가 나한 테 할 말은 더더욱 아니지. 웃기지도 않는 거래를 받아들여서 조셉을 죽이고 난리를 친 게 누구였더라?"

"하하."

잭팟이 웃음을 터뜨렸다.

"그래도 저에게 기회를 주실 줄은 몰랐습니다. 아, 그건 아니 겠군요. 제가 당신의 계획에 딱 맞는 톱니바퀴였을 뿐이겠죠."

"그건 아냐."

치프는 벤치의 등받이에 팔을 걸치며 하늘을 봤다.

"난 내가 나로서 살 수 있는 기회를 얻은 적이 없다고 생각한 적이 있어. 내 개인으로만 따지자면 분명 그래. 난 군에서 태어 나다시피 하고 군에서 자랐지. 그리고 높으신 분들을 위한 임무 만을 해왔어. 하지만 좀 더 크게 보자면 전혀 그렇지 않았지."

잠들 듯 눈을 감고 있던 잭팟이 가까스로 눈을 떴다.

"크게 본다는 말이 무슨 뜻인지 모르겠군요."

"내 전우들이 나에게 기회를 줬어. 내가 살아야만 다른 전우 들이 살아서 집에 돌아갈 수 있을 거라며 대신 죽어갔지. 그래 서 모두의 삶이 바뀌었어. 안드레이와 킹을 비롯한 많은 전우들 이 결혼하고 가정을 꾸렸지. 몇 달 만에 이혼한 친구들도 있지 만… 식민지에서 죽어버렸다면 그러한 굴곡조차 경험하지 못했 을 거야."

"……."

"조셉도 마찬가지야. 필사적으로 메시지를 남겨서 일이 커지는 걸 막았어. 그래서 회사 사람들의 삶이 바뀌었지. 그렇다면 나도 다른 사람들에게 기회를 줘야 하는 것이 당연하지 않을까?"

"그래서 실버로드와 로젤라를 처리하지 않으시는 겁니까?"

"맞아."

"로젤라는 몰라도 실버로드는 즐기듯이 학살을 자행한 자입니다. 그리고 언제 미친 짓을 저지를지 몰라요."

"녀석은 나한테 넋이 팔려서 그런 짓을 못하고 있잖아?"

"너무 긍정적이시네요."

"감이랄까? 반달리온의 부탁도 그렇고… 뭐, 행여 다른 방향의 삶을 살 기회를 얻게 된다고 해도 과거에서 완전히 벗어나진 못 하겠지. 과거만큼 잔인한 감옥도 없거든."

잭팟은 웃어보려 했지만 얼굴 근육을 움직일 전류조차 남아 있지 않은 상황이어서 그러지 못했다.

"기회… 다른 방향의 삶이라……. 후후, 당신과 UNSMC가 왜 사만다를 아끼는지 이제 완전히 이해했습니다."

"그래?"

"사만다는 당신들에게 있어서 다른 방향의 삶 그 자체였군요."

"맞아."

치프는 손을 뻗어서 잭팟의 머리를 만져주었다.

"제 AI의 특성이 여성형이라는 사실은 알고 계시죠?"

"그래서 너에게 사만다의 역할을 맡긴 거잖아?"

"…정말 마지막인 것 같으니 털어놓을게요."

"뭔데?"

"당신에게 해킹을 당해서 정말 다행이에요."

"그렇군."

웃음소리를 낸 치프는 더 이상 움직이지 못하는 잭팟을 두 팔로 안아준 뒤 등을 토닥였다.

그 모습을 가만히 지켜보던 델타 스쿼드의 저격수가 방아쇠에서 손가락을 떼었다.

"마지막 부탁입니다. 키드에게도 기회를 주세요."

"나 그놈 싫은데."

"……."

그의 즉답에 잭팟이 할 말을 잃었다.

"안심하고 쉬어, 잭팟. 네 싸움은 정말로 끝난 거야. 좋은 꿈을 꾸도록 해."

그 대답을 들은 잭팟은 완전히 눈을 감았다.

안드레이가 다가와 자신의 단말기를 꺼냈다.

"원사님, 지시를."

"자네, 이 녀석에게 원한이 있지 않나?"

"조셉에 대한 일이라면 잊을 수 없지요."

"설마 이 녀석을 갖고 가서 썰어버리는 건 아니겠지?"

"글쎄요."

단말기를 이용해 잭팟의 완전 정지를 확인한 안드레이는 입꼬리를 살짝 올렸다.

"우리도 살아남기 위해서 온갖 짓을 다 하지 않았습니까? 남녀노소 다 썼죠."

"……."

"이해는 합니다."

두 팔로 잭팟을 안아 든 안드레이는 수송기를 향해 걸어갔다.

"예우를 다하여 처리하겠습니다."

치프는 고개를 끄덕거렸다.

델타 스쿼드의 수송기가 소리 없이 떠올라 사라졌다.

옥상에 혼자 남은 치프는 잭팟에서 회수한 운캄타르의 비늘을 셔츠 주머니에 넣은 뒤 터벅터벅 자리를 떠났다.

＊　　　＊　　　＊

밤을 새울 기세로 술을 마신 치프는 흠칫하여 눈을 떴다.

'여기는…….'

그는 자신이 대형 스위트룸에 있다는 것을 금방 파악했다. 하지만 어떻게 들어왔는지까지는 기억이 나지 않아 조금 당황했다.

'내가 속이 상하긴 했나 보군. 이렇게 마시고 뻗은 게 얼마만이지?'

치프는 대단히 기분이 나빴다.

숙취 때문이 아니었다. 자신이 마치 누군가가 마구 벗은 양말처럼 창가 아래에 누워 있다는 사실 때문이었다.

'누가 날 여기에 던졌는지 알고 싶군.'

그는 자신의 몸 위에 이불 대신 덮인 목욕 수건을 옆으로 던진 뒤 셔츠의 이곳저곳을 살폈다.

누가 술을 쏟은 것인지 갈색 액체의 흔적이 셔츠를 어지러이 장식하고 있었다.

'신발조차 안 벗고 뻗었네. 권총까지 그대로야.'

그는 자신의 단말기와 운캄타르의 비늘을 살핀 후 일어나서 셔츠를 벗었다. 셔츠 속에 입은 군용 이너웨어가 살색에서 검은색으로 바뀌었다.

그는 방 이곳저곳을 살폈다.

가장 큰 침대 위엔 셀레스티아와 파울라, 젝스가 나란히 잠들어 있었는데, 치프는 황급히 담요를 펴서 그들을 각각 덮어주었다.

셋 다 아무것도 걸치지 않은 상태여서 그런 것인데, 담요로 수습하긴 했지만 침대 주변에 어지러이 널린 옷들까지는 감히 건들지 못했다.

'어떤 게 누구 속옷인지 내가 어떻게 알아? 사이즈로 따지면 쉽겠지만… 쯧, 몰라.'

거실로 움직인 그는 소파 위에 엉킨 채로 누워 있는 데스디아와 탈리케아라를 발견했다.

그들 역시 옷을 훌렁 벗고 있었기에 치프의 얼굴이 창백해졌다.

'이 여자들이 혹시 날 먼저 내던지고 미친 파티를 벌인 건가?'

치프는 그럴 리가 없을 것이라고 생각했으나 데스디아와 탈리케아라의 피부, 그리고 거실 바닥에 찬란히 남아 있는 와인의 흔적을 보고는 이상한 공포를 느꼈다.

'설마 서로에게 와인을 붓고… 에이, 아닐 거야. 둘이 그런 사이로 보이진 않았어.'

담요를 급히 들고 와서 그녀들을 덮어준 치프는 헤이파를 찾기 위해 이곳저곳을 살폈다.

하지만 그녀가 쓰러진 흔적은 어디에도 없었다. 욕실과 화장실, 심지어는 옷장에도 그녀가 보이지 않자 치프도 결국 정색했다.

'엉망이 아닌 방이 없어서 흔적을 오히려 못 찾겠어! 한 달 정도 관리가 안 된 마구간 같아!'

그는 방에 CCTV, 혹은 몰래카메라 같은 것이 설치되어 있는지 살펴봤지만 믿음직하게도 그런 것은 전혀 없었다.

'농담하지 마! 납치는 아니겠지, 설마?'

그때 치프의 단말기가 곱게 진동했다. 단말기의 화면을 확인한 그는 고개를 갸웃했다.

'킹?'

그는 즉시 통신을 연결했다.

"킹, 무슨 일이지?"

―여사님 찾으시죠? 제가 좀 도와드릴 수 있을 것 같은데요.

"…자네가 왜 이 타이밍에 연락을 하는지 정말 궁금한데?"

―후후, 위를 보세요.

치프는 즉시 유리창의 커튼을 살짝 열고 하늘을 봤다.

"킹, 아무것도 안 보이는데? 대체 원하는 게 뭐야?"

―술이 덜 깨셨군요. 거실 천장을 보시라고 말씀드린 겁니다.

킹이 한숨을 쉬며 말했다.

다시 거실로 간 치프는 킹의 말대로 천장을 봤다.

역시나 옷을 입지 않은 헤이파가 천장에 거의 닿을 기세로 떠 있었다.

다리를 단단히 모으고 두 팔을 교차하여 가슴 위에 놓고 있는 그녀의 모습을 확인한 치프는 뒷골이 아팠다.

"공중에 뜨신 높이가 평소보다 높군. 음주 운전은 흔히 봤지만 음주 교감은 처음인데? 저분을 어떻게 수습해 드려야 할까?"

—손이 안 닿으시면 구두주걱이라도 써보시죠?

킹이 즐겁게 농담을 던졌다.

"…난 여길 빠져나가야겠어. 근데 자네, 여사님께서 천장에 계시다는 걸 어떻게 알았지?"

—원사님께서 저와 찰리 스쿼드에게 특별 경비 지시를 내리셨잖습니까?

"내가?"

치프가 경악했다.

—술집에서 정신을 잃으시기 직전에 지시를 내리셨죠. 원사님의 단말기에 저장된 통화 내용을 열어서 들어보세요.

"음, 그렇군."

단말기를 조작하여 통화 내용 백업 리스트를 확인한 치프는 인상을 구겼다.

"이 사람들이 대체 어떤 꼴로 술판을 벌였는지 정말정말 궁금한데?"

—원사님께서 우리에게 자주 쓰시는 말씀을 그대로 돌려드리죠. 모르시는 게 나을 겁니다.

"그 정도였어?"

치프는 진심으로 당황했다.

—투시 장치로 녹화를 할까 하다가 양심에 걸려서 그만뒀죠. 아무튼 저희들 입장에선 끝내주는 쇼였습니다. 제대로 녹화해서 밀매했다면 야구단 몇 개 정도는 인수할 만큼의 돈이 우리

주머니에 꽂혔겠죠.

"자네가 그렇게까지 말하니 남자로서 정말 보고 싶군."

─오, 원하신다면······.

"그거 당장 지워, 킹. 이건 상관 명령이야."

일부러 킹을 낚아본 치프는 엄중하게 지시했다.

그리고 낚여 버린 킹은 신음에 가까운 한숨 소리를 냈다.

─하아, 아쉽네요. 대박도 이런 대박이 없는데 말이죠. 아무
튼 원래 계시던 자리에 다시 누우십시오. 저 어른 영화배우들
이 일어나기 전에요.

"왜?"

─원사님께서 그 추태의 흔적을 목격하셨다는 게 밝혀지면
저분들이 가만있지 않을 것 같거든요. 원사님께서 부사장님의
옷을 들추셨다가 피떡이 되신 게 그저께였죠?

치프는 당연히 기억하고 있다. 데스디아가 노출 때문에 그 정
도로 창피해하는 모습을 본 적이 없기 때문이다.

"···진심으로 겁나는군. 그럼 계속 대기해 줘."

─알겠습니다, 원사님.

킹과의 통신을 종료한 치프는 심호흡으로 마음의 준비를 했다.

"그래, 피떡. 흠, 피떡. 그건 좀 곤란하지."

치프는 우선 데스디아와 탈리케이아에게 덮어준 담요들을 싹
걷어냈다.

과도할 정도로 탄력이 좋은 그녀들의 갈색 피부가 치프 앞에
다시 드러났다.

적당히 파인 근육의 선 사이로 와인이 지나간 흔적이 뚜렷했

다. 반쯤 벌려진 둘의 입술 사이에는 조금 젖은 머리카락이 아슬아슬하게 걸쳐져 숨결에 흔들렸다.

치프는 서로의 허벅지를 베거나 얼굴을 댄 채 자고 있는 둘의 모습을 보고 소리 없이 혀를 찼다.

'답답하지 않은가?'

그의 생각이 닿은 선은 딱 거기까지였다.

둘은 담요가 걷히는 것에 맞춰 몸을 꿈틀거리긴 했지만 치프는 이 사태에 엮이고 싶지 않다는 일념만을 앞세워 철저히 일을 처리했다.

여전히 천장에 닿을 듯 부양 중인 헤이파를 그냥 방치한 치프는 셀레스티아와 파울라, 젝스 위에 덮어준 이불도 차례차례 걷어 정리했다.

모든 상황을 정리한 뒤 그는 담요에 남아 있을 체취를 걱정하며 셔츠를 다시 입고 창문 아래에 누웠다. 몸에 덮여 있던 수건도 잊지 않고 다시 덮었다.

'아직 술이 덜 깼나? 잠이 오네.'

치프는 눕자마자 무거워지는 눈꺼풀을 이거내지 못하고 다시 잠에 빠졌다.

그로부터 두 시간 뒤.

투시 장치로 그들의 방을 살피던 킹이 움찔했다.

"움직인다!"

졸음과 싸우던 찰리 스쿼드 대원들이 눈을 번쩍 뜨고는 각자의 헬멧에 부착된 투시 장치를 일제히 켰다.

보는 사람들이 있다는 사실을 모른 채 가장 먼저 일어난 사람은 데스디아였다. 그녀와 몸이 엉켜 있던 탈리케이아도 덩달아 눈을 떴다.

"아……."

똑바로 앉아서 머리를 감싼 데스디아는 바닥을 바라보며 기억을 더듬었다. 탈리케이아 역시 헝클어진 머리를 풀며 얼굴을 구겼다.

"탈리, 어제 일… 기억해?"

"어제라기보다는 몇 시간 전의 일 아냐?"

둘이 시선을 마주했다.

가만히 서로를 보던 둘의 얼굴이 폭죽처럼 되살아난 기억으로 인해 제대로 익어버렸다.

"네가 그렇게 해박한 줄은 몰랐어, 탈리."

"왜 나한테만 치프 역할을 맡으라고 한 거야?"

"……."

"우리가 나눈 건 전부 노카운트야, 뎃디. 없던 일로 하자."

"응."

소파에서 일어난 둘은 옷을 챙기던 도중 천장에 떠 있는 헤이파를 발견했다.

"아……."

둘의 움직임이 굳어졌다.

"굉장해. 잠드신 상태에서 정령과 교감하고 계셔."

탈리케이아가 진심으로 감탄했다. 하지만 데스디아는 어머니의 그 모습이 아주 낯설진 않았다.

"어릴 때 한 번 본 일이 있어. 그때는 괴이한 주벽이라고 생각했는데 지금 다시 보니 거짓말 같군. 정령과의 교감에 흐트러짐이 없어. 오히려 정령들이 어머님의 무의식 속에서 기뻐하고 있는 것 같아."

그녀가 워치프로서의 시야를 바탕으로 말했다.

"맞아. 평소에 생각이 존재해야 할 공간을 정령들이 채워주고 있어. 최고 제사장에 오르기 위한 단계인 '무아의 경지'라는 게 이것일 거야, 뎃디."

"정령을 베는 기술의 실마리일지도 모르겠군."

데스디아와 탈리케이아가 동시에 고개를 끄덕였다.

"그런데 왜 스승님께서 우리를 부추기셨을까? 나한테 치프역을 맡으라고 하신 이유가……."

"…그만해 줘."

데스디아는 죄라도 지은 얼굴로 주변에 널린 술병들을 봤다.

"위스키 같은 건 두 번 다시 마시지 말자, 탈리. 저건 나쁜 술이야."

"싱글몰트였지? 응."

둘은 옷을 완전히 입은 후 힘을 합하여 헤이파를 내려주고 소파에 반듯이 눕혔다.

거실을 나온 둘은 역시나 훌떡 벗은 채 침대에 누워 있는 셋을 보고 참담한 표정을 지었다.

"저쪽은 대체 왜 취한 거야?"

탈리케이아가 따지자 데스디아가 고개를 저었다.

"저쪽도 방에 들어오자마자 옷을 벗으며 마셔댔지. 술에 찌든 살 냄새랑 땀 냄새가 대단하군."

"젝스가 의외로 씩씩했어, 뎃디. 성별이 의심스러울 정도였다고."

"그만하라니까?"

셋을 깨우기 위해 침대로 이동하던 그들은 창문 아래쪽에 처박혀 자고 있는 치프를 목격했다.

"술집에서 기절한 걸 들쳐 메고 와서 저기에 던진 기억이 나는군."

데스디아가 씁쓸히 말했다.

"뎃디, 우리가 나쁜 마음을 먹었으면 그런 역할극 따위를 할 필요는……."

"알았으니까 조용히 해. 잊어."

데스디아는 치프를 방치한 채 셀레스티아의 어깨를 흔들었다.

"셀리, 일어나. 점심시간 다 됐어."

"으응, 5분만……."

셀레스티아가 베개에 얼굴을 묻으며 꾸물꾸물 도망쳤다.

"얼른 일어나서 씻어. 아니, 나부터 씻어야 하나? 머리가 깨질 것 같군."

데스디아가 고생하는 한편, 탈리케이아는 치프 쪽으로 걸어가서 그를 살폈다.

"이 사람은 얼굴이 멀쩡하네? 재생 능력 덕분인가?"

"우리보다 한참 덜 마셨잖아."

데스디아 퉁명스레 대답했다.

쪼그려 앉아서 치프의 얼굴을 바라보던 탈리케이아가 검지를 뻗어 그의 볼을 쿡쿡 눌렀다.

'주점에서 쓰러지니까 사만다의 이름만 계속 중얼거리던데…

느낌상 남녀관계 같진 않고.'

탈리케이아가 입술을 뾰족하게 내밀었다.

'그 정도로 소중한 아이인가 보네.'

순간 탈리케이아가 커튼을 들추고 창밖을 봤다.

커튼 사이에서 들어오는 빛이 밝았지만 탈리케이아의 눈동자는 한 치도 흔들리지 않았다.

술기운이 가시면서 되살아난 그녀의 초감각이 누군가의 시선을 감지한 것이다.

하지만 창문 밖으로 보이는 건물 옥상엔 아무것도 없었다. 그녀는 정령들과 교감하여 감각을 확장해 보려 했지만 거기까지 정신을 집중할 수 있는 상황이 아니었다.

"…아직 술이 덜 깼나."

그녀는 다시 커튼을 내렸다.

전투복의 동력까지 끊고 옥상 바닥에 달라붙어 있던 찰리 스쿼드 전원은 뱃속으로 떨어질 뻔한 심장을 간신히 달랬다.

"역시 위치프."

"쉿, 들키면 우린 다 죽어."

킹이 조그맣게 경고했다.

"원사님께서 우릴 구해주시지 않을까요?"

"우리 시체 위에 후추처럼 뿌려지시겠지. 다들 안전한 위치까지 이동. 전투복에 전원은 넣지 마."

"옙."

대원들은 동력이 끊겨 어마어마하게 무거워진 전투복을 이끌고 소리 없이 움직였다.

그리고 반 시간 정도가 지나서 헤이파가 깨어났다.

그녀는 눈만 떴을 뿐 엄청난 피로감 때문에 소파 위에서 쉽사리 일어나지 못했다.

'술에 취한 채로 정령 교감을 했나 보군. 술버릇을 고쳐야 하는데… 쯧.'

가까스로 일어난 헤이파는 데스디아가 가지런히 개어놓은 자신의 옷을 입은 뒤 냉장고에 있는 생수 한 통을 단번에 비워 목을 축였다.

마침 젝스가 술병들을 정리하기 위해 거실로 들어왔다. 모자를 쓰지 않는 그녀는 헤이파를 보자마자 흠칫했다.

"여사님."

젝스가 허리를 살짝 굽히며 인사했다.

"잘 잤느냐? 너도 어제 많이 마시더구나."

"음… 예."

젝스의 얼굴이 확 달아올랐다. 헤이파는 의아해하다가 그 '광란의 파티'에서 젝스가 무슨 일을 했는지 기억해 내며 실소를 터뜨렸다.

"너도 모르는 마음이라는 것이 있었을 뿐이란다. 술을 통해 그러한 것들을 알게 되면 스스로를 낮추는 계기가 되지."

"예."

짧게 대답했지만 젝스는 오랫동안 얼굴을 들지 못했다.

"같이 치우자꾸나."

헤이파도 술병을 하나씩 주워 밖으로 옮겼다.

"그런데 난 네가 주점에 올 거라고는 생각을 못 했다만."

"신분증에 기록된 생년월일 상으로는 성인입니다."

"흠, 아무튼 네 오라버니에게는 아무 말도 않으마. 물론 치프에게도 말이지."

"……."

빈 병끼리 짤그랑거리며 부딪치는 소리만이 거실을 지배했다.

정리를 마친 헤이파가 샤워를 하기 위해 침실 쪽으로 들어갔다.

샤워를 마치고 자리를 정돈 중인 셀레스티아와 파울라가 헤이파를 보자마자 발작을 하듯 놀라더니 이내 젝스처럼 얼굴을 붉혔다.

"셀리."

"예, 여사님."

셀레스티아가 왼손으로 얼굴을 가린 채 일어났다.

"침대를 정리하는 것까진 좋은데, 치프를 저대로 놔두는 이유는 무엇이냐?"

헤이파의 지적대로 치프는 여전히 창문 아래에 누워 자고 있었다.

"저렇게 편히 자는 모습을 본 적이 없어서……."

"후후, 그냥 얼굴을 마주하기 힘든 거겠지."

새벽의 일을 거의 다 기억하는 헤이파는 즐겁게 웃었다.

"우리 모두가 함께할 시간이 얼마나 남았을지 모른단다, 셀리. 일이 끝나면 우리도, 그리고 치프도 각자의 자리로 돌아가야만 해. 치프는 직업이 직업인 만큼 특히 만나기 힘들 거야."

"……."

"시간이 다하기 전에 마음속에 쌓아둔 말을 하려무나. 물론 너무 서두르진 말고."

"예, 여사님."

셀레스티아를 가볍게 포용해 준 헤이파는 자신의 끈적끈적한 머리카락을 만지며 샤워실로 들어갔다.

셀레스티아는 창문 아래의 치프를 보며 생각에 잠겼다.

'모든 브리치가 떨어지면 치프의 싸움도 끝날 거야. 그리고 나만의 싸움이 계속되겠지.'

그녀는 착잡한 표정을 지우며 자리에서 일어났다. 담요에 묻은 술의 얼룩이 너무 신경 쓰였기 때문이다.

사실 그냥 두면 호텔 측에서 알아서 했을 것이다. 그러나 상냥함을 발휘해 예비용 담요를 꺼낸 셀레스티아의 표정이 삽시간에 굳어졌다.

세제 냄새만 나야 할 담요에서 데스디아의 체취가 느껴졌기 때문이다.

'…어째서?'

그녀는 가구 안에 있는 담요들을 모조리 꺼내 냄새를 맡았다.

'이건 탈리, 이건 나와 우리 엄마, 그리고 젝스……!'

그녀는 누군가가 이 방에 있는 여성 모두에게 담요를 덮어줬다는 사실을 직감했다.

셀레스티아의 행동에 놀란 파울라가 다급히 그녀를 불렀다.

"왕녀 전하?"

"아, 아니에요. 별거 아니에요. 침대의 담요가 더러워져서……."

"그러한 일은 제가 하겠습니다."

"제가 꺼낸 것들이니 제가 정리하게 해주세요."

상기된 표정의 셀레스티아는 담요들을 차곡차곡 접어 다시 가구 안에 넣었다.

파울라는 담요를 터뜨릴 기세로 접어대는 셀레스티아를 보고 걱정에 빠졌다.

상황을 전혀 모른 채 잠을 자던 치프는 담요의 정리가 끝날 무렵에 눈을 떴다.

'아, 정말 잠들었네? 몇 시야, 지금?'

치프는 왼손의 손목시계를 봤다.

'두 시간 넘게 잤네? 배가 고플 정도야.'

그는 몸에 두른 수건을 옆으로 젖히고 상체를 슥 일으켰다.

"이, 일어났어, 치프?"

"응? 아, 셀리."

치프는 술병 등이 싹 정리된 방을 보고 자신도 모르게 '깨끗하다'고 말할 뻔했다.

'그렇게 말했다가는 아까 그 난장판을 봤다는 뜻이나 다름없게 되어버리지.'

긴장감이 그의 정신을 환기시켰다.

"어제 재밌게 놀았어? 난 주점에서 어떻게 나왔는지 기억도 안 나."

"그, 그렇구나. 사실 나도 기억이 나지 않아, 치프. 아하하!"

셀레스티아가 밝게 웃었다.

하지만 그녀의 코끝에는 담요에서 맡은 다른 여자들의 냄새가 선명하게 남아 있었다.

"술이라는 게 그렇지. 그런데 날개 달린 자들도 술에 취할 수 있을 줄은 몰랐네?"

치프가 물었다.

"엄마와 젝스 모두가 술을 즐길 수 있도록 육체 구조를 바꿔 줬거든."

"그렇구나."

치프는 침실의 소형 냉장고에서 스포츠 음료를 꺼내 목을 축였다.

"샤워실에 누구 계신가?"

"여사님께서 계셔."

"기다려야겠네."

치프는 오른손으로 자신의 턱 주변을 만졌다. 손바닥과 수염이 마찰하는 소리가 매우 경쾌했다.

"흠, 면도는 회사에 가서 해야겠네."

그가 면도 이야기를 하자 잠자코 앉아 있던 젝스가 의아해했다.

"사장, 영구 제모 안 했어?"

젝스는 UNSMC 대원 중에 다수가 영구 제모를 했다는 이야기를 들은 적이 있었다.

제모를 하지 않은 사람은 수염에 대한 취미나 미학을 가진 사람들이었는데, 그들은 임무에 지장을 주지 않는 선에서 수염을 길렀다.

"했지. 스물세 살 때였나? 그런데 이 행성에서 셀리를 만난 이후로 나에게서 없어진 모든 것이 다시 돌아왔어. 그중에서 수염이 대표적이야. 아침마다 레이저 면도기로 추수를 해야만 하지."

"모든 것이 돌아온 건 아닌 것 같군."

마침 샤워를 마치고 나오던 헤이파가 말했다. 치프는 그녀가 말끔히 옷을 입은 것을 보고는 내심 인도하며 항의하듯 웃었다.

"하, 저에게 결여된 부분이라도 있나요?"

"뭐긴, 성욕이지."

"…그 말씀은 안 하기로 하셨잖아요?"

"착각하고 있군. 난 특정 신체기관에 대한 이야기를 하지 않겠다고 했을 텐데?"

"…예, 제가 진 것 같네요."

치프가 일어났다.

"샤워실에 아무도 없죠?"

"없다네."

"그럼 씻고 오겠습니다."

치프는 셔츠를 벗으며 샤워실 안으로 들어갔다.

셀레스티아는 자신이 가만히 있음으로써 아무 일도 벌어지지 않고 있음을 주목했다.

'치프가 먼저 일어나서 사람들에게 담요를 한 번 덮어준 건 분명해. 누군가를 추행할 목적은 아니었을 거야. 결국 평소대로 했다는 것뿐인데… 왜 화가 나지?'

셀레스티아는 속에서 끓는 그 감정이 수치심인지, 아니면 질투인지 분간하기가 힘들었다.

그녀는 더 이상 고민하지 못하고 좌절했다.

자신과 가까운 여성들 중에서 제대로 된 연애 경험을 가진 자가 레투가의 부인뿐이기 때문이다.

'주변에 평범한 인생을 사는 사람이 아무도 없었어.'

그녀는 자신의 인맥이 대단히 협소하다는 것을 깨달았다.

'그런데 치프 본인이 누군가를 연애 대상으로 생각하지도 않잖아? 나 혼자 이러는 건 문제가 있지 않나?'

그렇다고 이제 와서 관계를 발전시키기 위해 여러 가지를 알아보기도 그랬다. 앞으로 며칠만 지나면 브리치들을 떨어뜨리기 위한 작전에 돌입하기 때문이다.

'…이런 생각을 하는 것 자체가 사치일 거야.'

셀레스티아는 평범한 일에 투자할 수 있는 시간이 거의 없다는 사실에 조금 화가 났다.

아무튼 그녀는 담요와 관련된 일을 다른 사람에게 이야기하지 않기로 마음먹었다. 자신과 치프만이 나눌 수 있는 이야깃거리로 남겨두고 싶어서였다.

85
브리치 원정대

이틀의 휴식을 마친 치프는 일반 전투복 차림으로 빅시티 공항으로 갔다.

　롸켓이 모는 수송기의 보조석에 앉은 그는 오랜만에 입는 일반 전투복의 소매를 만지작거렸다.

　색은 일단 회색 계통이었지만 언제든 주변 상황에 맞춰서 색과 위장 무늬를 바꿀 수 있는 옷이었기에 그냥 회색의 옷이라고 보기엔 무리가 있었다.

　"오늘은 웬일로 군복이오?"

　롸켓이 물었다.

　"회사에서 헌터들에게 주는 외주가 아니라서 그렇지."

　"그렇소?"

　"지구, 듀베리아, 알타이르 세 개 행성에서 날개 달린 자들을 하나의 종족으로 인정하고 그들의 보호 및 검증, 조사를 위한 지원에 합의했잖아? 그곳에서 우리를 통해 맡기는 일이라고."

"음, 좀 간단한 간판은 없는 거요?"

"우리끼리는 그냥 '빅시티 협정'이라고 해."

"아, 그건 들어본 것 같소."

고개를 끄덕인 롸켓은 보온병에 든 커피를 마셨다. UNSMC 대원들이 즐겨 마시는 고카페인 커피가 최근에 와서 그의 입을 달래주고 있었다.

"그 빅시티 협정을 통해서 해병대 원정군까지 정식으로 참여할 수 있던 것 아니오?"

"그렇지."

"그러면 알타이르나 우리 고향에도 병력을 요청하면 좀 쉽지 않겠소? 헌터들에게 맡기느니 정규군에게 맡기는 게 훨씬 나을 것 같소만."

롸켓의 의견을 들은 치프는 고개를 짧게 저었다.

"알타이르는 인구가 너무 적어서 지원을 요청하지도 않았어. 게다가 그들은 지구 쪽 군대와 상성이 나쁘지. 듀베리아는 뭔가 혼란스러운 것 같고."

"고향의 군 조직에 구멍이 숭숭 뚫려 있다는 것은 인정하겠소."

롸켓이 쓴웃음을 지었다.

"뭐, 듀베리아 쪽의 지원은 롸켓 아저씨가 데려온 그 '녹색중대'만으로 충분할 것 같아. 인공지능이나 원격조종에 의한 제어를 완전히 믿을 수 있는 상황이 아니라서 베테랑 조종사는 필수지."

"데려온 보람이 있구려."

"위스콘신 측에서는 그 아저씨들이 맥주를 다 털어 먹고 있다며 나에게 항의를 하고 있지."

"지구의 맥주는 솔직히 맛있으니까."

둘이 껄껄 웃었다.

수송기가 공항에 인접했다.

치프는 카메라에 잡힌 영상을 확대하여 공항의 대형 선박 정박장에 자리 잡고 있는 해적선의 모습을 확인했다.

그 배는 본래 붉은색 바탕에 검은색 구조물, 그리고 황금색의 장식 등으로 꾸며져 있었다. 하지만 지금은 회색으로 깨끗하게 채색되고 쓸데없는 장식물이 모조리 탈거되어 꽤 말끔해 보였다.

"어때, 멋지지? 색도 새로 칠했다고."

"너무 군함 같구려."

롸켓이 원래 하려던 말은 '지구 군함 같다'였다. 하지만 굳이 지구를 언급할 필요는 없을 것 같았기에 그는 의도적으로 말을 줄였다.

"해군에서 정비해 준 것이니 어쩔 수 없지. 빨간색 바탕에 황금색 뿔 장식은 좀 아니잖아?"

"그렇긴 하오만 너무 심심해 보여서……."

"능동위장 장치를 새로 설치한 덕분에 외장의 색은 언제든 바꿀 수 있어. 분홍색이나 연두색도 가능해, 아저씨."

"흠, 듀베리아의 색은 황금색이지. 참고하리다. 후후."

"황금색도 필요할 때가 있을 거야."

치프가 안전벨트를 풀고 조수석에서 일어났다.

"그럼 난 탑승실로 갈게. 착륙 전에 안내 부탁해."

"알겠소."

머리 위로 엄지를 편 주먹을 치켜든 롸켓은 두 손으로 조종간을 부드럽게 잡았다.

화물칸을 지나 탑승실로 들어간 치프는 잡지 너비의 단말기를 가지고 이것저것 확인하는 데스디아와 그 옆에 앉아서 내용을 구경하는 셀레스티아의 모습을 발견했다.

"일은 어때? 할 만해?"

치프가 묻자 데스디아가 언짢은 표정으로 고개를 저었다.

"사만다가 하던 일을 이제 와서 하려니 적응이 안 되는군."

"너무 부담 가질 필요는 없어."

"괜찮아. 업무는 대부분 파악했으니까."

데스디아는 손톱 위쪽으로 단말기 화면을 두드렸다.

"하지만 숫자 부분은 여전히 어렵군. 남는 게 돈인데 그냥 쭉쭉 밀어 넣어도 상관없지 않나?"

"…우리 자금에 딱히 흠은 나지 않겠지만 네 이미지에 흠이 갈 거야."

"쯧."

그녀의 표정이 더욱 안 좋아졌다.

"역시 남자다운 일을 하는 건 어렵군."

물론 그녀가 말한 남자는 알타이르 행성의 남자들을 말하는 것이다.

공항에 착륙한 수송기가 멈춘 곳에는 약 800여 명의 헌터가 완전무장을 한 채 모여 있었다.

수송기에서 내린 치프는 그동안 동분서주하여 사람들을 모은 뱀 머리의 헌터 앗세룬 보팔과 악수를 나눴다.

"700명을 말씀하셨는데 그보다 100명을 더 모으셨네요?"

치프가 기뻐하자 앗세룬도 눈웃음을 지었다.

"우리 솔레이크 사람들은 꽤 염세적인 성격이오. 자신감이 없는 놈들이라며 업신여겨질 때도 있소만 최소한 실망을 시키긴 않소."

"멋지네요. 잘 부탁드리겠습니다."

"우리야말로 잘 부탁하겠소. 오늘만큼 돈이 크게 걸린 일이 없었기에 다들 긴장하고 있소."

"명심하죠."

치프는 이어서 앗세룬 옆에 서 있던 카발리오 베리몬과 포옹했다.

"역시 참여해 주셨네요."

"하하! 삼촌 눈치도 보이고, 포프도 걱정되고, 내 주머니도 가볍고 해서 말이오!"

붉은색 머리카락과 수염의 카발리오는 예전과 마찬가지로 하얗고 굵직한 치아를 환히 드러내며 웃었다.

치프의 허리를 토닥인 카발리오는 포옹을 풀고 치프의 수송기 쪽을 살펴봤다.

"켐리는 어디 있소?"

"회사에서 준비 마치고 순양함으로 옮겨 탔어요. 빅시티 밖에서 대기 중이죠."

"그거 다행이구려. 얼마 전까지 요리와 관련된 메시지만 보내와서 걱정이었는데 말이오."

"그렇군요."

치프는 군인들이 사용하기로 결정된 순양함 알래스카에서 캠리가 맡은 일이 '요리'라는 말을 도저히 할 수 없었다.

데스디아가 치프 옆에 섰다.

"이제부터 내가 얘기하도록 하지."

"근데 누구시죠?"

불과 며칠 전에 헌터 면허를 받고 이곳으로 온 젊은이가 도발하듯 질문했다.

데스디아의 미간이 찌그러졌지만 그 청년은 아랑곳하지 않고 웃었다.

그 청년의 주변에 서 있는 베테랑 헌터들은 파랗게 질린 얼굴로 청년과 데스디아를 번갈아 바라봤다.

"…그라니트 용역의 부사장인 데스디아 브라토레다. 흠, 사냥 참가에 대한 선금은 지금 바로 지급하지."

그녀가 손에 든 대형 단말기를 흔들자 그에 응답하듯 헌터 전원이 각자의 단말기를 들어 올렸다.

데스디아의 단말기에서 수백 개의 광자 신호가 튀어나와 헌터들의 단말기에 들어갔다.

입금의 메시지 알람과 동시에 헌터들의 얼굴이 잠깐 밝아졌다.

말 그대로 잠깐이었다. 그들은 자신들에게 맡겨질 적수가 브리치에서 나온 환상종이 아니라 오크들의 군단임을 알고 있었다.

그것은 결코 즐겁지 않은 일이었다.

"다음은 일정표 및 작전 지역에 대한 지도다. 지도만큼은 잘 파악해야 길을 잃지 않을 것이야."

데스디아가 다시 단말기를 흔들었다.

헌터들은 광자 신호로 날아온 각종 자료를 단말기에 받았다.

"시간을 줄 테니 천천히 봐. 각 지역에 서식하는 토착 생물과 환상종들의 자료는 세심하게 살펴야 할 거야. 자신이 없는 사람은 선금을 반환하고 돌아가도록 해."

헌터들은 불안과 초조, 그리고 미약한 기대감을 갖고 데스디아에게 받은 자료를 열었다.

데스디아가 시거를 물고 불을 붙였다. 곧게 모은 검지와 중지 끝에 불꽃을 일으켜 일을 처리하는 모습은 분명 신비로웠지만 그녀를 아는 헌터들 사이에서는 그냥 일상에 불과했다.

"같이 오신 분은 누구세요?"

아까 데스디아에게 누구냐고 물으며 시비를 걸던 청년이 다시 히죽 웃으며 물었다.

그의 태도에 헌터들이 또다시 당황했다.

'누구야, 저놈은?'

'누가 데려온 거야? 저 녀석, 면허를 딴 지 며칠 안 됐잖아?'

'경력자만 모은 게 아니었나?'

'시작하기도 전에 죽는 놈이 나오겠군.'

데스디아는 시거를 문 채 그 청년을 봤다.

"같이 온 사람? 누구 말이지?"

"뒤에 있는 여자요."

청년이 눈짓으로 셀레스티아를 가리켰다.

"흠. 안면이 있는 사람이 대부분이라 실례를 했군. 우리 회사 공동대표야."

"셀레스티아라고 합니다. 셀리라고 부르셔도 됩니다."

셀레스티아가 밝은 표정으로 고개를 살짝 숙여 인사했다.

데스디아의 무덤덤한 반응에 청년은 김이 샌 표정을 지었다. 반면 다른 헌터들은 당황했다.

'뎃디한테 무슨 일이 있었나?'

'우리가 아는 뎃디가 맞나? 원래대로라면 저 녀석은 지금쯤 관제탑 위에 걸려 있어야 한다고!'

'요 며칠간 푹 쉬었다고 들었는데, 너무 쉬어서 머리가 이상해졌나?'

그들은 오히려 불안감을 느꼈다.

작정하고 시비를 걸어서 주목도를 높일 목적이던 청년은 어쩔까 고민했다.

'이대로 넘어가면 재미없는데……'

그의 눈에 앗세룬, 그리고 카발리오와 얘기를 나누고 있는 치프의 뒷모습이 보였다.

"저 사람은 또 누구죠? 지구인 말이에요."

"어이, 애송이. 그쯤 해."

뒤에 서 있던 헌터가 청년의 어깨를 붙잡았다.

코뿔소 머리에 묵직한 몸집을 가진 그 남자는 청년이 자신을 돌아보자 고개를 저었다.

"저 남자가 누군지 알고 싶으면 내가 얘기해 주지. 그라니트 용역의 사장인 치프야."

"대단한 사람인가요?"

"…정말 몰라서 묻는 거라면 나중에 날 찾아와. 죽을 때까지 잊어버리지 않도록 만들어줄 테니까."

"아, 무서워라."

살짝 비아냥거린 청년은 코뿔소 남자의 손을 거칠게 뿌리쳤다.

데스디아는 그 청년을 가만히 바라봤다.

'어차피 맛보기 원정이니 그냥 내버려 두는 게 낫겠지.'

그녀는 오늘 모인 헌터들에게 기대하는 바가 거의 없었다. 헌터 집단이 오크들의 군대와 마주했을 때 과연 얼마나 잘 싸울지, 그리고 실전에서 어떤 문제가 드러날지 궁금할 뿐이었다.

그녀는 다시 대형 단말기를 들었다.

'제대로 따지려면 자료를 확실히 정리해야 하는데, 어쩌지?'

전투가 벌어질 경우 선두에 나서야 하는 입장인 그녀로서는 어려운 문제였다.

원래는 요르엘에게 맡기려 했으나 요르엘 자신이 오라클의 보호 및 감시에 대한 문제를 거론하며 거절하고 말았다.

루할트와 젝스, 셀레스티아 등의 날개 달린 자들은 최악의 상황에 대비해야 했고, 켐리는 손이 느렸으며, UNSMC들은 전원 비상 대기 상태였다.

게다가 위스콘신 측에서 사람을 빌려올 수도 없는 노릇이었다.

'사만다가 있으면 딱 좋은데 말이지.'

그러나 데스디아 본인도 사만다를 일부러 부르고 싶은 생각은 없었다. 그녀를 일부러 위험에 빠뜨리면서까지 정리해야 할 자료는 아니었기 때문이다.

'하아, 어떻게든 되길 빌어야겠군.'

그녀는 손에 든 단말기를 셀레스티아에게 내밀었다. 시가라도 좀 편하게 피우고 싶어서였다.

하지만 셀레스티아는 반응이 없었다.

그녀는 공항 건물을 향해 두 팔을 흔들며 기뻐하고 있었다.

"사만다! 여기야, 여기!"

움찔한 데스디아는 셀레스티아의 눈이 가 있는 곳을 살폈다.

군복 비슷한 옷차림에 큰 배낭을 짊어지고 있는 사만다가 멋쩍게 웃으며 다가오고 있었다.

"오, 사만다 팀장이네?"

"어디 갔다 오는 건가?"

무슨 일이 있었는지 전혀 모르는 헌터들은 사만다를 향해 건들건들 손을 흔들어 인사했다.

치프는 사만다와 마주하자마자 그녀의 허리를 껴안고 번쩍 들어 올리더니 춤을 추듯 옆으로 빙글 돌았다.

헌터들은 190㎝가 넘는 거구의 사만다를 깃털처럼 들어 올리는 치프의 모습에 조금 놀랐다. 하지만 그녀를 껴안고 머리를 만져주는 치프의 행복한 모습에 압도되어 입도 뻥긋하지 못했다.

'사장이 저런 표정도 지을 수 있군.'

'비인간적인 면이 조금 보여서 부담스러웠는데, 이제 보니 그렇지도 않네.'

내심 안도하는 헌터들도 있었다.

치프는 사만다를 연신 어루만지고 살펴봤다.

"우리 공주님은 정말 말을 안 듣는군. 할아버지 곁에 있으라고 했잖아?"

"저 없으면 아무것도 못 하시지 않습니까?"

"나? 컵라면 정도는 끓여 먹을 수 있어."

둘은 다시 서로를 마주 안았다. 연인이라기보다는 가족의 분위기였기에 그 모습을 보는 사람들 대부분이 훈훈하게 웃고 있었다.

"나도!"

반가움을 이기지 못하고 달려온 셀레스티아도 사만다를 번쩍 안아 들더니 그녀의 큰 가슴에 자신의 얼굴을 문질렀다.

남성 헌터들은 셀레스티아의 얼굴 방향에 맞춰 좌우로 움직이는 사만다의 가슴을 보고 깜짝 놀랐다.

'노브라?'

'브래지어를 안 했단 말인가?'

'폭력적인 과감함이로군!'

데스디아도 사만다에게 다가왔다.

"사만다, 잘 쉬었니?"

"예, 부사장님. 지나치게 잘 쉬었습니다."

"흠."

콧소리를 내며 부드럽게 웃은 데스디아는 오른손에 들고 있던 단말기를 사만다에게 내밀었다.

"불러서 돌아온 건 아니지?"

"그렇습니다."

"보기보다 더 독한 말괄량이구나."

사만다는 대형 단말기를, 원래 자신이 쓰던 그 물건을 받아

들었다.

"저도 끝을 보고 싶습니다. 그리고 그럴 자격이 있다고 생각합니다."

"그렇지."

사만다는 치프가 없는 1년 동안 회사의 자잘한 일을 도맡아 처리해 왔다.

포프의 기초체력 관리, 자금 관련 사항, 그리고 데스디아와 헌터들 사이에 일어난 분쟁을 모두 중재해 온 사람이 바로 그녀였다.

그녀가 이 일의 마지막을 지켜볼 자격은 충분하고도 넘쳤다.

"다시 잘 부탁한다, 사만다."

"예, 부사장님. 그럼 가방을 놓고 오겠습니다."

"그러려무나."

사만다는 롸켓이 기다리고 있는 수송기 쪽으로 달려갔다.

롸켓과 손을 마주치고 수송기 안으로 들어간 그녀는 등에 멘 가방을 자신의 사물함에 넣은 뒤 단말기 내에 정리된 자료들을 살피며 다시 나왔다.

사만다를 계속 살피던 그 '청년'이 치프에게 시비를 걸었다.

"저 아가씨는 또 누구죠? 사장님 애인이에요?"

"가족이야."

"가슴이 정말 크네요!"

"작진 않지."

치프는 그냥 그렇게 대답하며 웃었다. 적극적인 대응을 기대한 청년은 시큰둥한 표정을 지었다.

"이 애송이 자식이……!"

보다 못해 격분한 카발리오가 소매를 걷어 붙이며 그 청년에게 다가가려 했다. 하지만 치프가 카발리오를 말렸고, 결국 그 이상의 일은 일어나지 않았다.

약 30분 뒤, 데스디아가 손가락을 입가에 붙이고 특이한 음색의 휘파람 소리를 내어 헌터들을 불렀다.

"자료는 대강이나마 봤겠지? 집에 가고 싶어진 사람은 일찌감치 손을 들도록 해. 저 배에 타면 우리가 미리 공지한 원정 종료일까지는 빅시티에 돌아올 수 없어."

과도하게 긴장하는 사람은 있었지만 손을 드는 사람은 아무도 없었다.

"팀 편성은 빅시티 밖에서 지구 측 군인들과 합류한 뒤에 시행한다. 전원 탑승."

"그럼 약속한 장소에서 봐."

"음?"

치프가 데스디아에게 손을 흔들며 해적선을 향해 걸어갔다.

"다들 저를 따라오시면 돼요."

데스디아는 미리 상의한 적이 없는 치프의 행동에 조금 당황했다. 원래 헌터들을 해적선에 태우고 인솔하는 역할은 그녀의 몫이었다.

그녀는 설마 하는 마음으로 그를 불렀다.

"치프, 혹시 어떤 멍청이 하나를 지워 버릴 생각으로 그러는 거라면 그만둬."

"음, 아냐. 하하!"

치프는 밝게 웃으며 데스디아의 말을 부정했다. 하지만 헌터들은 치프가 즉답하지 않고 잠깐 고민한 것에 신경이 쓰인 나머지 걸음을 늦췄다.

"빨리 가요, 여러분."

치프가 손을 저으며 재촉하자 헌터들의 걸음이 다시 빨라졌다.

*　　　　*　　　　*

합류 장소에 대기하고 있던 순양함 알래스카와 해적선이 밀착한 후 가교를 이어 붙였다.

헤이파와 탈리케이아, 포프, 젝스가 장비를 챙겨 들고 알래스카에서 해적선으로 향했다.

진짜 사만다가 그라니트 행성에 돌아온 사실을 그제야 알게 된 이들은 사만다를 뜨겁게 환영해 주었다. 특히 포프와 젝스는 너무 반가운 나머지 눈물을 흘리기까지 했다.

그들이 기뻐하는 사이 데스디아는 곧장 해적선에 옮겨 탄 후 문제의 청년을 급히 찾아 나섰다.

하지만 그는 무사했고, 사고를 칠 거라 예상됐던 치프는 해적선을 맡은 해병들에게 지시를 내리느라 분주했다.

카발리오가 데스디아 옆으로 다가와 한숨을 내쉬었다.

"분명히 피를 볼 줄 알았는데 다행이구려."

"난 목격자 없는 실족사로 끝날 줄 알았어."

데스디아가 고개를 흔들었다.

"편성은 어떻게 할 생각이지?"

"그 문제는 나와 앗세룬이 맡을 테니 걱정하지 마시오."

카발리오는 자신의 단말기를 들어서 입체 영상을 출력시켰다. 브리치와 오크의 군대가 어떻게 나타날지에 대해 카발리오 자신이 예상하여 만든 자료였다.

"브리치가 한 개라고 가정하고… 만약 환상종이나 오크들이 거기에서 뛰쳐나오는 상황이라 가정할 경우엔 저번처럼 본대와 선발대로 나눌 필요는 없소. 육탄전이 벌어지지 않도록 주의하면 된다오."

"근접할 경우엔 헌터들이 압도적으로 불리한가?"

"당연하오. 오크들이 애송이로만 구성된다면 모를까, 족장 수준의 전사가 몇 놈 이상 끼어 있다면 힘의 균형이 무너질 것이오."

카발리오가 수염을 긁었다.

"키드라도 있었다면 오크 군장… 그러니까 워제너럴 클래스 이상도 상대가 가능하겠지만 대체 어떤 놈부터 정령과의 교감이 가능한지 정확한 정보가 없으니 좀 두렵기도 하오."

"키드라……."

데스디아는 냉동 수면 장치 안에 있는 그 나이트 스토커를 떠올리며 씁쓸한 표정을 지었다.

"아무튼 헌터들은 한번 진형이 무너질 경우 다시 수습하여 힘을 발휘할 수 있는 집단이 아니오. 거기서부터는 군인들의 영역이니 신경을 써주시오."

"기억해 두지."

"그런데 정말 오크들에게만 신경 쓰면 되는 것이오?"

"무슨 말이지?"

"아니, 부사장은 알 것 아니오? 녀석들은 고블린이나 오우거들과 동맹을 맺거나 놈들을 사역해서 싸움에 참가시킬 때도 있소. 조직력 측면에서는 그 노예들의 군대가 헌터들보다 훨씬 낫다오."

"흠, 이쪽 전력이 그렇게 나쁘진 않으니 걱정하지 않아도 될 거야."

데스디아가 긍정적인 방향으로 말했다.

카발리오는 어깨를 으쓱했다.

"하긴, 순양함을 끼고 사냥을 한 경우는 없었으니 말이오."

그는 입체 영상을 끄고 단말기를 넣었다.

모든 절차를 마친 순양함과 해적선이 나란히 하늘을 가르며 이동을 개시했다.

빅시티에서 가장 가까운 곳에 위치한 브리치를 향해 거침없이 전진하던 순양함으로부터 무인정찰기 석 대가 날아올랐다.

브리치와 함선들 간의 거리가 약 100킬로미터 정도로 좁혀지자 브리치에서 이상 현상이 발생했다.

브리치가 땅에 닿을 만큼 긴급히 고도를 낮추더니 이내 붉게 달궈지면서 오크들을 쏟아내기 시작한 것이다.

순양함 함교에서 그 모습을 본 치프는 정찰기의 감지 장치를 통해 브리치의 상태를 확인했다.

"역시 뭔가를 전송하면 전송할수록 브리치에 쌓인 에너지가 감소하는군. 일이 쉬워지는데?"

"하지만 오크들의 숫자는 좀 불편하군요."

정찰기를 담당한 해병이 실소를 터뜨리며 말했다.

브리치가 뱉어낸 오크의 숫자는 시작하자마 1,000을 넘겼고, 이제 2,000을 향해 질주하고 있었다.

　치프는 계속해서 올라가는 오크의 숫자를 유심히 지켜봤다.

　"올라가는 속도가 떨어지질 않는군. 2,000명 이상은 무리라고 봤는데 벌써 넘겨 버렸어."

　"이거 위험한 거 아닙니까?"

　무인정찰기 담당 해병의 표정에 불안감이 꽂혔다.

　"위험하다기보다는 황당한 상황이지."

　중얼거리듯 대답한 치프는 알레스카의 함장에게 다가가 그의 팔을 흔들었다.

　"중령님, 일어나십시오."

　"응?"

　모자를 꽉 눌러쓴 채 졸고 있던 늙은 함장이 움찔한 후 자세를 바로 했다.

　"음, 적들이 왔나?"

　"편히 주무실 수 있는 방법을 알려 드리죠. 저놈들에게 미사일을 몇 방 꽂아주세요."

　상황판을 통해 적의 숫자와 장비 수준을 살핀 함장은 치프를 물끄러미 바라봤다.

　"나를 포함한 다른 함장들이 다시 군에 복귀한 이유를 자네에게 얘기했던가?"

　"아뇨."

　"우린 다른 세계에서 넘어온 신비의 생물들과 멋진 전쟁을 하고 싶었을 뿐이야. 잔디를 깎거나 야구장에서 시간을 보내는 일

따위로 내 인생을 허비하고 싶지 않았거든."

함장은 상황판에 손을 대어 순양함 안에 준비되어 있는 미사일들을 선택한 뒤 장전 버튼을 눌렀다.

"하지만 당황스럽군. 쇳조각을 조금 걸친 보병들이 겁도 없이 땅 위에 깔리고 있어. 저들이 활을 쏘면 여기에 닿긴 하는가? 나름 신비로운 광경이군."

"정말 치열한 싸움을 원하신다면 오늘 녀석들에게 제대로 된 가르침을 주시죠."

"그럴 생각이네."

함장은 상황판에 잔뜩 떠 있는 오크 무리를 손끝으로 터치하여 미사일의 낙하 장소를 선택했다.

"브리치라는 구조물의 상태도 영 별로로군. 저쪽에도 몇 방 꽂아버릴까?"

"우선 오크들을 정리하시고 고민해도 될 거예요."

"음… 아, UNSMC와 해병대 원정군의 준비는 다 됐나?"

함장은 질문을 하면서 발사 버튼을 엄지로 터치했다. 지문을 비롯한 생체 인증이 끝나자마자 함교와 함선 전체에 발사 카운트다운이 공지됐다.

순양함 알래스카 내의 인원이 발사 충격에 대비하는 가운데, 치프는 5에서 시작된 카운트다운 숫자를 지켜보며 대답했다.

"대원들에게는 문제가 없습니다. 불안한 점이 있을 뿐이죠."

"내가 맞춰볼까?"

함장이 말을 하는 순간 선체 뒤쪽의 미사일 발사관에서 총 여덟 발의 미사일이 솟아올랐다.

치프가 얼마 전에 오크들을 정리할 때 쓴 타이런트 순항 미사일이었다.

한 발로도 충분한 위력을 과시한 미사일이니만큼 함장의 얼굴은 상당히 평온했다.

상황판을 통해 선체의 상태를 살핀 그 늙은 함장은 팔짱을 끼고 입을 열었다.

"퇴역할 때까지 자네와 UNSMC의 기록을 계속 살펴봤다네. 아마 자네만큼 상황 변화에 능숙한 자는 없던 것 같아. 그러니 뜻밖의 테러가 빈발하던 식민지 청소 작전을 끝까지 해냈겠지."

여덟 발의 미사일이 착탄되면서 일어난 화염의 폭풍이 순양함 앞쪽의 하늘을 노랗게 물들였다. 그 잠깐의 빛이 사라지고 남은 것은 버섯구름뿐이었다.

"관측을 재개하겠습니다!"

정찰기 담당 해병이 크게 외쳤다.

함장은 상황판을 주시하며 말을 이었다.

"그런데 자네와 UNSMC가 올린 전과의 대부분은 테러에 대한 대응에서 거의 벗어나지 못했어. 물론 그 결과가 너무 치명적이라서 대테러 전에 대한 교과서를 전부 다시 써야 할 수준이지만 말이야."

"예, 대신 전략이 정말정말 부족하지요."

치프가 상쾌하게 인정했다.

"내가 하고 싶은 말을 깔끔하게 줄여주는군. 헌터들과 UNSMC, 해병대 원정군이라는 대규모 인원을 대체 어찌 관리할 건가? 이번만큼은 자네에게 전략이 있었으면 좋겠는데 말일세."

함장의 걱정을 들은 치프가 어깨를 으쓱했다.

"전 중령님께서 멋진 해답을 내주실 줄 알았는데요?"

"…난 해군 중령 퇴역자라 지상전 따윈 몰라. 군인으로서 대단한 경험을 하지도 못했다고."

"……."

함장과 치프가 서로를 물끄러미 바라봤다.

"전 중령님을 정말 믿었거든요?"

"나를 보는 자네의 눈에는 불신이 가득하군."

함장은 다시 상황판을 봤다.

"오크 생존자는 수십 명 규모로군. 생존자가 있다는 사실이 신기하지만… 어쨌거나 브리치의 상태가 영 안 좋은데? 브리치 자체는 회피기동을 하려는 것 같네만 남은 에너지가 거의 없어서 외피가 부스러지고 있어."

"미사일들은 어떻게 될지 모르니 함포로 쏴서 떨어뜨리죠."

"잘될까?"

"시험해서 손해 볼 건 없으니까요."

치프의 넉살 좋은 대답에 납득한 함장은 마이크를 들었다.

"주포 준비, 철갑탄 장전. 목표는 브리치다."

"철갑탄 장전, 완료! 조준 맞추고 고정! 언제든지 쏠 수 있습니다!"

"날려!"

함장의 고함과 동시에 순양함의 2연장 주포 두 대가 일제히 불을 뿜었다.

공기의 장벽을 뚫은 탄환의 하얀 궤적이 약 100km의 거리를 가로질렀다.

에너지의 과다 소모로 결합력이 약해진 브리치는 철갑탄 네 방에 관통되자마자 좌우로 쪼개지더니 지상으로 추락하여 완전히 부서졌다.

"브리치 격추! 완전히 침묵했습니다!"

정찰기 담당 해병이 기쁨을 섞어 소리쳤다.

"의외로 시시하군."

함장이 심드렁한 표정으로 중얼거렸다.

"누군지는 몰라도 브리치의 한계를 잘 모른 채 오크들을 마구 불러낸 것 같네요."

"흠."

함장은 상황판을 통해 브리치 주변의 지형을 살폈다.

"자리를 잡고 지켜볼 만한 장소가 없는데? 정말 모르고 그랬을까?"

"글쎄요."

직감적으로만 말을 했을 뿐인 치프는 흘려 넘기듯 대답했다.

"그럼 헌터들을 보내서 현장에 남아 있는 오크들을 처리하도록 하죠."

"헌터들?"

함장이 쓴웃음을 지었다.

"자네가 왜 아마추어들에게 기회를 주려 하는지 난 이해가 안 된다네. 그들을 만약의 사태에 대비한 총알받이로 쓸 생각인가?"

"사실 이 자리에서 가장 위험한 사람은 우리죠. 위험성이 가장 높은 자들을 우선적으로 처리하는 건 기본 아닌가요?"

치프의 말에 함교의 인원이 잠깐 술렁거렸다.

"오히려 그들이 이번 작전의 대비책이라 이건가?"

"굳이 말씀드리자면 그렇죠. 물론 알래스카를 떨어뜨릴 정도의 무기나 환상종이 등장한다면 헌터들 쪽도 몰살이겠지만요."

"드래곤들까지 포함한 연계가 중요하겠군."

"매우 중요하죠. 아무튼 잘될 겁니다."

"흠."

한숨을 쉰 함장은 모자의 챙을 만지작거렸다.

"자네가 생각 없이 그들을 부르진 않았겠지. 아무튼 알았네. 헌터들의 오크들의 잔당을 어떻게 처리할지 궁금하군."

"잔존한 오크들조차 처리를 못할 정도면 싹 돌려보내야죠. 주변 경계를 부탁드립니다."

"통신이 불가능할 경우에는 섬광탄으로 신호를 보내겠네."

"알겠습니다, 중령님."

경례를 한 치프는 헬멧을 쓰며 함교를 빠져나갔다.

그는 헬멧의 통신 장치를 눌러 UNSMC에 지시를 내렸다.

"알파 스쿼드는 경장갑 전투복을, 브라보 스쿼드는 중장갑 전투복을 입고 대기하도록. 무장은 자유야."

─알파, 지시에 따르겠습니다.

─브라보도 착실히 준비하겠습니다.

그는 곧장 채널을 바꿨다.

"뎃디, 들려?"

─얘기해.

"이제부터 오크들의 생존자를 처리할 거야. 엄선된 사람들을 준비시켜 줘."

　—엄선된 사람? 그건 어머님만 모시고 나오라는 뜻인가?

　치프는 그녀가 굉장히 짜증을 내고 있음을 감지했다.

　"무슨 일 있었어?"

　—아까 우리에게 시비를 걸어대던 녀석이 결국 어머님께 시비를 걸었다고!

　"그 친구, 지금쯤 박살이 났겠군. 진공청소기가 배 안에 있을 거야."

　—아니야! 어머니께서 사람 관리를 왜 이따위로 하냐며 나를 혼내셨다고!

　거기까지는 예상을 못한 치프는 입술을 동그랗게 모으며 놀라워했다.

　"의외네. 어쨌든 잘 부탁해. 아니면 카발리오 아저씨한테 맡기던가."

　—하아, 알아서 하지. 밖에서 보자고, 치프. 아, 그리고 화면에 표시되는 오크의 숫자를 너무 믿지 마.

　"응?"

　치프가 조금 놀라 발걸음을 멈췄다.

　"숫자를 믿지 말라니?"

　—오크들은 꽤 영리한 놈들이야. 덩치가 큰 주제에 생존력은 고블린이나 오우거 이상이지. 아무튼 무슨 수를 써서라도 살아남는 놈들이니 무인정찰기가 계측한 숫자를 믿지 않는 게 좋아.

　"그럼 숙달된 분들의 시범을 뒤에서 지켜보도록 할게."

　—그쪽을 미끼로 삼으려 했는데 너무 많은 걸 가르쳐 줬군.

"하하, 그럼 밖에서 봐."

웃으며 통신을 마친 치프는 바로 정색을 하며 타이런트 순항 미사일이 터질 때의 상황을 떠올려 봤다.

'무려 여덟 발이 동시에 터졌는데 어떻게 살아남을 수가 있지? 아니, 실제로 수십 명 정도가 살아 있다고 표시됐으니 모르지.'

치프는 호기심 반, 불안감 반의 마음으로 순양함의 격납고를 향해 이동했다.

*　　　　*　　　　*

헌터들을 실은 해적선 쪽의 수송기와 UNSMC 쪽의 수송기들이 브리치 추락 장소를 향해 날아갔다.

헌터들은 수송기가 착륙하자마자 바짝 긴장한 얼굴로 땅에 내려 전진했다. 그들 가운데에서 평정심을 유지하고 있는 사람은 데스디아와 포프뿐이었다.

포프는 헬멧과 복면을 착실히 착용하고 있었고, 데스디아는 스트라투스와 지구에서 받은 환도를 모두 장비 중이었다.

UNSMC 수송기에서 데토데이터 넉 대가 걸어 나오자 헌터들의 표정이 밝아졌다. 하지만 데스디아의 표정은 미동도 하지 않았다.

알파 스쿼드의 수송기에서 치프가 내려와 데스디아 곁으로 갔다.

"우리 회사에서는 너랑 포프만 나온 거야?"

"어머님이 안 계셔서 섭섭한가 보군."

데스디아가 눈총을 쐈다.

"딱히 그런 건 아니야."

어깨를 으쓱이는 치프의 뒤쪽으로 알파 스쿼드 대원들이 지나갔다.

"이번 내기는 저희가 이겼습니다, 원사님."

"원사님께서 이 정도로 망하시는 건 처음인 것 같네요."

그들이 내기를 했다는 사실을 어렵지 않게 알아차린 데스디아의 눈매가 더욱 사나워졌다.

"여유만만이군."

"…긴장을 풀어볼 생각이었을 뿐이야."

치프의 목소리가 제법 얌전해졌다.

"그러시겠지."

헛기침을 한 데스디아는 앞서가는 데토네이터 탑승자들을 보며 목에 건 통신기를 눌렀다.

"기갑부대는 너무 앞서가지 말도록. 땅이 흔들리고 있어."

─데토네이터가 좀 무겁죠, 부사장님.

"그게 아니야!"

그녀의 고함과 동시에 십여 명의 오크가 땅을 뚫고 나와 총을 쏴댔다.

집중 사격을 당한 데토네이터들은 그대로 대응 사격을 했으나 두어 명의 오크만이 쓰러졌을 뿐 나머지는 다시 땅속에 숨어버렸다.

데스디아는 등에 장비한 스트라투스를 꺼내 칼집을 날려 버린 뒤 그 긴 칼날을 땅에 꽂았다.

"전원 전투 준비! 놈들이 나온다!"

데스디아의 오른손에 맺힌 화염이 스트라투스의 칼날을 타고 땅속에 침투했다.

지면 위의 헌터들과 UNSMC은 땅이 후끈 달아오르는 것을 느꼈다. 치프는 헬멧의 열 감지기를 통해 지면 아래의 온도가 섭씨 100도 가까이 치솟는 것을 확인했다.

땅에 숨어 있던 오크들이 일제히 튀어나왔다. 그 수는 데스디아가 경고한 대로 무인정찰기가 감지한 것보다 훨씬 많았다.

데토네이터 탑승자들은 전방의 적들을 상대할 준비를 하는 한편, 아까 숨은 숫자만큼의 오크들이 헌터들의 무리 안쪽에서도 튀어나온 것을 감지하고는 적잖이 당황했다.

오크들이 땅을 뚫고 튀어나오는 힘에 밀려 뒤로 넘어진 헌터 카발리오는 자신을 노려보며 도끼를 꺼내 드는 오크의 모습에 완전히 질려 꼼짝도 하지 못했다.

그 오크의 두 눈에 투척용 단검이 박혔다. 고개를 들고 괴성을 지르는 오크의 목젖을 총탄이 관통했다.

"일어나세요, 아저씨!"

포프가 침착하게 권총을 쏘며 카발리오 옆을 지나갔다.

신장 2.5미터의 오크가 도끼를 휘두르며 달려들어도 포프의 동작에는 흔들림이 없었다.

도끼날을 간발의 차이로 피하며 오크들의 급소에 총탄을 박아 넣는 그녀의 모습은 카발리오의 간담을 서늘케 할 만큼 치프와 닮아 있었다.

'헌터라기보다는 군인에 가깝군.'

곧바로 일어나 플라즈마 산탄총을 꺼낸 카발리오는 아직 우왕좌왕하는 헌터들을 돕기 위해 오크들을 쏘며 그들을 엄호했다.

"포프가 잘 싸우는군요."

중장갑 전투복을 입은 브라보 스쿼드 리더, 죠니가 웃음소리를 섞으며 치프 옆에 섰다.

"용돈을 올려줘야겠군."

소총으로 오크들의 눈을 노려 쏘던 치프는 기계적으로 다음 표적을 잡고 사격을 계속하며 생각을 해봤다.

"아니, 월급을 올려줘야 맞는 건가?"

"정식 직원이니 월급이 맞죠."

죠니가 오른손에 든 개틀링 기관포로 오크들을 고깃덩이로 만들었다. 방패로 막아보려 하는 자도 있었지만 방패와 함께 구멍이 나면서 흩어지고 말았다.

죠니의 전투복 왼쪽 어깨에 설치된 대인용 미사일 박스에서도 요란한 소리가 터졌다. 엄지 크기의 미사일들이 딱정벌레처럼 날아가 오크들의 머리만을 집중적으로 노렸다.

죠니와 마찬가지로 중장갑 전투복을 착용한 브라보 스쿼드 전체가 수송기를 지키며 일사불란하게 움직였다.

수송기의 경우 일정 고도 이상으로 상승하지 않으면 척력장을 전개할 수 없기 때문에 상황이 정리될 때까지 최우선적으로 지켜야 할 필요가 있었다.

때문에 브라보 스쿼드는 헌터들에게 눈길 한번 주지 않았고, 헌터들은 연거푸 땅에서 뛰쳐나와 도끼질과 돌팔매질을 하는 오크들을 상대로 상당히 고전했다.

그러한 위기 상황에서 빛을 내는 헌터들이 있었다.

양손에 장비한 전기 충격기를 최고 출력으로 올린 포프가 오크들의 틈바구니 속으로 파고들었다.

그녀는 대놓고 뛰어왔으나 오크들은 그녀를 전혀 감지하지 못했다.

포프는 날다람쥐처럼 오크들의 몸을 타고 올라 그들의 뒷덜미에 전기 충격기를 꽂아 넣었다.

그녀는 뇌가 구워져 즉사한 오크를 박차고 뛰어올라 다른 오크들의 정수리, 관자놀이를 정확히 노렸다.

오크들은 그녀를 보지도, 느끼지도 못한 채 당황하다가 죽어 갈 뿐이었다.

그녀 덕분에 동작이 멈춘 오크들을 향해 카발리오의 플라즈마 산탄이 날아왔다.

처음엔 목숨이 날아갈 뻔했던 카발리오였으나 그는 자신의 경력을 증명하듯 플라즈마 산탄총을 현란하게 다루며 오크들을 구워버렸다.

오크들이 포프에 대한 미련을 버리고 카발리오에게 달려갔다.

순식간에 포위된 카발리오는 자신의 체구에 맞게 특별 제작된 산탄총을 곤봉체조하듯 돌리고 뒤집으며 플라즈마 산탄을 난사했다.

산탄의 위력은 오크들의 신체 일부를 한 번에 지워 버릴 정도였는데, 어떤 오크의 경우에는 가슴 위쪽을 한꺼번에 잃어버리기까지 했다.

하지만 아무리 특별 제작품이라 해도 군용에 비해 뒤떨어지는 면이 있었다. 바로 법에 의해 제한된 배터리 용량이었다.

소모된 배터리가 산탄총에서 자동으로 이탈했다.

배터리의 용량을 계산하며 방아쇠를 당기고 있던 카발리오는 미리 왼손에 준비한 배터리를 산탄총 안에 넣었다.

오크 중 하나가 그 틈을 노리고 도끼를 투척했다.

"아저씨!"

사자 머리의 헌터가 카발리오 앞으로 몸을 던졌다. 흉갑에 도끼를 제대로 맞은 헌터는 뒤로 쭉 날아가 땅을 굴렀다.

"제길, 그러다 목이 날아가면 어쩌려고!"

카발리오가 다시 방아쇠를 당겨 오크의 머리를 지워 버렸다. 하지만 쓰러지는 오크의 뒤로 다른 오크들이 나타나 카발리오를 향해 돌진했다.

포프가 권총으로 그들을 견제하려는 찰나, 다른 방향의 오크들을 정리한 데토네이터 한 대가 장갑차 대응용 전기톱을 앞세워 오크들을 들이받았다.

전기톱에 직접 썰린 오크들은 단숨에 조각이 났고 데토네이터의 동체에 충돌한 자들은 수 미터 이상을 치솟은 후 땅에 떨어졌다.

한 번의 움직임으로 적들을 혼란에 빠뜨린 데토데이터는 기관포와 전기톱, 대인용 미사일 등으로 오크들을 철저하게 격퇴했다.

"아, 뭔가 엉망이네."

자동소총을 든 채 상황을 지켜보던 치프가 고개를 갸웃했다.

"오크들과의 싸움은 원래 이런 법이지."

치프는 데스디아의 목소리와 함께 피비린내가 몰려오자 깜짝 놀랐다.

"어라, 괜찮아?"

"내 피는 아니니 걱정하지 마."

오크들의 피를 잔뜩 뒤집어 쓴 데스디아가 스트라투스를 휘둘러 핏물을 뺐다.

그녀가 잠시 머물렀던 장소에는 몸이 너무 잘게 잘려 정확한 수를 알기 힘든 오크들의 시체가 깨져서 내던져진 수박들처럼 잔뜩 널려 있었다.

데스디아드 치프의 뒤쪽을 봤다.

탄환에 머리가 꿰뚫린 오크 십여 명이 일정 거리 밖에서 나란히 누워 있었다.

'거의 기계적으로 사살했군. 이제 와서 놀랄 일도 아니지만.'

데스디아는 피 한 방울 묻지 않은 치프의 경장갑 전투복과 헬멧을 보고 안심했다.

치프는 몇 남지 않은 오크들이 데토네이터들에게 정리되는 것을 지켜보며 한숨을 내쉬었다.

"우리는 그렇다 쳐도 헌터들은 문제가 심각한데? 조직적인 대응 같은 건 없고 개인기로 승부하고 있어."

"오크와 싸워본 경험을 가진 헌터들이 그렇게 많진 않거든. 그리고 오크들은 보기보다 영리하고 끈질기지. 원래 미쳐 있지만 피를 보면 더 미치는 놈들이야."

복면을 쓴 채 중얼거리던 데스디아가 어깨를 으쓱했다.

"그래서 제대로 붙잡고 거세를 할 여유가 거의 없었지."

"…그걸 굳이 강조할 필요는 없었다고 봐."

"모르는 소리를 하는군. 우리 알타이르 전사들에게 있어서 거세라는 것은 곧 명확한 승리를 의미하지."

"……."

"물론 우리의 풍습을 당신에게 강요할 생각은 없어."

"매우 고맙군."

치프는 오크들의 정리가 확인되자마자 바닥에 주저앉아 숨을 몰아쉬는 헌터들을 한참 바라봤다.

"그냥 우리끼리 해결할 걸 그랬나?"

"사실 최선은 돈을 크게 들여서 알타이르 전사들을 데려오는 것이었지."

대답한 데스디아는 피에 젖은 복면을 풀고 숨을 크게 들이마셨다.

치프가 꽤 놀랐다.

"돈?"

"풀어서 얘기하자면 알타이르에 대한 방위비 투자랄까? 탈리 휘하의 군단 전체는 몰라도 정예부대 하나 정도는 데려올 수 있었을 거야."

치프는 데스디아를 물끄러미 바라봤다. 그의 시선을 느낀 데스디아가 눈살을 구겼다.

"왜?"

"그렇게 훌륭한 상품이 있었으면 진작 말하지 그랬어?"

"상품이라고 하지 마. 그리고 내 생각일 뿐이야. 내가 지휘하던 군단이 전멸한 탓에 고향의 군대를 움직이는 건 어려워."

그녀는 손에 불꽃을 일으켜 복면을 태워 버렸다.

"그렇다고 그걸 태울 것까지는……."

"땅속을 기어 다니는 오크들과 싸울 때는 복면이 필수야. 그리고 이 옷도 태워버려야 해."

"그래?"

"땅 위에서만 돌아다니는 놈들과 달리 이 녀석들의 피와 살가죽, 근육, 그리고 내장에는 기생충이 엄청나게 살고 있거든. 일반적인 생명체가 놈들의 피를 마시게 되면 며칠 내로 피부에 구멍이 나겠지. 그리고 기생충들이 그 구멍에서……."

"오우."

헬멧을 벗으려 했던 치프가 얼른 손을 멈췄다.

"아무튼 오크들에 대한 대응 체계를 바닥부터 다시 검토해야겠어. 아무것도 아닌 놈들에게 이렇게 고전할 정도라면 워스컬이나 워로드가 나타날 경우 전멸을 면치 못하겠지."

중얼거린 데스디아는 쓴 것을 씹은 표정으로 헌터들을 봤다.

"데토네이터의 세척을 잊지 마. 나중에 보자고."

"알았어."

데스디아가 헌터들을 이끌고 수송기 쪽으로 향했다.

먼 곳에서 둘의 대화를 듣고 있던 죠니가 이윽고 치프에게 다가왔다.

"헌터들에게만 문제가 있는 건 아닙니다, 원사님. 전투 데이터가 부족합니다."

"우리가 전력을 다한 것도 아니잖아?"

"그것도 그렇지만 그 큰 덩치들이 땅속을 헤집고 다닐 줄은 몰랐죠."

"헤집는다는 표현보다는 헤엄친다는 표현이 더 맞지 않나? 힘인지, 기술인지 모르겠지만 땅에 파고드는 속도가 대단하던데?"

"그리 좋은 추억은 아닙니다만, 메타휴먼 중에서도 그런 놈이 있었죠."

"아… 우리가 녀석을 어떻게 잡았더라?"

"초음파 지뢰로 땅을 액화시켜서 잡았지 않습니까? 녀석은 늪에 빠진 멧돼지 꼴이 됐죠."

"이젠 기억도 안 나는군."

치프는 고개를 흔든 뒤 헬멧에 손을 댔다.

"전원, 화생방 세척 절차를 거친 뒤 수송기에 탑승해 귀환한다."

―알겠습니다, 원사님.

수송기에서 세척용 기구가 나오는 한편, 치프는 방금 전의 싸움에 대한 기억을 더듬어 나중에 있을지 모를 상황에 대한 계산을 해봤다.

*   *   *

치프가 알래스카에 귀환한 후 한 시간이 흘렀다.

수송기를 이용해 해적선으로 옮겨 탄 치프는 회사 직원들과 간부급 헌터들을 모아놓고 회의에 들어갔다.

그는 뒤늦게 회의실에 들어온 카발리오의 모습을 보고 깜짝 놀랐다. 카발리오의 손은 복부에서 떨어지지 않았고 얼굴색도 약간 파랬다.

"아까 다치셨나요?"

"구충제가 너무 세서 그런 것뿐이오."

카발리오는 의자에 앉자마자 미리 준비된 생수를 마구 들이 켰다.

조금 뒤, 브리핑용 스크린 앞에 선 헤이파가 허리 오른쪽에 손을 얹으며 쓴웃음을 지었다.

"첫 전투가 그리 상쾌하진 않았던 것 같군."

"두더지보다 빠르게 도망 다니는 놈들이 있을 줄은 몰랐거든요."

치프가 대답하자 헤이파가 의아해했다.

"오크들의 특징과 전략전술에 대한 정보는 저번에 제출했을 텐데?"

"직접 경험해 보는 것과 자료를 보는 건 다르니까요."

그는 헤이파의 자료가 생각보다 부실했다는 말까지는 차마 꺼내지 못했다.

"그럼 오늘 있었던 일에 대한 것들을 보충해 주겠네."

헤이파는 전자펜을 들고는 스크린 위에 그림을 그리고 글자 를 적었다.

"오늘 나타난 오크들은 땅거미 부족이라고 해서, 오크들이 점 령하고 있는 터전들 가운데 가장 험한 환경에 살고 있는 놈들 일세. 농업은 물론 목축업도 힘든 곳이라서 곤충들을 양식하여 살아나가지."

"곤충만 먹고 살아온 놈들 치고는 건강하던데요?"

"그 벌레의 크기가 지구의 젖소정도 되거든. 놈들의 축사 안에 서 초대형 구더기들이 넘실대는 꼴을 보면 속이 즐거울 것이야."

"하하."

치프는 가볍게 웃었지만 벌레를 심각하게 싫어하는 포프는 입을 가리고 구역질을 참았다.

"그런데 이제 와서 부족의 특징을 따지기엔 좀 그렇지 않나요?"

"아닐세."

헤이파는 다시 뭔가를 적어나갔다.

"땅거미 부족은 오크들 가운데에서도 멸시를 받는 자들일세. 다른 행성에서 여자들을 대량으로 납치한 뒤에는 부족 서열에 따라서 여자들을 나누게 되는데, 땅거미 부족은 정말 소수의 여자들을 분배받는다네. 뿐만 아니라 분배를 받은 여자들이 기생충 때문에 죽는 경우가 대부분이라 번식을 거의 못 하거든."

헤이파의 설명에 몇몇 헌터들이 기가 막혀 헛웃음을 터뜨렸다.

"오늘 미사일에 맞아 죽은 놈들의 수가 수천 명이었지? 아마 땅거미 부족 입장에선 치명적인 피해였을 것이네. 이젠 그 부족의 족장과 정예 병사들만 남았을 걸?"

"음……."

치프는 헤이파의 글이 적힌 스크린을 보며 진지한 표정을 지었다.

"그 땅거미 부족이 왜 그렇게 무리를 했을까요?"

"공을 세워야 부족의 서열을 올릴 수 있기 때문일세. 그리고 그 덕분에 괜찮은 추론을 할 수 있었지."

"뭘까요?"

"브리치의 제어 권한이 오크들에게 나눠졌을지도 모른다는 것일세. 그게 아니라면 그토록 무식하게 브리치를 돌려댈 이유가 없거든."

치프는 분위기를 살폈다.

대부분의 이들이 헤이파의 말을 이해하지 못한 채 침묵하고 있었다.

그들을 도울 겸, 치프는 헤이파의 말을 정리해 보기로 했다.

"오늘 만난 오크들이 녀석들 사이에서도 서열이 낮은 부족들이라 이거죠? 이름은 땅거미 부족이고요."

"그렇다네."

"좋은 환경에서 살아가기 위해서는 공을 세워야 하는데, 땅거미 부족은 곤충을 양식해서 끼니를 채울 만큼 삶의 환경이 안 좋은데다가 녀석들의 몸에 살고 있는 기생충들 때문에 여자를 분배받아도 번식을 제대로 못 하고 있지요."

"흠흠."

헤이파가 끄덕했다.

"여기서부터는 여사님께서 생각하신 이야기인데요, 브리치의 제어권을 가진 땅거미 부족의 족장이 어딘가에 있는데, 그는 공적을 올리는 것에 눈이 돌아간 나머지 브리치에 과부하가 걸릴 만큼 무리를 하여 병사들을 동원하고 말았죠. 결국 병사들도 잃고, 브리치도 잃으며 완전히 망한 거고요."

"정리를 잘하는군."

칭찬을 한 헤이파는 전자펜으로 스크린에 적은 자신의 글을 뿌듯한 표정으로 봤다.

"하긴, 내가 이렇게까지 자세히 써놨는데 모르면 그게 더 문제겠지."

"하하."

치프가 웃었다. 마치 기자들처럼 단말기에 열심히 메모를 하던 헌터들도 치프의 뒤를 따르듯 서로를 보며 웃음을 터뜨렸다.

데스디아는 그들이 왜 가식적인 반응을 보이는지 알고 있기에 눈을 꾹 감았다.

그녀가 안타까워하는 것에는 이유가 있었다.

이 자리에서 알타이르 언어를 알고 있는 '외계인'은 사실 치프 정도였다.

게다가 손으로 직접 휘갈겨 쓴 글씨라서 단말기에 기본으로 제공되는 번역 어플리케이션의 도움을 받기도 힘들었다.

실시간으로 번역된 글을 망막에 투사해 주는 어플리케이션이 있지만 그 물건에는 결정적인 문제가 있었다.

'그건 유료에다가 비싸다고!'

'비싼 어플리케이션 베스트 5위권에서 내려온 적이 없단 말이야!'

헌터들은 항의가 실린 눈빛을 데스디아와 치프에게 쏘아 보냈다.

'나중에 설명을 드려야겠군.'

이윽고 치프가 다시 입을 열었다.

"땅거미 부족 족장의 불행은 나중에 얘기하기로 하죠. 우선은 오늘 있었던 오크 잔당의 처리 과정에 대해서 얘기를 해봐야 할 것 같네요. 여사님께서는 어떻게 보셨나요?"

"사망자가 나오지 않은 게 다행이었지. 아주 엉망이었어."

"예, 그건 저도 동의해요."

치프가 한숨을 터뜨렸다.

"헌터들은 개인기로만 대응을 했고, 우리는 우리대로 수송기를 보호한답시고 우왕좌왕했죠. 뭔가 맞물리는 맛이 전혀 없더라고요."

"오크들과의 육박전에서 이기려면 전사의 피가 요구되지."

헤이파의 말에 회의실 분위기가 착 가라앉았다.

"문제는 그거죠."

치프가 조금 큰 목소리로 지적했다.

"숫자 대 숫자로 정면대결을 했다가는 엄청난 피해가 발생할 거예요. 오크들의 피지컬이 대단하니까요. 아무래도 지상에서의 싸움은 군에서 맡는 게 나을 것 같네요."

그의 말에 헌터들이 술렁거렸다.

"우리보고 당신네 싸움을 구경이나 하란 뜻이오?"

"그럼 밑에 내려가서 육박전을 펼치실 건가요? 오늘 브리치에서 터져 나온 오크들의 숫자만 해도 수천 명이었는데요?"

"……"

"분담을 확실히 하도록 하죠. 헌터 여러분들께선 원래 취지대로 즐기듯이 사냥을 하시는 거예요."

"즐기듯이?"

헌터들이 의아해했다.

치프는 헤이파가 스크린에 적은 손 글씨를 쌀쌀맞게 지운 뒤 자신의 단말기에서 뽑은 해적선의 구조도를 스크린에 띄웠다.

그는 전자펜으로 해적선의 하단을 가리켰다.

"이곳에 주렁주렁 달린 것들이 바로 '전투용 곤돌라'예요. 두꺼운 장갑으로 보호되어 있고 좌우에 뚫린 창을 통해서 사격을 할 수 있죠. 이 배의 원래 주인인 해적들은 이 곤돌라에 몸을 숨긴 채 개인화기나 건하운드를 이용하여 지상을 타격하죠. 화포나 폭탄을 퍼부어 지상을 날려버리면 약탈할 물건이나 사람들까지도 날아가 버리니까요."

치프의 설명을 들은 카발리오가 자리에서 일어나며 손을 뻗었다.

"오, 오오옷……!"

오크들과의 싸움에 대한 걱정이 앞선 나머지 해적선 하단의 곤돌라에 대한 것을 깔끔히 잊고 있던 카발리오는 종교적 깨달음을 얻은 사람처럼 신음을 냈다.

헌터들은 그를 딱하다는 듯 바라봤고 헤이파는 담담한 표정으로 뒷목을 주물렀다.

지그시 미소 짓고 있던 치프가 설명을 계속했다.

"백병전에 자신 없는 분들은 저 곤돌라 안에서 즐겁게 총질을 하시면 돼요. 오크 보병이나 덩치 큰 환상종들을 상대로는 정말 효과가 좋겠죠."

자리에 모인 헌터들은 치프가 왜 '보병'을 강조했는지 궁금했지만 땅 위에서 오크들의 면상을 볼일이 없어졌다는 사실에 너무 기뻐 환호성만 지를 뿐, 문제 제기를 하지 않았다.

'오크 기병들이 나타나면 난리도 아니겠군.'

이번에 헌터들을 모은 뱀 머리의 헌터, 앗세룬은 오크 기병대에 관한 과거 기억을 떠올리며 앞으로의 일을 걱정했다.

데스디아는 앗세룬의 표정을 놓치지 않았다.

'오크에 대한 지식만이 아니라 경험까지 가진 눈빛이로군. 헌

터로서는 흔한 일이 아닌데?'

그녀는 앗세룬에 대한 뒷조사를 생각해 봤다.

데스디아는 앗세룬이 포프의 모친, 스위트 베르자르의 헌터 그룹 안에 수 년 동안 있었다는 사실을 들은 뒤부터 그를 달리 보고 있었다.

'안드레이에게 부탁해 볼까? 아냐, 치프의 부하이니 치프에게 얘기해야겠지.'

그녀는 진 플레커의 정체가 조금씩 밝혀질 때만큼의 불길함을 느끼고 있었다.

*　　　　*　　　　*

두 번째 브리치가 발견된 것은 다음 날 오후 2시 무렵이었다.

과부하가 걸린 브리치에서 오크 병사들이 뛰쳐나온다는 소식을 들은 헌터들은 롸켓이 기다리고 있는 수송기 격납고를 무자비하게 지나친 뒤 전투용 곤돌라에 모여들었다.

자신의 직속 친구들과 함께 곤돌라를 책임진 앗세룬은 우르르 몰려든 헌터들의 질서를 유지하고 각 곤돌라마다 적절한 인원을 배치하여 혹시라도 있을 문제에 대비했다.

데스디아는 함교의 모니터를 통해 그 모습을 살피고 있었다.

"블랙 프라이데이를 노린 사람들처럼 몰려들었군."

함장 자리에 앉아 다리를 꼬고 있던 헤이파가 짧게 평했다.

그 말에 데스디아가 의아해했다.

"지구의 그 풍습을 직접 보신 일이 있으십니까?"

데스디아가 묻자 헤이파의 눈썹이 위아래로 움직였다.

"아니. 드라마에서 봤지."

"……."

"실제와는 다른 것이냐?"

"지금은 할인보다는 분위기 그 자체를 즐기는 느낌이죠. 수백 년 전처럼 치열하진 않습니다."

"아쉽구나."

"저도 속았습니다, 어머님."

모녀가 한숨을 쉬었다.

한편, 탈리케이아는 헤이파 옆에 간이 의자를 놓고 앉은 노인에게 신경을 쓰고 있었다.

함장용 모자를 쓴 그 깡마른 노인은 모자를 따뜻하게 덥히기 위한 인물이 아니었다. 이 해적선의 진짜 함장이었다.

전직 해군 중령 출신의 그 함장은 단말기로 게임만 열심히 즐길 뿐, 딱히 불쾌감을 드러내진 않았다.

배임이라기보다는 헌터들을 상대로 자신의 지시가 먹히지 않을 것임을 잘 알고 있기에 그러고 있을 뿐이었다.

"난 괜찮소, 미스 클라두스."

함장이 밝게 웃으며 탈리케이아를 봤다.

"난 실전에서 사람들을 지휘해 본 경험이 거의 없소. 오크를 비롯한 환상종들과 싸워본 경험은 더더욱 없고 말이오. 뱃사람으로서 함선 관리에만 충실히 할 생각이오."

"예……. 하하."

탈리케이아가 어색하게 웃었다.

표정으로 드러내지만 않았을 뿐, 자리에 대한 신경을 쓰고 있던 헤이파는 실제 연령이 자신보다 한참 어린 함장의 어깨를 잘 두드려 응원해 주었다.

파병 활동 시절에 해적선 곤돌라에 대한 공략을 수차례 해봤던 데스디아는 마이크를 들고 주의사항을 알려주기로 마음먹었다.

"다들 들리나?"

―누구시죠?

출발할 때 데스디아에게 시비를 걸었던 청년이 곤돌라 내의 통신기를 통해 또 시비를 걸었다.

"…그라니트 용역의 부사장인 데스디아 브라토레다."

데스디아는 그 청년을 두들겨 패는 상상을 해보는 것으로 자신의 분노를 조절했다.

"자네들이 타고 있는 곤돌라는 지구에서 특별히 보강해 준 고급품이다. 오크들이 쓰는 개인화기로는 흠집도 안 날 거야."

―오오!

헌터들이 기쁨의 환호성을 질렀다.

"하지만 곤돌라 내에서 화재가 발생하거나 건하운드 오버히트에 의한 폭발 위험이 감지되면 문제가 생긴 곤돌라를 즉시 분리시킬 거야. 분리되어 땅에 떨어진 곤돌라와 곤돌라 탑승자들은 오크들이 신나게 반겨주겠지."

―하하, 정말 그렇게 행동하실 용기가 있으신가요?

또 그 청년이 데스디아를 도발했다.

"흠, 용기라……. 자네가 당장 함교로 올라와서 우리 사만다 카터 팀장의 뺨을 때린다면 계약서에 보장한 금액의 세 배를 당장 안겨주지."

레이더 관제 장치 앞에 앉아 있는 사만다가 당황하여 데스디아 쪽을 바라봤다. 하지만 데스디아는 상황판을 지켜보며 브리치와 오크들의 움직임만을 바쁘게 추적하고 있었다.

화면 속의 청년은 아주 자신만만했다.

─어이가 없군요. 계집애 뺨을 때리는 것에 용기를 발휘해야 합니까? 그럼 당장 그쪽으로 가서 돈을 받아가도록 하죠.

청년이 곤돌라에서 빠져나갔다.

그와 같은 곤돌라에 타고 있던 헌터들은 자신들과 그 청년이 관계를 부정하기 위해 모니터, 정확히는 곤돌라와 연결된 카메라를 향해 고함을 지르고 몸부림을 쳤다.

데스디아는 상황이 발생한 화면에 눈도 돌리지 않았다.

"그럼 주의사항을 마저 말하도록 하지. 건하운드용으로 제공된 고철 블록의 잔량에도 신경 쓰는 게 좋아. 운이 없으면 자네들의 건하운드가 곤돌라의 내외장제를 소재로 삼아버릴지도 모르거든. 설마 여기까지 온 헌터들 가운데 그것조차 모르는 사람은 없겠지?"

헌터들이 아예 조용해졌다.

"오크들이 온다, 거리 약 1킬로미터."

데스디아의 무미건조한 경고가 헌터들을 긴장시켰다.

"곤돌라 내의 인원들은 사격 준비. 곤돌라의 좌측으로 가봤자 의미 없으니 전부 우측에 서도록 해."

데스디아의 지시에 맞춰 곤돌라의 우측에 선 헌터들은 건하운드의 프린팅 버튼을 일제히 눌렀다. 형형색색의 건하운드 포대들이 곤돌라의 창밖으로 모습을 드러냈다.

데스디아는 곤돌라의 효과를 확인하기 위해 일부러 미사일이나 어뢰, 함포를 사용하지 않고 있는 알래스카 순양함을 흘끔 본 뒤 상황판에 떠 있는 오크들의 움직임을 살폈다.

"조타수는 적들을 중심에 둔 채 시계방향으로 저속 선회하도록. 선체의 각도는 적절히 기울여 주고."

"예, 부사장님!"

해적선의 조타수가 상황판을 보며 마음의 준비를 했다. 그는 데스디아가 요구하는 전술 기동을 대략 이해하고 있었다. 지구에서 포격형 건쉽을 운용하는 것과 거의 비슷해서였다.

탈리케이아는 레이더 관제석 앞에 앉아 키보드를 바삐 두들기고 있는 사만다의 곁으로 갔다.

"사만다, 젝스 일행은 어때?"

"젝스와 파울라 장로님이 모습을 감춘 채로 이 배의 주변을 비행하고 있습니다."

"흐음……."

탈리케이아가 콧소리를 내더니 사만다의 얼굴을 이리저리 살폈다.

헤드셋을 머리에 쓴 채 레이더 화면을 지켜보던 사만다가 어느 순간 움찔하여 그녀를 봤다.

"무슨 일이십니까?"

"진짜 사만다인지 궁금해서 말이야."

86
왕을 실망시킨 자

탈리케이아의 질문에 기가 막혔던 사만다는 어떻게 대답할까 잠깐 고민한 뒤 최대한 좋은 쪽으로 말을 해줘야겠다는 생각을 했다.

"…오늘은 생리통이 심해서 집중하기가 어렵군요."

그 말에 탈리케이아가 껄껄 웃으며 사만다의 넓은 등판을 손으로 두드렸다.

"맞네! 내가 계산하고 있던 월경 주기랑 딱 맞아! 하하하!"

사만다는 꽤 재미있는 성격의 워치프라고 생각하며 지그시 웃었다.

"그런데 제 뺨을 때리겠다고 선언한 사람은 왜 안 올까요?"

"글쎄? 나도 그것 때문에 여기로 자리를 옮긴 건데 말이야."

"음… 그럼 저는 이쪽에 집중하겠습니다."

"응, 함교의 수비는 나에게 맡겨."

탈리케이아가 허리 양쪽에 손을 걸치며 자신감을 드러냈다.

한편, 사만다를 건드리겠다고 큰소리를 쳤던 청년은 함교로 가는 복도에서 생각지 못한 인물과 마주하고 있었다.

"뭐지? 당신, 군인들의 지휘관인 주제에 사적인 감정을 앞세워 여기까지 온 건가?"

"사만다의 문제만큼은 항상 사적이었거든."

그를 가로막고 있는 남자, 치프는 군복이 아니라 평상복 차림이었다. 청년은 그의 옷차림을 보고 자신감 넘치는 미소를 지었다.

"당신이 경장갑 전투복이라도 걸치고 왔으면 양심의 가책을 느끼지 못했을 텐데 말이지."

"응? 너, 대체 뭐하는 놈이야?"

치프가 묻자 청년이 오른손을 옆으로 내밀고 손을 활짝 폈다.

그의 손에서 하얀색의 빛이 올라오더니 약 1미터 정도 길이의 광선검으로 변했다.

"허, 나이트 스토커인가? 혹시 키드의 친구야?"

"키드 저스트를 말하는 거겠지? 녀석은 나이트 스토커의 후보자에 불과해. 난 네놈에게 사로잡힌 내 스승에게서 정식으로 인증을 받은 남자다!"

"그러시군."

치프는 바지주머니에 넣고 있던 손을 뺐다.

"이름이나 들어볼까?"

"내 이름은……!"

순간 치프가 그의 품으로 파고들더니 그의 오른쪽 손목을 붙잡아 고정시켰다. 청년은 얼른 대응하려 했지만 치프가 손바닥 아래쪽으로 청년의 관자놀이를 치는 게 더 빨랐다.

무릎이 풀리며 주저앉은 나이트 스토커는 다시 일어나 저항하기 위해 필사적으로 움직였으나 눈은 풀렸고 입에서는 침이 질질 흘러내렸다.

치프는 왼손으로 그의 머리채를 붙잡은 뒤 쇼핑백을 들듯 한 팔로 그를 들어 올려 눈높이를 맞췄다.

"네 스승이 나한테 사로잡혀 있다는 말은 어디 사는 누구에게 들었을까나?"

"……."

"뭐, 좀 있으면 네가 알아서 말하게 되겠지. 인내심 같은 걸로 어떻게 비벼볼 생각은 하지 마. 생물로서의 존엄성부터 호소하게 될 테니까 말이야. 그것조차 몇 분 못 가겠지만."

치프는 단말기를 빼들었다.

"안드레이. 의자 하나 준비해 놔."

─지금은 어려울 것 같습니다, 원사님.

안드레이의 답신을 들은 치프는 그때까지 들고 있던 청년을 바닥에 내려놓은 뒤 그의 등판에 걸터앉았다.

그저 모욕감을 주기 위한 행동이 아니라 행여 있을지 모를 저항을 방지하기 위한 움직임이었다.

"무슨 일 있나?"

─브리치가 하나 더 나타났습니다. 3분 전에 약 200킬로미터 거리에서 발견됐습니다.

"약간 과거형으로 들리는데?"

—예, 해당 목표는 레이더에서 1분 만에 사라졌습니다. 지금은 추적이 불가능합니다.

"키퍼의 제어를 받는 브리치가 그와 같은 재주를 부렸었지. 뒤늦게 숨는 걸 보니 정말 오크들이 제어하나 보군. 좋아, 의자는 됐어. 지금 알래스카 쪽으로 건너가도록 하지."

—알겠습니다, 원사님.

치프는 똑바로 일어나서 단말기를 주머니에 넣었다.

"놈들의 머리가 어떻게 돌아가는지를 모르니 시간을 낼 틈도 없군. 이봐, 친구. 혹시 오크들에 대해서 좀 알고 있나?"

엎드려 있던 청년은 대답 대신 오른손에서 광선검을 뽑아냈다.

"네놈이 스승님을 풀어주면 생각해 보지."

빠르게 일어나서 싸울 준비를 하던 그가 갑자기 움찔했다.

자신의 뒤쪽에서 생전 경험해 본 적이 없는 농도의 살기가 느껴졌기 때문이다.

청년은 뒤를 돌아봤다. 살기에 억눌린 나머지 집중이 풀리면서 오른손의 광선검도 사그라졌다.

그의 뒤편에는 탈리케이아가 서 있었다.

"왜 안 올라오나 해서 내려와 봤더니 묘한 걸 봐버렸네? 이 꼬마의 정체가 나이트 스토커였어?"

"그렇다고 하네. 덕분에 살았어, 탈리."

치프는 어느새 손에 들고 있던 권총을 거두며 웃었다. 그가 권총을 뽑는 모습을 본 적도, 느낀 적도 없었던 청년은 대단히 당황했다.

탈리케이아가 청년의 옆에 서서 그의 어깨에 손을 얹었다. 청년은 굶주린 맹수의 앞발에 짓눌린 생쥐처럼 온몸이 긴장되어 꼼짝도 하지 못했다.

"이왕 온 김에 함교에서 음료수나 한잔 마셔."

"미안, 브리치가 하나 더 발견됐어. 알래스카로 돌아가 봐야 해."

"브리치가? 이 배의 레이더에는 아무것도 안 잡혔는데?"

"알래스카는 레이더가 꽤 좋은 배거든. 오크들이 어설프게나마 계산을 하고 움직이는 것 같으니 주의하라고 전해줘. 그럼 난 가볼게. 저녁이나 같이 먹자고."

"알았어, 이 꼬마는 내가 감시할게."

"부탁해."

고개를 끄덕이며 웃은 치프는 격납고 쪽으로 통하는 복도를 향해 뛰어갔다.

탈리케이아는 나이트 스토커 청년을 돌아봤다.

"이 누나랑 얘기하고 싶은 생각 없지?"

"웃기는군. 지구인의 암캐가 된 알타이르의 워치프 따위가 감히 나이트… 컥!"

탈리케이아의 무릎에 복부를 맞고 기절한 청년은 축 늘어졌다.

"미움받는 법을 잘 아는 꼬마네."

그를 어깨에 걸친 탈리케이아는 서둘러 함교로 올라갔다. 함선이 서서히 기울어졌기 때문이다.

그것은 곧 곤돌라에서 대기 중인 헌터들의 사격이 시작된다는 뜻이나 다름없었다.

탈리케이아가 기절한 청년을 데리고 함교 안으로 들어오자 마침 출입구 쪽으로 몸을 돌린 채 뭔가를 살피던 헤이파가 크게 당황했다.

"이 와중에 보쌈이라니, 대담하구나."

"아닙니다, 스승님! 이 녀석, 나이트 스토커입니다!"

탈리케이아도 덩달아 당황하여 큰소리를 내고 말았다.

상황판에만 시선을 두고 있던 데스디아가 탈리케이아를 돌아 봤다.

"나이트 스토커라고? 그 녀석이?"

"자기 스승 얘기를 하더라고."

"꼴도 보기 싫은 짓을 저지르는 건 직업 특성인가 보군. 함장 님, 이럴 때는 어떻게 해야 합니까?"

간이 의자에 앉아 있던 함장이 쓴웃음을 지었다.

"구속해야지요. 하지만 안정성 문제가 있으니 전투가 끝난 뒤 에 처리해야 할 것 같습니다."

해적선은 이미 지상의 오크들을 중심으로 선회를 하고 있는 상황이었다.

"할 수 없군요. 탈리, 놈을 감시해 줘."

"응, 내가 맡을게."

탈리케이아가 손을 흔들었다.

"치프가 다른 얘기는 안 했어?"

"응?"

탈리케이아는 치프가 온 것을 어떻게 알았냐는 표정을 지었다.

데스디아는 다시 상황판에 눈을 돌리며 한숨을 쉬었다.

"사만다의 일이라면 지옥에도 뛰어 들어갈 남자거든. 그리고 그 나이트 스토커의 관자놀이 부근이 부어오른 걸 보니 지구

쪽의 격투 기술에 당한 게 분명해. 그럼 그 사람밖에 없지."

"넷디는 눈도 좋네."

탈리케이아가 진심으로 감탄했다.

"아무튼 브리치 하나가 알래스카의 레이더에 잠깐 잡혔다가 사라졌대. 저 브리치 말고 하나가 더 있나 봐."

"그렇군. 사만다는 젝스에게 다른 하나의 브리치에 대한 얘기를 전달해 줘. 이 배의 능력으로는 거기까지 처리할 수 없을 것 같군."

"알겠습니다, 부사장님."

사만다가 젝스 쪽으로 다급히 통신을 보내는 한편, 상황판을 통해 오크들의 무리를 지켜보던 데스디아가 곤돌라 쪽에 연결된 마이크를 들었다.

"여기는 함교다. 이제 곤돌라에서도 오크들이 잘 보이겠지?"

—손도끼 같은 게 막 날아오고 있다고요! 고도를 좀 높여줘요!

젊은 헌터 한 명이 고함을 질렀다.

전투용 곤돌라 내의 헌터들 중 다수는 지상의 오크들이 던진 투척용 도끼와 소총 사격에 잔뜩 겁을 먹고 있었다.

곤돌라들에게 의미가 있는 피해를 입히지는 못 했지만 오크들의 기세는 대단했다.

그리 작지 않은 크기의 함선이 저공비행으로 자신들을 몰아붙이고 있음에도 불구하고 오크들은 괴성을 지르며 저항했다.

그냥 단순히 저항하는 게 아니었다. 대열의 움직임이 정말 좋았다.

헤이파는 발이 참 빠른 자들이라 생각하며 치프 쪽에서 놓친 브리치와 지상의 오크들 사이의 관계를 고민해 봤다.

'양동작전임에는 분명한데 정확히 어떻게 이어질 양동작전인지는 잘 모르겠군. 내가 브리치를 제어할 수 있는 오크라면 어떻게 행동할까? 그쪽 족장이 노리는 최종 목적은 목숨을 건 말살이 아니라 그럴듯한 승리일 텐데 말이지.'

헤이파가 고민하는 사이 데스디아는 곤돌라 쪽의 인원들을 설득했다.

"지상에서도 쓸모없는 자들이 곤돌라 내에서도 쓸모가 없으면 우리는 고용자의 입장에서 생각을 달리할 수밖에 없어. 건하운드의 방아쇠라도 한번 당기고 칭얼대는 게 어때?"

─으으으!

"마지막으로 20초의 시간을 주지. 귀중하게 쓰도록 해."

데스디아는 상황판의 시계를 보며 20초를 셌다. 짧은 시간이었지만 헌터들은 손에 맺힌 땀을 닦거나 목을 축이거나 카페인 정제를 먹는 등 할 수 있는 것은 모두 실행했다.

"시간이 됐군, 발포 준비."

데스디아는 지상을 비추는 화면 쪽으로 시선을 옮겼다.

오크들은 여전히 대열을 유지하고 있었다.

'느낌이 안 좋은데?'

데스디아는 이쪽에 제대로 된 타격을 줄 수 없는 오크들이 왜 저렇게 행동을 하는지 궁금했다.

'내가 내 군단을 이끌고 육박전을 벌일 때는 이런 고민을 해 본 적이 없었는데 말이야.'

그녀는 자신부터 이 상황을 제대로 파악하지 못하고 허둥대는 게 아닌가 하는 생각을 해봤다.

'나부터 마음을 굳게 먹어야겠군.'

데스디아가 마이크를 고쳐 쥐었다.

"전원 발포!"

곤돌라 밖으로 나온 건하운드의 포대들이 일제히 불을 뿜었다.

크고 작은 탄환들이 오크들에게 꽂히고 피와 살점들이 하늘로 튀었다. 그러나 대다수의 오크들이 대열 덕분에 살아남았고, 그들은 미리 준비해 놨던 연막을 뿌리면서 땅속으로 숨어들어 갔다.

"연막?"

데스디아가 놀랐다.

오크들이 알타이르 궁병대에게 노출되었을 때 연막을 사용하여 생존력을 높이려 했던 일은 흔했지만 총기류에 노출되었을 때도 연막을 사용할 줄은 몰랐던 것이다.

반면 사만다는 그 연막이 매우 특별한 물건임을 단번에 알아차렸다.

"연막에서 금속 입자 검출! 전자식 조준기는 통하지 않습니다!"

곤돌라 쪽에서도 조준기에 아무것도 잡히지 않는다는 아우성이 쏟아져 나왔다.

데스디아는 이를 꽉 물었다.

"상관 말고 계속 쏟아부어! 건하운드의 포격이라면 연막까지 날려 버릴 수 있다고!"

헌터들은 그녀의 지시대로 사격을 재개했다.

각종 건하운드들이 일제히 뿜어낸 탄환들에 의해 땅은 엉망이 되고 연막들도 삽시간에 흩어졌다.

덩치가 큰 건하운드들의 탄환이 지면을 뚫고 들어가자 흙더미와 함께 오크들의 파편들까지 땅 위로 튀어 올라왔다.

하지만 어쩌다가 하나씩 걸리는 것일 뿐, 몰살까지 이어지진 않았다.

성적으로 따지자면 연막이 터지기 전에 집중사격을 할 때가 제일 좋았고 그 이후로는 지지부진했다. 헌터들도 의욕이 저하되어 드문드문 사격을 했다.

바닥에 내려와 깔린 금속 입자들은 헌터들이 의지하는 전자식 조준기를 방해했다. 그 결과 지하에 숨은 오크들을 정확히 노리고 조준하는 건 불가능에 가까웠다.

데스디아는 어떤 지시를 내릴까 고민했다.

'적들의 영리함을 탓해야 하는 것인가, 아니면 나의 부족함을 탓해야 하는 것인가?'

첫째 딸의 표정을 계속 살피던 헤이파가 이윽고 손뼉을 크게 쳤다.

"그만하렴."

"…어머님."

"너무 잘하려고 할 필요는 없단다, 첫째야. 이것이 헌터들의 한계라면 받아들일 수밖에 없지."

"하지만……."

"치프의 말로는 브리치가 하나 더 있다고 했을 텐데, 잊은 것이냐?"

"…아."

데스디아는 마이크를 든 채 함교의 창문을 세세히 살폈다.

후방을 제외한 하늘 그 어디에도 이상이 없었다. 구름 없이 맑은 하늘에 보이는 것은 한가로이 비행하는 대형 조류나 날개가 달린 공룡들뿐이었다.

그러나 데스디아의 동물적인 감각은 강력한 위험을 경고하고 있었다.

'눈을 믿을 상황이 아니군.'

그녀는 주변의 정령들과 깊은 교감을 시도했다.

원래 인공물에 둘러싸인 곳에서 교감을 하면 좋은 결과를 얻기가 힘들었다. 그러나 데스디아와 헤이파, 탈리케이아 모두 콘크리트 건물 안에서 모의 전투 훈련을 꾸준히 해온 덕에 지금은 백화점 건물 지하에서도 일정 수준 이상의 교감이 가능했다.

필요한 것은 집중력이었다.

그녀는 마이크를 아예 놓고 눈을 감은 뒤 정신을 집중했다. 그저 집중을 했을 뿐인데도 그녀 주변에 있는 물건들에 진동이 걸리고 함교 내부의 공기가 요동쳐 바람으로 변했다.

'땅속에 있는 오크들은 거의 움직이지 않고 있어. 움직인다 해도 금속 입자가 뿌려진 장소 밖으로는 절대 나가지 않는군. 그렇다면 하늘은……?'

대기에 대한 교감에 집중하던 데스디아가 눈을 번쩍 뜨고는 마이크를 붙잡았다.

"전원, 사격을 멈추고 충격에 대비해! 어서! 함선은 알래스카 방향으로 긴급 기동!"

"알래스카 쪽으로 말씀이십니까?"

"충돌해도 상관없어! 탈리는 아무거나 잡도록 해!"

탈리케이아는 데스디아의 말에 따라 무릎으로 나이트 스토커 청년을 누른 뒤 두 팔로 난간을 단단히 잡았다.

해적선이 데스디아의 지시에 따라 알래스카를 향해 급격히 방향을 틀었다.

맑은 하늘에서 유령처럼 모습을 드러낸 브리치 하나가 해적선의 옆을 살짝 스치며 땅에 곤두박질쳤다.

만약 데스디아가 해적선을 아예 움직이지 않았거나 알래스카와의 충돌을 우려하여 알래스카의 반대 방향으로 틀었다면 제대로 된 충돌에 의한 치명적인 피해를 입었을 것이다.

다시 중심을 잡는 해적선의 함교에서 브리치를 살피던 데스디아는 브리치의 한가운데에, 원래 키퍼가 있어야 할 자리에 아주 덩치가 좋은 오크 한 명이 있는 것을 목격했다.

땅에 추락한 브리치에서 벗어난 그 오크는 오른손에 든 양손 도끼를 높이 들더니 그것으로 땅을 찍었다.

땅속에 있던 오크들이 모두 지면을 뚫고 나와서는 양손 도끼의 오크를 중심으로 모여들었다.

"저 녀석들이······!"

데스디아는 오크들을 상대로 머리싸움에서 패배할 뻔했다는 생각에 분노를 감추지 못했다.

"땅거미 부족의 족장 같구나."

함장의 자리에 앉아 있던 헤이파가 곧게 일어났다.

"족장과 그 부하들은 내가 맡으마."

"어머님?"

"브리치들이 두 개나 남아 있으니 너와 헌터들은 그것들을 맡도록 하렴."

"…알겠습니다."

데스디아는 함교 밖으로 나가는 헤이파를 허리 굽혀 배웅한 뒤 그녀가 나가자마자 함교의 천장을 보며 한탄했다.

"뭔가 나쁜 느낌으로 망한 것 같군."

"더 나쁜 상황에서 망하는 것보다는 낫잖아? 기분 풀고 어떤 브리치부터 날려 버릴지 고민해 보자고, 뎃디."

탈리케이아가 명랑한 목소리로 데스디아를 응원했다.

브리치에서 뛰어내린 땅거미 부족의 족장은 온몸에서 연녹색의 기운을 뿌리고 있었다.

그는 브리치를 향해 움직이는 해적선과 자신들의 머리 위로 이동하는 알래스카, 두 척의 함선을 살폈다.

"둘 중에 하나는 떨어뜨렸어야 하는데, 아쉽게 됐군."

즐겁게 아쉬워하는 그의 앞쪽에서 큰 폭음이 터졌다.

해적선에서 뛰어내린 헤이파가 바람을 일으켜 흙먼지를 날려 버린 뒤 오크들 쪽으로 움직였다.

"땅거미 부족의 족장이지? 공적이 필요한 것 같은데, 내가 도와줄까?"

"호오……."

족장이 양손 도끼를 굳게 들며 웃었다. 정글의 덩굴처럼 두꺼운 입술 사이로 날카로운 송곳니가 드러났다.

"맙소사. 위대한 브라토레가 아닌가? 이 행성에 있다는 소문은 들었지만 진짜일 줄은 몰랐군."

"나를 아나?"

헤이파의 질문에 족장이 슬슬 고개를 끄덕였다.

"족장 이상의 오크들 가운데에서 네년을 모르는 자는 없지. 자아, 오너라! 네년의 목을 가져다가 왕께 바치면 우리 부족이 더 이상 벌레를 먹을 필요는 없겠지!"

그의 외침을 들은 헤이파가 씩 웃었다.

"벌레를 먹을 때가 그리워질 거다."

헤이파가 천천히 환도를 뽑았다.

칼집에서 나온 환도가 완만한 곡선을 그리며 움직였다. 그리고 그 끝이 땅을 향하는 순간 대부분의 오크들이 괴이한 느낌을 받았다.

'공기가… 멈췄다?'

정령 교감에 대한 능력이 없는 오크들은 그냥 그런 분위기만을 느꼈을 뿐이었다.

하지만 족장은 달랐다.

그는 헤이파를 중심으로 완전히 멈춰 버린 정령들의 흐름을 믿을 수 없었다.

정령을 억누른 헤이파의 패기(覇氣)가 오크들의 호흡까지 압박해 왔다.

"하하하! 과연 위대한 브라토레!"

땅거미 부족 족장이 공기를 찢듯 큰 소리로 웃고 외쳤다.

"네년 하나가 우리 병사 일만에 필적한다는 왕의 말씀은 결코 헛되지 않았도다! 상대할 맛이 나는군!"

"어린 녀석이 포부 하나는 당당하구나. 오크의 말이 번역되어 들려오니 새로운 재미가 샘솟는군."

"우리들이 그저 괴성만 질러대는 괴물로 보였나?"

"지금도 그래."

족장의 귀에 헤이파의 마지막 말이 들렸을 때, 그는 이미 뭔가에 맞아서 뒤로 밀려나고 있었다.

목소리보다 더 빠른 속도로 접근하여 족장을 벤 헤이파는 두 발로 땅을 디뎠다.

착지한 장소가 굉음을 내며 축구장 모양으로 함몰되었다.

함몰 장소에 가까이에 있던 오크 보병들이 붕 떠서 뒤로 날아가는가 싶더니 곧장 헤이파 쪽으로 빨려 들어갔다.

땅이 꺼지는 것과 동시에 사방으로 밀려 나갔던 공기가 다시 되돌아오면서 발생한 폭풍 때문이었다.

베기 자세를 풀고 똑바로 선 헤이파는 다른 오크들을 뭉개며 튕겨 나간 오크 족장을 지켜봤다.

족장은 팔과 어깨가 부서졌을 뿐, 그 외의 부분은 거의 멀쩡했다.

헤이파의 표정에 불쾌감이 올라왔다.

"굉장하군, 애송이. 네놈은 정령의 힘만이 아니라 브리치의 힘까지 사용할 수 있나?"

"잘 아는군! 이것이 탈란바토르에 영혼을 맡긴 대가다!"

상공에 떠 있는 브리치들로부터 붉은색의 전류가 일어나 오크 족장을 향해 떨어졌다.

족장의 회색 살가죽 위로 불거진 정맥들이 붉은색으로 격렬하게 빛을 냈다. 부러진 팔과 망가진 어깨가 단숨에 복원되고 멀리 떨어져 나갔던 양손 도끼도 그의 손에 돌아왔다.

"위대한 브라토레여! 내가 무슨 수를 쓴다고 해도 널 이길 수는 없겠지!"

"주제를 아예 모르는 건 아니군."

헤이파는 아까 자신의 근처로 빨려 들어온 오크들이 정신을 차리고 자신을 공격하려 하자 왼손 손가락을 가볍게 움직였다.

그녀 주변에 일어난 벼락이 오크들을 연쇄적으로 때리고 사라졌다. 심장은 물론 두개골 안쪽까지 타버린 오크들은 더 이상 숨을 토하지 못하고 그 자리에 쓰러졌다.

"후후, 나는 분명 여기서 죽을 것이다! 하지만 나의 결사대는 승리를 거머쥘 것이다!"

족장이 당당히 외쳤다.

"결사대?"

"우리 부족의 정예들을 탈란바토르에 태우고 있었지! 그들은 네년이 타고 있던 배에 옮겨 타서 그 안을 피바다로 만들고 있을 것이다!"

헤이파는 그 자신만만한 외침에 약간 당황했다.

'충돌 과정에서 옮겨 탔단 말인가? 오크들이 아무리 튼튼해도 몸이 멀쩡할 수가 없을 텐데?'

그녀는 해적선 안에 데스디아와 탈리케이아가 있다는 말을 꺼낼 뻔했지만 아주 빠르게 냉정을 되찾았다.

'놈들이 그 아이들에게 접근할 수나 있을지 모르겠군.'

헤이파가 아주 길게 숨을 내쉬었다.

"죽음을 각오했다 이건가? 그럼 망설이지 말고 죽어라."

그녀의 패기가 한 번 더 하늘을 진동시켰다.

족장과 헤이파 사이에 서 있는 오크들이 투척 무기와 소총, 폭탄 등을 마구 던졌다.

헤이파는 고속으로 이동하여 모든 공격들을 피했다. 공기의 장벽을 두른 채 탄환보다 빠르게 움직이는 터라 이동 경로에 위치한 오크들이 모조리 튕겨 나갔다.

그녀가 칼을 휘두를 때마다 벼락이 터지고 칼날 같은 폭풍이 동반됐다. 그 범위가 꽤 넓어서, 위쪽에서 보기에는 빗자루로 먼지를 쓸어내는 것처럼 보이기까지 했다.

소총을 이용해 꾸준히 사격을 하던 오크들은 음속을 초월한 헤이파의 움직임에 농락당하여 건너편의 아군을 쏘는 추태를 보였다.

알래스카의 지상 공격용 포탑을 이용해 헤이파를 지원하려고 했던 치프는 지시하는 것을 잊고 감탄을 연발했다.

"한 번의 공격이 자주포 한 발과 맞먹는군."

감전으로 즉사하거나 폭풍에 휘말려 몸이 절단된 오크들이 꽤 넓은 범위로 휩쓸리는 모습은 그의 눈에도 꽤 인상적인 광경이었다.

"넷디도 저 정도인가?"

그는 옆에 서 있는 죠니에게 물었다.

"힘 자체는 거의 동등한 것 같습니다만 기세는 여사님 쪽이 훨씬 위압적이군요. 적들의 전의를 꺾어버리는 수준이 다릅니다."

"그러게? 오크들이 처음에만 좀 날뛰더니 지금은 벌벌 기는군. 땅에 숨으면 구워지고, 밖에 있으면 감전이 되거나 썰리니까 방법이 없나 봐."

"그보다 해적선이 문제입니다, 원사님."

곁에 있던 죠니가 해적선 쪽을 손으로 가리켰다.

"갑판에 뛰어내린 오크들이 있습니다. 벌써 안으로 침투했군요."

"20명 정도였지? 정확히 스물세 명이었나?"

죠니는 숫자까지 세고 있었느냐는 표정으로 치프를 봤다.

"놈들이 백병전만 노린다면 괜찮겠지만 자폭이라도 하면 정말 큰일이겠죠. 찰리나 브라보 스쿼드를 보낼까요?"

"딱히 문제는 없을 거라고 봐. 우리 회사의 무서운 여자들이 거기 다 있잖아?"

"사만다도 거기 있죠."

"……"

이미 경장갑 전투복으로 갈아입은 상태인 치프는 목에 걸친 통신기를 눌렀다.

"오크들이 배에 침투했는데, 괜찮겠어?"

─사만다 언니가 있는 곳으로는 절대 보내지 않을 게요.

"아니, 난 너를 걱정하는 거야."

─정말요?

"내가 너와 네 자매들의 법적 보호자라는 사실을 잊었구나."

─아… 후후, 기대하시는 것 이상의 결과를 보여드리죠.

"흠… 자만하지 말고 몸조심해."

─젝스가 올 때까지 조심할게요. 놈들이 오고 있으니 통신을

종료하겠습니다.

통신이 끊기자 치프의 입에서 탄식이 터졌다.

"죠니, 내 꿈이 학교 선생님이었다는 말을 했었나?"

"3년 전에는 야구장 관리인 아니었습니까?"

"…아, 난 틀림없이 지옥으로 갈 거야."

치프가 오른손으로 자신의 머리카락을 살짝 흐트러뜨렸다.

"지옥이든 어디든 같이 갈 사람들이 잔뜩 있으니 걱정 마세요."

죠니가 껄껄 웃었다.

"죄송하지만 저는 결국 이렇게 될 거라고 예상했지요."

"그래?"

"저 아이는 어느 순간부터 자신을 둘러싼 모든 일들을 운명으로 여기게 됐죠. 그리고 이제는 그 운명에 맞서 싸우고 있어요. 자기 자신의 선택과 책임을 전제로 말이죠."

"운명? 그건 말만 그럴싸하지 그냥 자포자기 아닌가? 그냥 나쁜 어른들 사이에서 나쁜 것만 배운 탓에 저렇게 된 걸지도 몰라!"

"애들을 좀 믿으세요."

"아아."

죠니의 말에도 불구하고 치프는 걱정 때문에 안절부절못했다.

죠니는 자신의 짧은 머리를 만지며 해적선을 봤다.

'시간 정도는 끌 수 있겠지?'

*   *   *

팔뚝 보호대에 넣은 단말기와 그에 무선으로 연결된 거미 형태의 드론을 통해 오크들의 움직임을 살피던 포프는 고개를 끄덕인 뒤 단말기의 화면을 껐다.

'스물세 명. 인원에 이상 없음.'

그녀는 복면으로 입과 코를 단단히 가린 뒤 고글을 썼다.

투척용 단검을 양손에 각각 쥔 그녀는 몸을 긴장시켜 자신의 신체 상태를 살폈다.

'피로감은 없어. 괜찮을 거야.'

속으로 셋을 센 그녀가 복도 안으로 뛰어들며 단검을 던졌다.

목에 단검을 맞은 오크들이 고꾸라지는 한편, 뒤에 있던 오크들이 방패와 도끼, 검을 빠르게 치켜들고 포프를 주시했다.

그들이 돌진하려는 찰나, 오른손에 히트 블레이드를 쥔 포프가 은신 능력을 발휘했다.

그녀의 모습이 사라지자 오크들이 흠칫 놀랐다. 그러나 땅거미 부족 결사대를 이끄는 노년의 오크 전사가 방패로 바닥을 두드려 동족들을 진정시켰다.

"그만! 알타이르 전사가 아니다! 오파로아의 겁쟁이 암살자일 뿐이다! 동요하지 마라!"

머리에 두꺼운 강철 투구를 쓴 그는 주머니에 미리 담아온 형광물질을 앞에 뿌렸다.

빛나는 모래처럼 보이는 그 물질은 발광 곤충의 배를 따서 그 내장을 잘 건조해야 겨우 얻을 수 있는 귀중품인데, 알타이르 전사들의 은신에 대응할 수 있는 물건이기도 했다.

포프의 다리 일부에 형광물질이 붙었다. 눈을 부릅뜬 오크들은 그곳을 향해 다시 돌진했다.

'꽤 유능한 지휘관이 있어.'

자신에게 형광물질을 뿌린 오크의 얼굴을 기억해 둔 포프는 히트 블레이드를 거두고는 권총을 들고 오크들을 향해 역으로 돌진했다.

오크들이 앞세운 방패들이 산사태처럼 밀려오는 가운데, 포프는 복도 벽을 밟고 도약하여 방패를 넘어선 후 오크의 어깨들을 사뿐사뿐 밟으며 노년의 전사를 노렸다.

포프의 다리에 붙은 형광물질을 알아보고 그녀가 자신을 노린다는 사실을 직감한 그 전사는 방패를 세워서 머리를 보호하려 했다.

자신이 치프라면 이 상황에서 어떻게 했을까.

포프는 지구에서 용병들에게 얻어맞고 무력감을 느낀 이후 치프의 모든 행동 패턴을 관찰해 왔다.

그 결과 그녀가 얻은 것은 자기최면에 가까운 침착함이었다.

포프는 밑에 있는 오크들이 자신의 다리를 잡기 전에 즉각 사격했다.

그녀가 노린 것은 노년의 오크가 아니었다. 그의 뒤를 바짝 따라오는 젊은 오크였다.

머리를 관통당한 오크가 앞으로 쓰러지면서 노년의 오크를 잡아끌었다.

방패를 든 팔이 내려가 버린 노년의 오크는 당황했고 포프는 그것을 놓치지 않았다.

그녀는 그 오크의 머리 위로 공중재비를 돌며 한 발의 탄을 쐈다. 투구의 눈구멍을 파고들어간 탄환은 오크의 안구와 뇌 사이에서 파열됐다.

즉사한 오크가 쓰러지자 다른 오크들의 움직임도 멎었다. 당황한 것이다.

오크들의 뒤쪽으로 완전히 넘어간 포프는 호흡을 멈춘 채 한 발 한 발 정성들여 사격했다.

총 여덟 명의 오크가 뒤통수에 총을 맞고 쓰러졌다. 오크들은 그 시체들 때문에 제대로 움직이지 못했다.

권총을 넣은 포프는 폭약이 설치된 단검의 안전핀을 뽑고 오크들에게 던진 뒤 몸을 낮췄다.

무리 한가운데의 오크에게 박힌 단검은 제법 큰 폭발을 일으켰다.

단검에 직접 당한 오크는 당연히 사망했고 사방으로 날아간 단검의 파편이 주변의 오크들에게 꽂혔다.

오크들의 피부와 뼈가 두꺼워 큰 피해를 주진 못했지만 상황 자체를 포프에게 유리한 쪽으로 바꾸기엔 충분했다.

포프는 수가 절반 가까이 줄어든 오크들을 처리하기 위해 다시금 히트 블레이드를 꺼냈다.

그녀가 사용하는 히트 블레이드는 따로 구입한 게 아니라 진 플레커의 은신처와 회사에 사로잡혀 있는 자매단에게서 압수한 것들이었다.

처음에는 포프 자신이 사용을 꺼려했지만 히트 블레이드의 성능과 위력 자체는 무시할 수 없었고, 무엇보다 상대가 금속제 갑옷을 입을 수 있기 때문에 결국 포프는 거부감을 떨치기로 마음먹었다.

그녀는 진 플레커에게 이어받은 투척 기술을 최근에 와서 다시 다듬었다. 비록 위력까지 따라잡진 못 했으나 정확도만큼은 UNSMC의 단검 기술자들을 놀라게 할 수준에 이르렀다.

포프는 몸에 장비한 히트 블레이드를 전력으로 투척했다.

마치 돌멩이가 호수를 파고들듯, 주황색으로 바싹 달궈진 히트 블레이드들이 오크들의 방패와 갑옷을 간단히 꿰뚫고 그들의 몸통을 파고들었다.

하지만 관통을 하진 못했다. 그것이 진 플레커와 포프의 격차였다.

오크들이 죽은 자들의 시체를 조끼처럼 양쪽 어깨에 걸쳐 고기 방패로 삼은 뒤 포프에게 달려갔다.

그들이 그런 식의 저돌성을 발휘할 줄 몰랐던 포프는 전투복 허벅지에 고정시켜 놓은 기관단총을 꺼내려 했다.

'아아, 아냐! 몸을 숨겼어야 해!'

그녀는 자책할 시간조차 없다는 사실을 깨닫고는 가볍게 절망했다.

순간 오크 두 명이 몸에 걸친 시체들과 함께 복도에서 사라졌다.

포프를 죽이기 위해 그들을 뒤따르던 다른 오크들이 일제히 멈춰서 복도 위쪽을 봤다.

오크들을 짓눌러 갈아버린 검은색 물체가 이빨을 사납게 드러내며 으르렁거렸다. 포프는 자신의 머리 위로 이어진 그 물체의 줄기를 따라 뒤쪽으로 몸을 돌렸다.

오른팔을 변형시켜 그 뱀과 같은 물체를 만들어낸 젝스가 가쁜 숨을 몰아쉬고 있었다.

"놈들에게 집중해, 포프! 안쪽으로 도망친다!"

브리치에서 뛰어내린 오크들이 해적선에 침투하는 것을 목격하고 추격한 젝스는 자신이 포프를 구해냈다는 사실을 알고 살짝 기뻤다.

그래도 대놓고 기뻐하진 않았다. 아직 오크들이 남아 있을 뿐더러 함선 안쪽으로 도망치고 있었기 때문이다.

젝스는 포프에게 남아 있는 공격 수단을 재빨리 살폈다.

'히트 블레이드, UNSMC 단검, 권총, 기관단총……. 저걸로는 저놈들을 즉각 막을 수 없어.'

젝스의 파란 눈동자가 밝게 빛을 냈다. 머리카락 사이에서도 전류가 찌릿찌릿 흘렀다.

해적선 내의 상황을 셀레스티아 등의 동족들에게 일제히 전송한 젝스는 포프에게 수신호를 보냈다.

그 수신호에는 '내가 오크들을 끝장낼 테니 너는 시신들을 살펴라'는 뜻이 담겨 있었다.

젝스가 움직이고 포프는 시신 조사를 위해 고글의 투시 장치를 작동시켰다.

일반 생물과는 격이 다른 움직임으로 오크들을 추월해 버린 젝스는 자신에게 무기를 휘두르려는 오크들의 육체를 일제히 투시했다.

'폭탄 같은 건 없어. 그래도 전기 충격은 피해야 해. 함부로 썼다가는 포프까지 위험해질 거야.'

젝스는 가장 가까이에 있는 오크의 가슴 한가운데를 손바닥으로 강타했다. 가슴 갑옷이 우그러들 정도의 충격이 오크의 몸을 통과하고 후방의 공기를 왜곡시켰다.

젝스는 멈추지 않고 다른 오크들의 가슴을 타격했다. 방패나 무기를 이용해 저항하는 자들도 있었지만 기본적인 순발력이 달라서 속수무책으로 당했다.

심장 파열 및 뇌혈관 파열로 즉사한 오크들이 복도에 나뒹굴었다.

마지막 한 명까지 간단하게 처리한 젝스는 오크들을 치는 도중에 바닥에 떨어진 모자를 주워 다시 썼다.

"수고했어, 젝스. 도와줘서 고마워."

포프가 고글의 투시 장치를 끄며 그녀에게 다가왔다. 포프는 아무 이상이 없다는 수신호를 통해 폭탄 같은 불손한 물건이 없음을 추가로 알렸다.

"아냐, 다치지 않았지?"

"난 괜찮아. 음……."

포프가 아쉬움이 섞인 눈웃음을 지었다.

"역시 사장님 흉내를 내는 건 쉽지 않네."

"음."

짧게 대답한 젝스는 손에서 적외선을 발산시켜 포프의 몸을 소독해 주었다. 그녀의 옷에 달라붙은 오크의 혈액 속에는 기생충들의 알이 들끓고 있었다.

소독이 끝날 무렵, 방독면 등으로 단단히 무장한 해병대원들이 복도로 몰려왔다.

그들은 누운 채 꼼짝도 않는 오크들의 시체를 보면서 차례로 걸음을 늦췄다.

"어? 너희들이 전부 해치운 거야?"

"죽을 뻔했어요."

포프가 복면을 내리며 당당히 웃었다. 꾸밈없는 미소였지만 몇몇 대원들은 오싹함을 느꼈다.

"저는 다시 밖으로 나가보겠습니다. 함선을 부탁드립니다."

해병대에게 인사를 한 젝스가 포프의 어깨를 가볍게 친 뒤 출입구 밖으로 나갔다.

해병대원들은 소총에 장비된 전등을 이용해 오크들의 시체를 살폈다.

'가슴뼈가 부서진 놈들은 모르겠지만 권총과 단검에 죽은 놈들은 대체……'

'투구의 눈구멍 사이로 총알이 들어갔어. 탄환이 파고든 각도로 봐서는 머리 위쪽에서 들어온 건데… 설마 공중제비라도 돌면서 쏜 건가? 그런데 한 방에 적중했다고?'

'뒤통수에 총을 맞은 놈들은 뭐지? 두개골과 목 사이에 정확히 박혔어. 그렇게 밝은 곳도 아닌데?'

시체를 살피던 해병대 전원이 권총의 탄창을 갈아 끼우는 포프를 돌아봤다.

'진짜 마스터 어쎄신이었군.'

'겉보기로 따지지 말라는 UNSMC 친구들의 말이 농담인 줄 알았는데……'

권총을 다시 집어넣은 포프가 그들을 돌아봤다.

"부사장님께는 제가 보고할까요?"

"아… 음."

해병대원들이 고개를 끄덕거렸다.

그들이 무슨 생각을 가진 채 자신을 바라봤는지 전혀 모르는 포프는 목에 걸친 통신기를 눌렀다.

"일을 마쳤습니다, 부사장님."

─혼자서?

"젝스가 도와줬어요. 아슬아슬했죠."

─수고했군, 그럼 충격에 대비해.

"예?"

─당장!

포프는 반사적으로 몸을 낮추면서 해병대원들을 향해 휘파람을 불었다. 그들이 한꺼번에 자신을 돌아보자 포프는 '폭발 및 충격 주의' 수신호를 보냈다.

수신호는 UNSMC와 해병대 공용이기에 해병대원들 전원이 몸을 낮추고 충격에 대비했다.

이윽고 큰 충격파가 배를 덮쳤다.

해적선 밖에서 무슨 일이 벌어졌는지 알 도리가 없는 포프와 해병대원들은 복도의 안전손잡이를 붙잡고 필사적으로 버텼다.

그들은 아주 강력한 힘이 배의 선두를 때리고 선체를 쭉 훑은 뒤 선미로 흘러 나가는 것을 명확하게 감지했다.

"저기요, 우리 함선이 당한 건가요?"

포프가 바짝 긴장하여 소리쳤다.

"이 정도 큰 배가 망가질 정도면 앉아서 못 버텨!"

대답을 한 해병대원이 포프에게 손을 내밀었다. 포프가 손을 잡자 바로 끌어당겨서 해병들 사이에 앉도록 했다.

"이곳이 갑판으로 통하는 복도라서 충격이 더 심한 거야! 안전한 구역으로 이동해야 돼!"

그 순간 또 한 번의 충격이 해적선을 때렸다.

복도에 누운 오크들의 시체가 살짝 뜨더니 사방으로 흩어졌다. 해병대원들과 함께 앉은 포프는 눈을 꽉 감은 채 필사적으로 버텼다.

*   *   *

헤이파는 씁쓸한 표정으로 자신의 망토를 정돈했다.

지상에 남아 있는 오크는 땅거미 부족의 족장, 단 한 명이었다. 죽은 이들은 형체조차 알아보기 힘든 상태로 멀리 밀려나 있었다.

풀이 드문드문 나 있던 땅은 폭격이라도 맞은 듯 크고 작은 구덩이로 가득했다.

망토의 정돈을 마친 헤이파는 눈앞에 서 있는 족장을 노려봤다.

"예상 밖이군. 족장 따위가 오크 워로드 이상의 싸움 실력을 발휘할 줄은 생각도 못했어."

"부족을 위하여 모든 것을 던지면 가능한 이야기지."

족장이 웃었다.

그는 제대로 된 상태가 아니었다.

오른쪽 어깨와 팔, 가슴은 대형 맹수에게 뜯긴 듯 사라져 있었고 머리도 절반만 남아 있었다.

그러나 그가 타고 온 브리치로부터 떨어져 내린 붉은색의 전류가 그의 손상된 육체를 빠르게 재생시켰다.

전류가 떨어질 때마다 브리치를 중심으로 충격파가 터졌다. 예전에 진 플레커가 신수로 변할 때와는 분위기가 다르긴 했지만 에너지의 폭발은 훨씬 강력했다.

데스디아와 헌터들이 탑승한 해적선은 브리치의 충격파로부터 벗어나기 위해 움직이고 있었다.

해적선과 달리 척력장에 의해 보호를 받는 순양함 알래스카는 모든 포대를 브리치 쪽으로 돌린 채 헤이파와 족장의 대치를 지켜봤다.

헤이파는 아무런 지원도 해주지 않는 알래스카의 모습을 보며 긴 숨을 내쉬었다.

'좋은 판단이야. 탐색전으로 삼기는 딱 좋지.'

다시 족장을 본 헤이파는 오른손에 든 환도에 불꽃과 벼락, 폭풍을 휘감으며 그에게 다가갔다.

"네놈을 되살리느라 브리치들이 터지기 직전이군."

그녀의 말대로 두 개의 브리치 모두 빨갛게 달아오른 채 금속가루를 뿌리며 붕괴되고 있었다.

"느껴지는 힘의 규모를 보니 앞으로 한 번이나 두 번 정도 되살아날 수 있는 것 같은데, 다른 재주를 부려보는 게 어떠한가?"

"난 나의 한계를 알고 있다, 위대한 브라토레여."

몸이 완전히 재생된 족장은 양손 도끼를 꽉 쥐며 숨을 들이

컸다.

그가 강제로 빨아들인 정령의 힘과 브리치에서 전달된 힘이 융합, 증폭되면서 족장의 등판 뒤쪽에 커다란 빛의 고리가 만들어졌다.

헤이파는 그 고리의 형태를 살폈다.

'마구잡이로 만들어진 건 아닌 것 같군. 일정한 규칙이 있어. 아니, 어디선가 본 것 같은데……?'

그녀의 눈이 향한 방향을 살피던 족장이 양손 도끼의 자루로 땅을 찍었다.

"적을 능욕하는 건가? 집중하라!"

"듣고 있으니 얘기하도록 해."

"……."

완전히 무시당한 족장은 브리치의 힘에 의해 오염된 자신의 피가 지글지글 끓는 것을 느꼈다.

그러나 헤이파의 뒤쪽에 펼쳐진 상황 때문에 섣불리 덤비지 못했다.

그녀와 교감을 위해 모여든 정령들의 밀도가 자연의 한계를 넘어서면서 대기가 굴절되고 있었다.

구름이 없는데 구름이 낀 것처럼 보였고, 그 있을 수 없는 구름은 지평선을 넘어 올라오는 하늘의 군대처럼 보였다.

해적선의 함교에서 그 모습을 본 탈리케이아는 가슴이 뛰었다.

"굉장해, 뎃디! 말로만 들었던 정령왕의 증명이 바로 저거구나!"

"음, 그렇지."

데스디아는 썩 좋지 않은 표정으로 그 현상을 지켜봤다.

전설의 한 조각을 본다는 생각에 흥분했던 탈리케이아는 데스디아의 그 반응을 보고 의아해했다.

"혹시 스승님께서 어떤 대가라도 치르시는 거야?"

"맞아."

"어……?"

탈리케이아의 눈빛이 흔들리자 데스디아가 쓴웃음을 지었다.

"이틀이나 사흘 정도 근육통에 시달리시겠지."

"……."

"저 기술은 단순한 과시에 불과해. 방법만 알면 너도 할 수 있어, 탈리."

"그래?"

"흠, 그보다… 어머님께서 왜 저 녀석을 끝장내지 않으시는 거지?"

데스디아의 지적에 탈리케이아도 궁금하다는 표정을 지었다. 레이더 화면을 지켜보던 사만다도 헤드셋을 벗고 헤이파의 모습이 잡힌 스크린을 봤다.

헤이파의 압도적인 모습을 지켜보던 족장이 그녀를 향해 천천히 걸어갔다.

"기억하는가, 위대한 브라토레여?"

"뭐가?"

"왕께서 알타이르의 계집들을 원하셨다. 그리고 우리 부족을 포함한 수많은 전사들에게 명을 내리셨지. 하지만 우리는 실패하고 말았다."

"…그래, 기억나는군. 네놈들은 알타이르가 아니라 알타이르의 인근 행성에 잘못 나타났지. 나와 나의 군단은 전력을 다해서 네놈들을 소탕했고 말이야."

"그때부터 네 별명은 위대한 브라토레가 됐다."

헤이파와의 거리를 몇 걸음 앞까지 좁힌 족장은 온몸을 긴장시키며 웃었다. 족장의 살갗이 가뭄에 마른 땅처럼 갈라지면서 붉게 빛나는 근육조직이 드러났다.

그 모습에서 헤이파는 지구의 석류를 잠깐 떠올렸다.

'먹어보고 싶었는데 말이지.'

족장의 그러한 변화는 헤이파의 입장에서 봤을 때 지루한 쇼의 일부일 뿐이었다.

양측이 발휘하는 힘의 격차는 그 정도였다.

헤이파의 여유는 오래가지 못했다. 두 개의 브리치들이 하나로 겹치더니 족장의 위쪽으로 이동해 왔기 때문이다.

"우리 부족은 실패의 책임을 떠안고 변방으로 추방됐지. 벌레를 사육하고 기생충과 싸워야 했다. 우리 몫으로 배분된 여자들은 아이들을 몇 낳지 못하고 기생충에 죽어갔지. 그리고……."

"결론을 말해."

헤이파의 눈이 매서워졌다.

"왕께서는 지금도 알타이르의 계집들을 원하신다! 그 누구든 말이다!"

겹친 브리치들로부터 빛이 쏟아져 족장에게 집중되었다.

그것은 진 플레커가 신수로 변할 때 발생했던 현상과 거의 비슷한 상황이었다.

피부가 완전히 벗겨진 족장이 전력을 다하여 도끼를 휘둘렀다.

헤이파는 자신의 오른쪽을 향해 휘어져 들어오는 도끼를 환도로 막아냈다. 동시에 헤이파의 왼쪽 지면이 도끼에 실린 충격파에 의해 산산이 깎여나갔다.

"나와 함께 가자, 위대한 브라토레여!"

괴성을 지른 족장이 앞차기로 헤이파를 노렸다.

헤이파는 도끼에서 환도를 떼고 족장의 다리를 치려했다. 그러나 그녀가 베어낸 것은 족장의 잔상이었다.

헤이파의 뒤쪽에 나타난 족장이 양손 도끼를 높이 치켜들었다.

"나는 이 모습 그대로 죽겠지만 나의 부족은 그 메마른 지옥에서 벗어나 기름진 땅에서 번성하리라!"

족장에게 쏟아지던 브리치의 빛이 헤이파에게도 내려왔다.

헤이파는 자신의 영혼과 육체가 게이트로 빨려 들어가는 느낌을 받았다.

느낌만이 아니라 실제로 공중에 살짝 뜬 그녀는 브리치의 빛을 유심히 관찰했다.

'게이트를 통해 여행하는 것과는 약간 다르군. 강제로 흡입당하는 느낌이야. 날개 달린 자들이 자신들의 육체를 바꿀 때와도 달라. 어설퍼도 한참 어설퍼.'

헤이파는 자신의 왼손을 봤다. 손 주변에 반투명한 잔상이 생기고 있었다.

'내 육체와 정신이 이 세상으로부터 단절되고 있어. 하지만 속도는 그저 그렇군. 날개 달린 자들이 속수무책으로 빨려 들어갈 때와는 달라. 이것도 브리치의 제어 권한을 가진 자가 누구냐에 따라 다른 건가?'

가만히 구경만 하고 있던 순양함 알래스카가 함포와 미사일로 브리치를 때리기 시작했다.

'흠, 브리치의 저편에 무엇이 있는지까지는 확인하고 싶었는데……'

아쉬운 표정을 지은 헤이파는 두 손으로 환도를 쥐었다.

'그렇다고 이대로 오크 왕의 색시가 될 수는 없지.'

은색으로 빛나던 그녀의 눈이 파란색과 붉은색을 거쳐 황금색으로 빛을 뿜었다. 그 진한 안광이 방금 화산에서 터진 용암처럼 싱싱하게 흘러넘쳐 브리치 쪽으로 올라갔다.

주변의 흙이 개미떼처럼 잔뜩 몰려왔다.

땅거미 부족 족장의 두 다리를 무시하고 헤이파의 밑으로 모인 흙은 높은 언덕이 되어 그녀의 발밑을 받쳐주었다.

그녀가 저항할 경우 도끼로 후려칠 심산이었던 족장은 언덕을 천천히 걸어 내려와 게이드의 빛에서 빗어나는 헤이파를 넋놓고 바라봤다.

"어떻게……?"

당황한 족장의 두 팔이 환도의 잔광에 파묻혔다.

팔이 떨어져나간 족장의 심장을 헤이파의 환도가 꿰뚫었다.

"약간 부족하지만 나름 유익한 경험이었다, 족장."

헤이파는 족장의 몸에 박힌 환도를 상하좌우로 움직이며 그의 가슴을 후볐다. 칼날에 실린 정령의 힘이 상처를 타고 들어가 족장의 몸 전체에 충격을 주었다.

족장은 그저 살아만 있을 뿐이었고 헤이파는 덤덤했다.

"너도 나처럼 큰 싸움을 위한 시험대에 불과할지도 모르겠군. 난 자청해서 시험대 위에 올라갔지만 넌 어떨까나?"

"……."

헤이파는 왼손으로 통신기를 누른 채 물었다.

"승부는 확실해졌으니 이제 얘기해 주지 않겠나? 네가 열어 둔 브리치의 너머에는 뭐가 있지? 혹시 너희들의 왕이 벌거벗고 침대에 누운 채 나를 기다리고 있나?"

"대답할 수 없다!"

떨어져 나갔던 족장의 팔이 훌쩍 날아와 달라붙었다. 뜯겨진 부위가 재생되고 관통된 심장이 다시 뛰자 헤이파가 칼을 뽑고 물러났다.

겹쳐 있는 두 개의 브리치가 족장의 재생을 돕는 과정에서 과부하가 걸렸다.

주황색으로 달궈진 브리치를 향해 알래스카의 포격이 집중됐다. 연결 구조가 느슨해진 브리치들은 초근거리에서 퍼부어진 포격에 얼마 버티지 못하고 부서졌다.

족장은 마지막 순간에 퍼부어진 붉은색 전류를 잔뜩 머금은 채 자신의 양손 도끼를 거머쥐었다.

헤이파는 피부가 완전히 벗겨진 그의 몸에서 큼지막한 금속 결정들이 솟아나 있는 것을 유심히 관찰했다.

'브리치와 비슷한 빛깔이군.'

결정들의 크기는 제각각이었다. 어린아이 팔꿈치 크기인 것도 있고 건물용 철골에 이르는 것도 있었는데, 모든 것들이 날카로워 매우 위협적이었다.

헤이파가 낭비할 시간은 없었다. 땅거미 부족 족장이 초고속으로 이동하며 자신을 노렸기 때문이다.

'이제 구경만 할 수는 없지.'

족장의 이동에 따라 방향을 바꾸던 헤이파는 마음을 비우고 몸의 힘을 뺐다. 정령들이 과도하게 몰리면서 굴절됐던 대기가 본래의 모습을 되찾았다.

'금속결정 때문에 몸이 튼튼해졌을 테니 최대한 세게 베어야겠군.'

그녀는 한쪽 발을 앞으로 내딛으며 환도를 휘둘렀다.

그녀의 뒤에 자리 잡은 족장이 환희의 미소를 지었다.

"또 잔상을 베었구나, 위대한 브라토레여!"

그는 당장 헤이파의 등골을 베어 넘기려 했다.

그러나 그의 팔은 움직여주지 않았다. 손에 들려 있어야 할 도끼도 존재하지 않았다.

그가 보는 앞에서 자세를 풀고 똑바로 선 헤이파는 환도의 칼날을 살핀 뒤 깔끔히 칼집에 넣었다.

그녀의 눈동자에서 쏟아지던 황금색의 빛은 사라졌다. 숨을 내쉬어 호흡마저 정리한 헤이파는 자신의 뒤쪽을 돌아보며 옆으로 이동했다.

헤이파의 모습에 가려져 있던 것이 드러났다. 상체가 잘려 날아가고 남은 족장의 하반신이 뻣뻣이 땅을 딛고 있었다.

족장은 자신의 시체가 왜 거기에 있는지 알 수가 없어 당황했다.

"브리치에 영혼을 맡겼다고 했지? 그 영혼이 갈 길을 잃어버린 결과인가 보군."

"…허."

족장은 자신의 발끝을 봤다. 죽음이라는 개념을 인식한 그의 손과 발, 몸 전체가 입자로 변해 사라지고 있었다.

"이것이 위대한 브라토레의 실력이로군. 과연, 전사가 저승으로 가져갈 수 있는 최고의 훈장이로다."

"흠."

헤이파는 걸음을 멈추고 시거를 물었다.

"가기 전에 솔직히 얘기하시지?"

"무엇을?"

"너희들의 왕이 내 고향을 노린다고 했지? 그런데도 이 행성의 일에 신경을 쓸 여유가 있단 말인가?"

"…후후, 이 마당에 숨길 것은 없겠지. 왕께서는 당신의 군대를 일부 빌려주시는 대신 알타이르의 게이트에 대한 정확한 좌표를 제공받으셨다. 세 명의 워치프 중 두 명이 이곳에 있고, 그들이 이끄는 군단 중 하나는 우주에서 가루가 됐으니 이 이상 좋은 기회는 없지. 게다가 위대한 브라토레까지 이곳에 있으니 얼마나 좋은가?"

"그렇군, 확실히 그렇지. 언제쯤 침공할 거라고 하던가?"

"난 작은 부족의 족장이다. 워로드도 아닌데 거기까지 알 수는 없지."

"……."

"알타이르의 암컷들은 오래 살고 튼튼하기로 유명하지. 수천 년 동안 우리 위대한 오크들의 자식을 낳아주는 모습이 기대되는군. 후후후……."

족장의 모습이 완전히 사라졌다.

헤이파는 피우던 시거를 땅에 버리고 해적선 쪽으로 손짓을 했다. 어서 자신을 데리러 오라는 뜻이었다.

하늘에 모습을 숨기고 있던 드래곤들 가운데 파울라가 황급히 내려와 그녀를 손에 얹고 해적선 쪽으로 올라갔다.

"괜찮으십니까, 여사님?"

족장과 헤이파의 대화를 들은 파울라는 그녀를 걱정하여 물었다.

"괜찮습니다, 장로님. 조금 지쳤을 뿐입니다."

헤이파는 파울라의 손바닥에 등을 기댄 뒤 눈을 감았다.

"이틀 넘게 근육통에 시달리긴 하겠군요."

알타이르에 대한 질문을 할까 했던 파울라는 더 이상 말을 않고 속도를 높였다.

*   *   *

회의실에서, 치프는 오늘은 상대가 나빴고 오크들의 전투 방식에 익숙해질 필요가 있었다는 말로 헌터들을 위로했다.

전투용 곤돌라를 썼음에도 불구하고 아주 큰 성과를 올리지 못해 풀이 죽었던 헌터들은 다음에 잘하겠다는 말을 어렵게 꺼냈다.

"우리가 이렇게 어중이떠중이일 줄은 몰랐구려."

카발리오가 한탄했다.

"괜찮아요. 건하운드의 포격이 통하지 않을 만큼 땅을 잘 파고 다니는 놈들일 줄 누가 알았겠어요?"

"으음……."

치프가 다시 위로했지만 카발리오의 표정은 나아지지 않았다.

"해적선을 수리할 겸 회사로 돌아갈 테니 푹 쉬세요. 회의는 이걸로 끝내죠."

"알았소."

자리에서 일어난 카발리오는 치프와 날개 달린 자들 전원, 그리고 알타이르 사람들이 꼼짝도 하지 않는 것을 이상하게 여겼다.

"무슨 일이 있소?"

"예, 뭐… 회사 사람들끼리 할 얘기가 좀 있어요."

그 말에 카발리오는 큰 오해를 하고 말았다.

"아… 우리를 잘라도 오늘 자르지는 말아주시오. 우리도 자존심이라는 게 있소."

"그런 거 아니니 걱정 마세요. 지금 모은 사람들이 잘돼야 헌터들을 좀 더 많이 모을 수 있다니까요?"

"믿겠소, 후우……."

한숨을 터뜨린 카발리오의 어깨를 앗세룬이 두드려주었다.

앗세룬을 가만히 바라보던 치프가 회의실 테이블을 손끝으로 두드렸다.

"앗세룬 아저씨도 좀 남아주세요."

"그러리다."

뱀 머리의 헌터, 앗세룬이 아까 앉았던 자리에 다시 앉았다.

헌터들이 나간 뒤, 회의실의 다른 문을 통해 죠니가 들어왔다. 죠니의 손에는 머리에 붕대를 맨 나이트 스토커 청년이 단단히 붙들려 있었다.

"이 친구를 앗세룬 아저씨가 스카우트했다고 하던데요."

치프의 말에 앗세룬은 고개를 끄덕였다.

"그렇소. 혹시 있을지 모를 오크들과의 육박전에 대비해 나이트 스토커가 필요했기 때문이오. 하지만… 그 친구의 꼴을 보니 이미 육박전을 치른 것 같구려."

"순수하게 그런 목적으로 스카우트 하셨으면 모르겠는데, 이 친구 입에서는 엉뚱한 소리가 나오더라고요? 자기 스승을 구하겠다고 하면서 저에게 시비를 걸던데요?"

"무슨 말이오? 스승이라니?"

"…하아."

치프가 한숨을 쉬고는 죠니에게 손짓을 했다.

나이트 스토커 청년을 죠니에게 인계받은 치프는 그의 등허리를 무릎으로 찍어 힘을 뺀 뒤 그의 뒤통수를 잡고 테이블 모서리를 쳤다.

북이 터지는 소리와 함께 이마가 찢어진 청년은 비명을 지르려 했으나 그마저도 치프가 턱을 붙잡으면서 괴성으로 바뀌었다.

"부탁이 있어, 친구. 내가 앗세룬 아저씨를 의심하지 않도록 얘기 좀 해봐."

"아, 아아아……!"

찢어진 이마에서 흘러나온 피가 그의 눈과 코, 그리고 강제로 벌려진 입으로 들어갔다.

"피 맛이 어때? 대답 잘못하면 다음엔 네 발가락을 먹게 될 거야. 너희 스승에 대한 얘기는 누구한테 들었어?"

"라, 라이트스톤……! 라이트스톤이야!"

"앗세룬 아저씨와는 전혀 관계없다 이건가?"

"……."

"발가락을 고통 없이 자르는 방법을 가르쳐 주지."

치프는 죠니에게 눈짓을 보냈다.

죠니가 청년의 오른쪽 부츠를 벗기자마자 치프가 군화 뒤축으로 청년의 발을 밟았다. 오른발 발가락뼈가 모조리 부러지면서 청년의 눈이 번뜩 뜨였다.

"아아아아아!"

"이제 잘리는 고통 정도는 느껴지지도 않을 거야."

치프가 죠니에게 손을 내밀었다. 죠니는 날을 잘 세운 자신의 군용단검을 치프에게 내밀었다.

앗세룬이 손으로 자신의 얼굴을 쓸어내렸다.

"그만하시오. 저 친구는 내가 스위트 베르자르의 그룹에 있을 때부터 알고 지냈소."

"아저씨한테 물은 거 아닌데요?"

"스위트 베르자르가 나이트 스토커 노인네에게 가르침을 받았다는 얘기는 이미 알고 있지 않소?"

"……."

치프는 가만히 있었으나 포프는 달랐다. 앗세룬을 바라보는 눈에서 신뢰가 싹 가시고 있었다.

앗세룬은 포프의 눈빛이 신경 쓰였지만 이런 식으로 오해를 사고 싶진 않았다.

"나이트 스토커들과는 그때부터 안면이 있었소! 하지만 그 친구가 스승에 대한 일을 꾸미고 있었다는 것은 전혀 몰랐소! 난 저들의 스승이 당신네 회사에 잡혀 있다는 사실을 지금 처음 들었단 말이오!"

앗세룬을 지켜보던 셀레스티아가 이윽고 치프를 붙들었다.

"전부 사실이야, 치프. 그러니 그만해 줘."

"그래."

치프는 손에 든 단검을 다시 죠니에게 건네줬다. 그가 더 이상 청년을 고문할 생각이 없음을 감지한 셀레스티아는 즉시 청년의 부상을 치료해 줬다.

"나이트 스토커 얘기는 나중에 하도록 하죠. 실은 아까 족장이 처리될 때 좀 심각한 얘기가 나왔어요."

"무엇이오?"

"오크들이 알타이르 행성으로 가는 게이트 좌표를 알아냈다고 하더군요."

"아……."

앗세룬의 표정이 더욱 안 좋아졌다.

"아저씨는 오크들을 사냥해 본 적이 있으시죠?"

"그건 또 어떻게 알았소?"

"뎃디가 그러더군요. 아저씨가 오크들에 대해 너무 익숙한 표정이었다고 말이죠."

치프의 말을 들은 앗세룬은 즉시 고개를 끄덕였다.

"과거… 그러니까 포프가 태어나기 전의 일이오. 스위트 베르자르의 그룹은 오크들의 사냥을 주로 했다오. 오크들의 본거지를 알아내는 것이 스위트 베르자르가 가진 헌터로서의 꿈이었기 때문이오."

"아저씨가 4년 만에 그 그룹에서 나온 이유는 뭐죠?"

치프가 앗세룬과 마주앉았다.

"간단하오. 왕이 사는 곳이 어디인지, 그리고 어떻게 하면 그들이 사는 곳으로 갈 수 있는지 알아냈기 때문이오. 우리는 우주연합에 그들의 본거지 위치를 알렸으나 변하는 것은 없었소. 참담했지."

"……."

"그렇다고 우리 헌터 그룹만으로 그곳을 치는 건 불가능했소. 무엇보다 스위트 베르자르의 은신 능력이 그곳에서는 통하지 않았기 때문이오."

"그래요?"

"수도의 규모가 너무 컸기 때문이오. 스위트 혼자 그곳으로 가겠다는 걸 뜯어말리느라 고생이 많았소. 어찌됐든 목표를 이룬 우리 그룹은 해체됐다오."

"그렇군요."

치프는 단말기를 꺼내 테이블에 올려놨다.

"그럼 오크들의 수도로 가는 방법을 가르쳐 주세요."

앗세룬의 눈이 커졌다.

"…어쩔 생각이오?"

"거기 가서 오크 왕이랑 기념사진 좀 찍으려고요."

"……."

너무 당황한 앗세룬은 입을 벌린 채 아무 말도 못했다.

"걱정 마세요. 헌터들을 데려갈 생각은 없으니까요."

치프가 실룩 웃었다.

『그라니트 : 용들의 땅』 9권 끝